U0450458

晓松奇谈

{情怀卷}

XiaoSongQiTan

高晓松 作品

湖南文艺出版社　博集天卷

图书在版编目（CIP）数据

晓松奇谈.情怀卷/高晓松著.—长沙：湖南文艺出版社，2018.1
ISBN 978-7-5404-8308-1

Ⅰ.①晓… Ⅱ.①高… Ⅲ.①随笔—作品集—中国—当代 Ⅳ.① I267.1

中国版本图书馆 CIP 数据核字（2017）第 223923 号

©中南博集天卷文化传媒有限公司。本书版权受法律保护。未经权利人许可，任何人不得以任何方式使用本书包括正文、插图、封面、版式等任何部分内容，违者将受到法律制裁。

上架建议：文化 | 随笔

XIAOSONG QITAN · QINGHUAI JUAN
晓松奇谈·情怀卷

作　　者：	高晓松
出 版 人：	曾赛丰
责任编辑：	薛　健　刘诗哲
监　　制：	蔡明菲
特约监制：	龚　宇　闫　虹　王晓晖　王湘君
特约编审：	阎京生　尹　约
特约顾问：	陈　潇　王晓燕
特约策划：	邢越超　刘　筝
特约编辑：	温雅卿　周　岚　明　方　谷明月
制作团队：	齐浩凯　万薇薇　陈　龙　金美呈　杨利威　许永光
营销支持：	李　群　张锦涵　姚长杰
封面设计：	SilenTide
版权支持：	爱奇艺
版式设计：	李　洁
出版发行：	湖南文艺出版社
	（长沙市雨花区东二环一段 508 号　邮编：410014）
网　　址：	www.hnwy.net
印　　刷：	北京柏力行彩印有限公司
经　　销：	新华书店
开　　本：	787mm×1092mm　1/16
字　　数：	235 千字
印　　张：	18.5
版　　次：	2018 年 1 月第 1 版
印　　次：	2018 年 1 月第 1 次印刷
书　　号：	ISBN 978-7-5404-8308-1
定　　价：	45.00 元

质量监督电话：010-59096394
团购电话：010-59320018

目录

一 《清明上河图》／001

1. 只是皇帝的小礼物／001
2. 仅存在于跋里的画家／008
3. 艺术家的诞生／015
4. 第一个冲突和四个细节／021
5. 第二个冲突和几个小细节／028
6. 张择端的心声／035

二 大众记忆：北京老炮儿／044

1. 老炮儿和大众汽车／044
2. 高晓松的第一次掐架史／052
3. 清华和北大的码架事件／060
4. 燕山大酒店英雄救美／067
5. 真假老炮儿／073
6. 美国老炮儿／081
7. 摇滚老炮儿／088

三 校园民谣：熟悉的恋恋风尘／095

1. 八十年代的精英艺术／095
2. 美好的民谣时代／101
3. 如何提高创作水平／107

四 唱片时代与美国大选／117

1. 与地面盗版商共存／117
2. 中国流行音乐的春天／123
3. 美国大选／133

五 好莱坞精英／142

1. 毁誉参半的哈维／142
2. 好莱坞的幕后英雄／149
3. 著名红沙发／157
4. 没落的好莱坞大亨／166
5. 中国大亨VS好莱坞大腕儿／173
6. 比弗利山豪宅的由来／180

六 格莱美与奥斯卡／191

1. 格莱美的小年／191
2. 好莱坞的灾年／199
3. 好莱坞的转型期／208
4. 格莱美的演出事故／213

七　探访星战圣地——天行者庄园／221
　　1. 横空出世的新世界／221
　　2. 全球星战迷的圣地／228
　　3. 令人震撼的混音技术／235
　　4. 不可思议的档案馆／243
　　5. 传奇的工业光魔／250
　　6. 一些个人的思考／256

八　文青的一周／262
　　1. 跟金城武一起拍戏／262
　　2. 与美式橄榄球明星聊天／268
　　3. 看了一部好电影——《萨利机长》／275
　　4. 看了一部好美剧——《事发当晚》／283

一 《清明上河图》

1. 只是皇帝的小礼物

这一章的主题是一幅图,一幅很长很长的图,中国的十大传世名画之一——《清明上河图》。

这幅画在中国太有名了,我猜即使是文盲,应该也听说过这幅画,可以说,这是中国有史以来最有名的一幅画。当这幅画偶尔被故宫博物院拿出来展览的时候,从四处赶来的人,要足足排上七八个小时的队,才能看到它,这令我特别感动。其实我也很想去排着长队一睹《清明上河图》的风采,但我现在这老胳膊老腿实在是不行了,站不了七八个小时,而且我听说就算进入了展厅,每个人也只能在画前停留两分钟。两分钟的时间实在是太短了,就算是一幅油画也欣赏不完,更别提《清明上河图》这样一幅浩瀚的长幅巨作,而且国画的品鉴还需要更加地仔细与专注。

由于纸和颜料等因素,导致国画和油画有一个很大的区别,那就是国画怕光。这件事挺有意思，绝大多数国画本来就是不画光的，我从小看国画的最大感受就是，里面画的场景都是没有光的，比如阴天，比如夜晚，反正画里基本上就没出现过太阳，景物和人也都没有影子。一来画里没有光，二来画本身又怕光，因此，大家去看传世国画或者书法展览的时候，会发现展厅里总是很昏暗，展品被用特别小的灯照着，只能让人偷偷摸摸看两眼。据说传世国画承受不住三天的光照，因为光粒子会对纸张和颜料造成很大的冲击。这就导致国画的保存也很讲究，不展览的时候，要卷起来珍藏。

油画就不怕光，因为油画的载体不是纸张，而是布，油画的颜料也不怕光。有趣的是，油画的图景里面也充满了光和影。油画可以一直挂在展厅里，比如《蒙娜丽莎》可以一直挂在罗浮宫里，而我们的《清明上河图》要隔很多年才能偶尔拿出来展览一次，给观众看几天，赶紧又得卷起来珍藏。

迄今为止，我也没能有机会亲自瞻仰一下《清明上河图》的真迹。但我看过很多《清明上河图》的复刻版，比如印刷版、瓷片版、仿制版等等。小的时候，我妈妈还专门找人给我讲过宋史，那位老师特意拿着《清明上河图》的复制版给我讲了很久。所以关于《清明上河图》，我有很多东西可以跟各位分享。

在罗浮宫门口排队参观的人，我猜十个有九个是专门要去看《蒙娜丽莎》的，只有极少数人是想去看其他大师的作品的。我们的故宫博物院也是一样，在《清明上河图》开展的日子里，大排长龙的队伍里，绝大多数人都是奔着《清明上河图》去的。所以难免就会有人琢磨，这么有名的画作值多少钱呢？可惜《蒙娜丽莎》从来没有被人拿出来卖过，只被意大利人偷走过一次，但最终也没有卖掉，又被罗浮宫追回了。《清明上河图》后来也没有被人拿出来卖过——据说明清时期有人买卖过这幅画，但那都已经是好几百年前的事儿了，当时的价格放在今天很难进行量比。

关注古董和文物的读者都知道，圆明园的一个水法，都拍卖到了几千万的价格，水法就是喷泉头，它本身没有任何艺术价值，不论是在西方还是在中国清代的建筑里，到处都有一模一样的水法，之所以能拍到这么高的价格，是出于国人的爱国之举，是要把属于中国的东西拿回来。从这个角度来看，《清明上河图》如果开价八十亿，肯定也有人会买下来。最重要的是，《清明上河图》在艺术性上，要比圆明园的水法高多了。

但很多人其实不知道，《清明上河图》之所以这么著名，最主要的原因不是来自它的艺术价值。说到艺术价值，在同时代的画作里，不论是技巧还是气韵，比《清明上河图》高明的，不在少数。

关于《清明上河图》的创作时间，学界众说纷纭。在这里，我选择较为主流的"徽宗朝说"，即这幅画是在徽宗统治期间完成的。在具体创作时间上，这一说法内部又分为几个流派，我比较认同郑振铎、戴立强，以及周宝珠三位先生的观点，即这幅画是在宣和末年创作完成的，大致是在1125年左右。"宣和"是宋徽宗的最后一个年号，宋徽宗一生有好多的年号，他每隔几年就换一个年号。不像明清时的皇帝，一生就只有一个年号，所以我们今天经常用年号来代替明清的皇帝，比如嘉靖皇帝，他一辈子就以"嘉靖"作为年号，光绪皇帝从登基到去世，都叫光绪年。宋朝皇帝的年号就比较多，宋朝的皇帝特别喜欢改年号，大喜的时候换一个年号，遇到灾难的时候再换一个年号，生孩子来一个年号，结婚也得来一个年号。总而言之，我们书中提到的"宣和年间"，就是指宋徽宗执政的时期。

宣和年间，宋徽宗命人主持编撰了宫廷所藏绘画作品的著录著作《宣和画谱》，同时期编撰的还有收录宫廷所藏书法作品的著录著作的《宣和书谱》。《宣和画谱》里收录了魏晋至北宋历代绘画作品六千多幅，然而这六千多幅作品里，并没有《清明上河图》。虽然关于《清明上河图》为何未被载入《宣和画谱》，学界也是有各种推断，但从某一方面也可以说明，不论是宋朝对绘画的标准,还是今天人们对古画的标准,不论是从绘画技巧,还是从整个作品散发出的艺术胸怀和气韵来看,《清明上河图》的确都算不上是顶级的艺术作品。

既然如此,《清明上河图》为什么会如此有名,如此价值连城呢?因为它画了很多的人和当时的民间风情。在所有的风俗长卷画里,《清明上河图》的内容绝对是最丰富的,而且它的年代也是比较早的,里面涵盖了当时社会上的三教九流,以及各种各样体现民间生活的东西。可以说,《清明上河图》是风俗长卷画的鼻祖。后来很多人都模仿过《清明上河图》的绘画风格,比如大画家仇英。仇英的画如今也能卖到上亿的价格,但仇英画的不是宋朝的汴京,而是明朝的苏州,到了清朝,又有人模仿《清明上河图》,画了北京和康熙南巡,等等。

然而在宋朝的时候,风俗画其实是有一个特别的名字的,叫界画。界画起源很早,晋代已有,到隋代,界画已画得相当好。界画适于画建筑物,其他景物用工笔技法配合。在界画这个分类里,《清明上河图》就属于是很高水准的作品了。为什么叫界画呢?因为这种画是用界尺画的。虽然我不太懂画画,但不论是在西方还是东方,一个画家要是在画画的时候突然拿出来一把尺子,大家的第一感觉肯定是,这个人画工不行。

工笔画在宋朝是相当兴盛的,宋徽宗本人就是一个大画家,而且他的水平甚至比张择端还要高,宋徽宗的工笔画细致到什么程度呢?他画一只鸟,连鸟毛都清晰可辨,而且鸟的眼睛用墨画完之后,还要用漆进行点睛之笔,已经有点油画的手法了。工笔画追求细致和精确到如此地步,连鸟都画得如此栩栩如生,那建筑肯定也不能马虎了。要怎么才能把建筑也画得惟妙惟肖呢?还得靠界画。界画就肯定要用到尺子,于是界尺就会被派上用场。

界画的绘画手法是十分复杂的,毛笔的管子上要卡上一个竹片,使得竹片的下端能沿着界尺画一条直线。因为宋徽宗本人非常喜欢界画，画院里也请来了很多画家来画界画，所以在宋朝，界画就形成了一个系统的流派。宋朝的画院也很有意思，宋朝的画家地位是很高的，可以说是前无古人，后无来者。不论是隋唐，还是后来的元明清，画画都考不了科举，只有在宋朝可以。宋徽宗执政时期，画画的不仅能考科举，而且考上了以后还能进画院的翰林，跟皇帝一起画界画。

《清明上河图》里有比比皆是的建筑，所以它在界画派里的地位是相当高的。张择端在界画派画家里的地位也比较高，因为他给界画注入了一种生命力。大家可以想象一下，一幅全都是用尺子画出来的画，与其说它是一幅画，倒不如说它是一张建筑图纸。建筑图纸能有什么艺术价值？也不能流传于世啊。如果建筑图纸能卖上大价钱，建筑师早就发财了。所以张择端独创了一种界画画法，只有较长的线条他才用尺子画，较短的线条他都用纯手工绘制，这样一来，界画的生命力就大大提高了。

艺术就是如此，一定要遵从内心去进行创作，而不是借助尺子和工具。所以，《清明上河图》在界画中，算得上是有生命力的作品，里面的建筑、桥梁，大部分都是画家用手画出来的，虽然只是一幅艺术性不高的界画，但依然能称得上是一幅高级的界画。另外，《清明上河图》是一副长卷风俗画，在东西方的绘画界里，都有一种不成文的标准，那就是长卷和风俗画的艺术性不高。而且中国传统绘画艺术要追求的境界是用简单的笔法和画幅，去表达出悠长和深远的气韵。从这一点上来说，《清明上河图》的艺术性就大大降低了。

其实界画这种东西，东西方都有。但是大家很少听说过什么界画的大画家，因为界画画得再好也不值钱，尤其是写实类型的界画。当然，长卷的界画里也有一些特别有艺术价值的作品，但那都不是写实风格的。更准确一点来讲，不能说长卷画不值钱，也不能说长卷画的艺术水准不高，只是一沾上写实这两个字，艺术性肯定就会大打折扣。这种写实的画，我们管它叫风俗画，西方管它叫 Genre arts（类型艺术），管长卷的风俗画叫 Moving panorama（可移动的全景），从名字上就能看出，在西方，这种画的艺术性有多低，甚至不能被称为艺术，只是"一种类型艺术"，以及"对全景的记录"。

因为有仇英这样的大画家画过风俗画，所以风俗画在中国的地位比在西方还要高一点，西方的绘画大师很少画这种东西，只有米开朗琪罗躺在教堂底下好几年，画了一些类似的巨大的绘画作品。西方的风俗画主要都集中在宗教画，宗教画一开始都是画人，后来才开始画风景，渐渐地有了把人和风景画在一起的作品，逐渐形成了风俗长卷画。到了十九世纪后期的时候，西方的风俗长卷画就变成了"拉洋片"。

"拉洋片"在这里怎么解释呢？就是这画越来越长，甚至能到四百米长，能围着操场绕一圈，这怎么观看呢？人的眼睛的视力范围毕竟是有限的。关于长卷的观看方法，东方和西方是一致的，那就是展着看。东方的长卷是从最右边的卷轴开始，一点一点展开着看，包括画师在绘制这幅长卷的时候，考虑的也是从右到左，让你先看见什么，再看见什么，一点一点地接收信息。西方也是一样，一开始是一点一点展开着看，后来干脆直接跑到剧院里去展开着看，想要看长卷的人，都花钱买票，排排坐到剧院里，看着长卷在舞台上一点点展开。当然了，西方的长卷要比中国的大得多，中国没有那么巨大的长卷，《千里江山图》要比《清明上河图》大得多，但也达不到西方的巨大程度。

通常在英国的剧院里，展开的就是英国人去印度的一路上发生的事，从伦敦出发，过海峡，沿途看见的人、风光、异域风情，因为印度是英国皇冠上的那颗明珠。而在美国的剧院里，展开的长卷上通常画的是他们的母亲河，密西西比河，从孟菲斯到新奥尔良等地的风土人情。但说实在的，西方长卷的艺术性，跟中国的没法比，因为他们的画里没有什么剧情，更没有人物的冲突，缺乏故事性。西方人自己也意识到了这个问题，一幅长卷在舞台上展开，台下的观众在那里眼巴巴地看，整个过程未免有些太沉闷了，怎么解决这个问题呢？找一个解说员，站在长卷旁边，随着画面地展开，给观众讲故事。渐渐地，人们又觉得讲故事也不过瘾了，干脆就拉来一支乐队，配合着解说员来演奏音乐。

大家想象一下，有画面，有旁白，有音乐，这不是已经跟看电影差不多了吗？而长卷本身，就相当于一卷放大的电影拷贝胶片。电影胶片能有什么艺术价值？所以等到真正的电影一问世，这种观赏形式立刻就消失了。这些巨幅的长卷不仅本身不值钱，连博物馆也不愿意收藏它们，因为太巨大了，没有那么大的展厅用来陈列，最后只能裁剪成碎块，分到许多博物馆里。由此可见，巨幅长卷的艺术性和艺术地位都不高。

写了半天风俗长卷画的艺术性，最后还是把话题拉回到《清明上河图》上。其实《清明上河图》这幅画，宋徽宗并不是特别喜欢。一直到今天，还有很多人说，宋徽宗非常喜欢《清明上河图》，把它当成心肝宝贝。其实不然。传说《清明上河图》这几个字就是宋徽宗题的，其实也不是，因为宋徽宗写的是瘦金体，但如今的《清明上河图》上写的不是瘦金体，可能并不是宋徽宗题的字。人们只是传说，宋徽宗题完了字后，又在上面盖了个双龙小印，以此证明这是我的画院里画出的画作。然后，宋徽宗就把这幅画送给他的舅舅了。

这位舅舅并不是宋徽宗的亲舅舅，因为宋徽宗本人不是向太后亲生的，向太后只是对宋徽宗有恩。宋徽宗原本是宋神宗排名第十一位的儿子，他的哥哥也早就继位为宋哲宗了。宋徽宗从来没有想过自己有一天能当上皇帝，他每天都过着琴棋书画的日子。没想到突然有一天，年仅二十三岁的宋哲宗英年早逝，连儿子都没留下一个。宋哲宗的母亲向太后提议让赵佶，也就是宋徽宗来继位当皇帝，一开始还遭到了宰相等人的反对，大家都觉得赵佶玩物丧志，没有当皇帝的才能，但向太后非常喜欢赵佶，觉得他很贤良。最后，在向太后的坚持下，从来没想过要当皇帝的赵佶成了宋徽宗。

几乎所有的皇帝都会把自己的爱好发展成国策，宋徽宗也不例外，他最喜欢的就是书画。而且宋徽宗对书画不仅仅是喜欢而已，他在这两项上都具有相当高深的艺术造诣。宋朝虽然有米芾、苏轼和黄庭坚这样的书法大家，但宋徽宗的瘦金体书法，绝不逊色于这几位。至于绘画，可以这么说，在宋朝的一百多年间里，宋徽宗的绘画技术称得上顶级水平。除了书法和绘画，宋徽宗还懂音乐，印章技术也很高。总之，这位皇帝在琴棋书画方面的技艺，相当了不起。这样一位皇帝，他对绘画作品的鉴赏力自然具有相当高的水准，如果真的是传世名画级别的作品，他肯定会留下来自己收藏。但宋徽宗并没有收藏《清明上河图》，而是把它送了人。

因为向太后对宋徽宗有恩，所以他就把《清明上河图》赐给了向太后的弟弟。反正向太后的弟弟也不是什么风雅之人，艺术性太高的画作他也欣赏不了，这种写实的风俗画就像小人书一样，展开当故事看，这边儿的马跑了，那边的牛在回头看，不远处的驴又受惊了，挺有意思，正好当成小礼物送给了这位不懂艺术的舅舅。

2. 仅存在于跋里的画家

宋徽宗虽然不太重视《清明上河图》，但是他十分欣赏同时代的另一幅长卷，《千里江山图》。

有关《千里江山图》的艺术性，我就不多写了。虽然全世界的博物馆我都去过，看过各种各样的画，但我只是一个业余的艺术爱好者。大师陈丹青在他的脱口秀《局部》的第一集里，特意讲了《千里江山图》的艺术性，有兴趣的读者可以去听听大师陈丹青的见解。我就主要跟大家分享一下和这两幅画有关的故事。

当时在画院里，有一个名叫王希孟的年轻画手，王希孟十几岁就开始在画院里做事。宋徽宗十分喜欢王希孟，甚至收了王希孟为徒弟，亲自教他画画。王希孟跟着宋徽宗学了半年绘画，之后就画出了《千里江山图》。

《千里江山图》也是一幅长卷，而且要比《清明上河图》长上一倍。《清明上河图》大概有五米多长，《千里江山图》近十二米。但《清明上河图》是一幅写实长卷，里面的每一条街道都能考证出来，是完全按照北宋的汴京画出来的。《千里江山图》可不是写实长卷，里面画的江河和山川都是虚构的，是艺术家心里的江山，表达出的是艺术家心中的磅礴和写意。

宋徽宗十分喜欢《千里江山图》，将其御赐给了另一位宋朝的大艺术家，也是一位著名的大奸臣——蔡京。蔡京的书法跟宋徽宗不相上下，对书画作品的欣赏水准也是相当高的。结果蔡京收到了《千里江山图》之后，也大为赞叹，亲自在画作的后面写了一个跋。总之，得到了宋徽宗和蔡京肯定的《千里江山图》，在艺术水平上，是比《清明上河图》高的。

艺术家千万不能从政，艺术家当不了好政治家，曾经有一位画家叫希特勒，后来从政了，犯下了反人类的可怕罪行。只有具有反骨精神的人才能成为艺术家，他们必须对世界有不同于常人的看法，绝对不能跟普通老百姓一样。所以艺术家也不能当皇帝，否则肯定是一个昏君。比如书画大家宋徽宗，大词人李后主，戏曲艺术家唐明皇，这些人都称不上是好皇帝。

可以说，宋徽宗是宋朝书画第一大家，这种说法的争议性不是很大，但在整个中国的书画历史上，宋徽宗能不能排上第一，这可就不好说了。然而在中国诗词的历史上，李后主的婉约派词，我认为是当之无愧的排名第一。关于宋徽宗和李后主，还有一个小故事。传说在宋徽宗出生的时候，他爸爸居然梦到李后主了，李后主在梦里跟宋徽宗的爸爸聊了聊诗词歌赋，之后宋徽宗就出生了。这个故事太有意思了，李后主是怎么死的？是宋朝灭了南唐之后，把李后主抓了起来，赵匡胤其实对李后主还不错，最后是宋太宗赵光义把李后主毒死了。我感觉宋徽宗的下场，好像就是在还宋朝对李后主欠下的债，你们赵家人害死了李后主，结果你们自己也生出了一个李后主，琴棋书画样样顶尖。

而且宋徽宗比李后主死得惨多了。靖康年间，金军攻破北宋都城汴京，除了烧杀抢掠之外，还俘虏了宋徽宗和宋钦宗父子，这两位皇帝被掳到了苦寒之地，黑龙江的五国城（今黑龙江省依兰县）。大家可以想象一下，皇帝的生活是多么养尊处优，就像李后主在词里写的"四十年来家国，三千里地山河，凤阁龙楼连霄汉，玉树琼枝作烟萝"，曾经是过着多么奢华的生活，最后到了荒芜之地，据说晚上只能在井里睡觉，连被子都没有，至于那些公主、贵妃、皇后之类的女眷，在去黑龙江的路上，就已经被金人瓜分了，下级的军官可以领走一个公主，高级的军官可以随意挑选皇后和贵妃，最后到了金国国都，高宗的母亲韦皇后也被送进了洗衣院，名义上是洗衣院，实际上就是慰安所，一天接客上百人。金人还羞辱性地给宋徽宗封了一个侯，叫昏德侯，意思就是昏庸无德。宋徽宗受尽凌辱，也写了许多诗词歌赋，但是艺术水平确实比不上李后主。最后，受了十多年折磨的宋徽宗贫病交加，饥寒交迫，死在了蛮夷之地的黑龙江。

当然了，宋徽宗不是一个好皇帝，这样的下场也不算冤枉。但从个人角度来讲，他真的是书画双绝的一代大才子。不知道宋徽宗临死之前，是否还记得他亲笔御题的《清明上河图》和《千里江山图》。《清明上河图》是宋徽宗的江湖，《千里江山图》是宋徽宗的江山。宋徽宗曾经坐拥世界上最繁华的国家，拥有世界上最繁华的大都市，最后全都失去了。是非成败转头空，如今我们也只能长叹一声。

不过，《千里江山图》的艺术性虽然高，画家王希孟却没有什么名气，这在东西方的绘画史里是很少见的。《蒙娜丽莎》为什么那么有名？那是因为它是达·芬奇画的，没有人不知道达·芬奇。在西方绘画史上，很少会出现这种一幅人人都知道的名画，没几个人了解它的作者是谁的情况。但在中国就发生了这样的事，大家都知道《清明上河图》和《千里江山图》，但是很少有人了解这两幅画的画家张择端和王希孟。

宋朝所有的笔记中，都没有关于张择端的记载。《东京梦华录》，那么厚的一本笔记，里面还记载着一个名不见经传的小官的名字，很多艺术家名字也都收录在内，但也没有收录张择端的名字，《宣和画谱》里既没有收录《清明上河图》，也同样没有记录张择端的名字。

那么，后人是怎么知道《清明上河图》是张择端画的呢？就是因为这幅画的跋。这一点各位一定要记住，一幅国画如果没有跋，以及后面那一长串的印章，那它的价值就会大打折扣。如果你拿着一幅没有跋的画出去卖，应该都没有人会买，因为大家不相信这幅画是真的。光是从一幅画的外观来判断，是很难断定其真假的，很多时候人们需要借助画前面的题字和后面的跋来加以辅助判断。所以，倒卖古画的人经常把画上的题款和跋裁下来，移花接木到另一幅画上，以达到以假乱真的效果。

《清明上河图》上有很多跋。第一个收藏了《清明上河图》的人写了一篇跋——燕山张著跋，其实这位张著是个金国人，但是他可能不好意思写自己是金国人，他在跋里写道：翰林张择端，字正道，东武人也。幼读书，游学于京师，后习绘事，本工其界画，尤嗜于舟车、市桥郭径，别成家数也。按《向氏评论图画记》云："《西湖争标图》《清明上河图》选入神品，"藏者宜宝之。大定丙午清明后一日，燕山张著跋。

正是因为这篇跋，人们才知道张择端是《清明上河图》的作者。张择端自己也没有在《清明上河图》上留名和加印，他不像西方人，画完画之后在油画底下签一个名。中国是从宋代开始出现但到了元明清的时候才兴起，即画家在画完画之后在后面盖一个自己的章印，但也只有大师级别的人才干这种事儿，我估计张择端并不觉得自己是一个大师，所以就没有盖自己的章印。

所以，关于是张择端画了《清明上河图》这件事，这篇跋是孤证。但我觉得这篇跋应该是挺靠谱的，因为张著是金国人，写这篇跋也就是在宋朝刚被灭了之后，这幅画刚刚流失民间后的事，时间上相隔还是比较近的，可信度较高。除此之外，就再也没有任何史料里出现过关于张择端的记载了。

和张择端一样，《千里江山图》的作者王希孟，也没有在历史上留下任何记载，《宣和画谱》里也没有记载王希孟。人们之所以知道王希孟是《千里江山图》的作者，是因为蔡京在画后面写的那篇跋。所以在中国的国画作品中，跋和章印十分重要，甚至对解读整幅画都有很大作用。

西方的油画虽然有签名，但是除了签名之外，就再也没有其他信息了。在西方，绘画是艺术家的事儿，写字是文学家的事儿，这两件事西方人分得比较清楚。中国的艺术家和书法家都是士大夫，他们画的画也都是文人画，通常画得好的人，字写得也不错，在诗歌上也比较有造诣，因为中国的士大夫琴棋书画都要学，所以做这些事儿的也都是同一群人。像宋徽宗这样书法和绘画都很强的人很多。大家不光给自己的画写跋，看见其他人画的好画,也会在上面题字和写跋。凡是宋徽宗题过字的画,都是价值连城的艺术品,因为宋徽宗的书法实在是太好了。乾隆皇帝也很喜欢题字,可惜乾隆的书法不怎么样,凡是他题过字的画,反而不值钱了,好好的画就给糟蹋了。

我小时候,有一次被妈妈带去她一个朋友家里看古画。当时还处于"文革"时期,大部分古玩字画都被当成"四旧"给烧毁了,我们家费了好大的力气,偷偷藏了一幅仇英的画,那幅画本身也就一米左右的长度,但后面的跋和印章至少有两米长。除了这副仇英的画,我们家其他的古文物都没能保存下来。现在居然有人在怀念"文革",这对我来说简直不可想象。我估计怀念"文革"的人,有可能就是那些来抢画和烧毁古物的人,因为他们家没有这些东西,你们家有,他心里就不平衡,所以就要给你砸了,烧了,毁了。

总之,在"文革"期间,保留下来的古画真是少之又少。我妈妈怀着无比郑重的心情带我去她朋友家观赏。那是一幅宋朝的古画,我妈妈和她的朋友小心翼翼地把画展开,虔诚地欣赏着。当时我还是一个小孩儿,也不懂艺术,就在一旁边看画边嚼大白兔奶糖。小孩子嘛,吃东西的时候也不懂得注意形象,吃着吃着,我就流下了一滴浸满了大白兔奶糖的口水,不偏不倚地就滴在了那幅画上。

这下可闯了大祸了,我妈妈的朋友当场脸就青了,我妈妈二话不说,扬手就给了我一个大嘴巴。西方的油画,说不定你在上面吐一口唾沫都没事儿,擦一擦就干净了,油画都是一层一层画上去的,你要是高兴,可以在一幅油画上面再画一幅画。很多油画的画家为了节省布料,就在那些画得不太好的画作上画新画。据说有人用超声波看《蒙娜丽莎》,结果发现《蒙娜丽莎》下面还压着另一幅画,这件事足够写一系列的阴谋惊悚小说了。

可中国的国画就没这么结实了，国画用的都是宣纸，宣纸可要比我们现在常用的 A4 纸纸张薄而脆弱多了，再加上这些古画本身都有几百年的历史，别说是黏糊糊的大白兔奶糖，就算是一滴清水滴上去，墨迹立刻就洇开一大片，好好的一幅画就毁了。就算你这是一幅货真价实的宋朝古画，将来拿到拍卖行里，人家专家一看，你这画上怎么有一滴大白兔奶糖的口水印呢？肯定是假的。就像大家辛辛苦苦挖开一座曹操墓，结果在墓室里头发现了一盒老坛酸菜面一样。这墓就算真的是曹操的墓，肯定也早就被盗墓的人翻过了，值钱的东西都拿走了。

幸好当时还是"文革"时期，这些古画都属于"四旧"，不值钱，要是放在今天，就因为我这滴口水，我妈妈说不定得赔一座别墅给人家。收藏古画的人虽然痛心不已，但碍着我妈妈的面子和当时特殊的社会环境，也只能打破牙齿和血吞了。

总之，除了因为流口水而挨了一个大嘴巴之外，那一天给我留下第二深刻印象的，就是那幅画上比画作本身还要长的跋和印章。《清明上河图》上的跋也很多，而且这些跋非常重要，如果没有这些跋，大家根本不会知道这幅画经历了什么。每一个曾经收藏这幅画的人，都会在画后面写一段跋，记录一下自己收藏这幅画的故事，再盖两个自己的印章，这些故事对于我们了解《清明上河图》无比重要，如果没有燕山张著跋，我们恐怕到今天也不会知道《清明上河图》是谁画的。

请大家记住《清明上河图》的作者，一位只存在于跋里的画家，张择端。

3. 艺术家的诞生

关于《清明上河图》的艺术价值的高低，当然不是我这样的业余艺术爱好者能评价得了的。我只是把大量艺术家的评价内容综合了一下，转述给各位读者。

《清明上河图》确实是一幅在界画的基础上画出来的风俗长卷画，所以在艺术上，在人物方面的水平，在宋朝也肯定称不上是一流的，但张择端的山水画得要比人物强一点儿。不管怎么说，这幅画在界画里算是水平很高的了。而且张择端特别敬业和勤奋，用极其详尽的笔法，细致入微地展现出了当时汴京的繁华景象，包括汴河虹桥，汴京城的城门，林林总总，对研究当时的社会、历史和人文，具有重要的参考价值。

宋朝的山水画确实流传下来很多，花鸟画也不少，光是宋徽宗自己画的花鸟画就传下来不少，但能够一丝不苟地画了好几百人，把三教九流都刻画入微的作品，《清明上河图》绝对是唯一的一幅。从这个角度来看，《清明上河图》是独一无二的，前无古人，后无来者，这就是它最有价值的地方。

从此以后，就再也没有人用图画如此详细地展示过宋朝了，为什么呢？因为宋朝灭亡了，中国历史进入了元朝。元朝当然有很多的皇汉分子和大汉沙文主义者，也就是俗称的民族主义者，他们痛斥元朝的黑暗，谴责蒙古人的野蛮。元朝固然有它黑暗和野蛮的地方，但有一点我们不能否认，元朝肯定是中国，或者说，蒙古大帝国的一部分是现在的中国。而且元朝在艺术上达到了中国历史上的高峰。我不敢说元朝的艺术达到了最高峰，但至少是一个很高的高峰。

关于元朝的艺术形式，大家最熟悉的就是元曲。元曲是中国音乐史上毫无争议的最高峰，中国的音乐到元朝的时候，达到了顶峰。宋朝时的音乐都是单曲，比如《虞美人》和《蝶恋花》，到了元朝，产生了元杂剧，发展出戏曲，戏曲的创作和演出空前繁荣。

元朝的文学，代表人物就是关汉卿。很多人说中国文学史上的第一名是曹雪芹，当然，曹雪芹确实不错，但他只写了一部《红楼梦》，而关汉卿则写了大量的悲喜剧，还有大量的元曲、诗词，总体而言，关汉卿是我个人心目中的中国文学史第一人。而且我个人比较喜欢用北方白话进行创作，以关汉卿为代表的元曲大家，正是采用北方白话进行创作，令我深深折服。

除了音乐和戏剧，元朝还有一项了不起的艺术，那就是青花瓷。青花瓷的技艺，在元朝时也达到了顶峰。瓷器的制作形式跟绘画有点像，说白了就是在瓷器上作画，只不过画完了还要在上面涂一层釉。说起来，元朝的绘画也辉煌极了。

元朝的艺术为什么能取得如此辉煌的成绩？最主要的原因就是知识分子阶层的变动。在宋朝，当官赚钱是一件很容易的事情。宋朝非常尊重知识分子，整个宋朝中期，几乎没有杀过一个知识分子，就算知识分子把皇上气急了，顶多也就被判个流放罪。比如苏轼，被贬了之后还写下"老夫聊发少年狂，左牵黄，右擎苍。锦帽貂裘，千骑卷平冈"，可见苏轼即使被贬了，依然还有一大群仆人跟着他，还戴着锦帽、穿着貂裘，左手牵着狗，右手擎着鹰。这说明宋朝的知识分子就算被贬了，日子也没有那么清苦。

而且宋朝的知识分子的工资相当高。之后我在讲解《清明上河图》这幅画的时候，会详细给大家介绍，宋朝的知识分子和士大夫阶层生活得多么奢侈。总而言之，在宋朝，知识分子只是把艺术当成消遣，他们衣食无忧，只会在高兴的时候写首诗，做个曲，根本不拿这个吃饭赚钱。

宋朝很少有人是靠搞艺术为生的，但其中有一个特例，就是柳永。柳永也不是天生就想搞艺术，不想赚钱，他是因为科举没考上，没有办法，才去青楼里替人写长调，赚点生活费。柳永死的时候，是许多秦淮名妓一起将他下葬的。像柳永这样的人，在宋朝少之又少，大部分知识分子都能通过科举当上官，享受优渥的俸禄，每天忧国忧民，搞搞政治、新党、旧党和改革什么的。再加上总是有外敌入侵，大家都很忙，没精力搞艺术。只有宋徽宗执政后，艺术才兴盛起来，因为宋徽宗本人喜欢这些东西。

等到宋朝灭了，元朝建立了，知识分子的待遇就一落千丈了。知识分子吃不上饭了，就只能去搞艺术赚钱了。比如曹雪芹，当年他的爷爷受到康熙帝恩宠的时候，他肯定写不出《红楼梦》这样伟大的作品。非要等到他家破人亡，躲到山里，住在一间简陋的小院子里，饥寒交迫，他才能写出传世名作。

关汉卿其实就是升级版的柳永，柳永其实还不能被称为大师，关汉卿则绝对是一代大师。任何一个朝代，任何一个国家，任何一个时代，只要有大量的人投入地去做同一件事，就必然会有大师诞生。正因为元朝的知识分子都转行来作曲、写歌词了，所以才出现了关汉卿、白朴等大师。

被打入社会底层的大知识分子，是艺术家的最重要来源，养尊处优的环境是出不了大艺术家的。元朝的知识分子没有社会地位，饱受各种压迫和苦难，元朝的艺术能达到高峰跟此不无关系。不光是元曲，绘画、文学和青花瓷也是一样。在元朝以前，都是由工匠在瓷器上作画，工匠的水平再高，跟大知识分子也不是一个等级。到了元朝，大量的知识分子失业，没有事情做，为了混口饭吃，他们只能去瓷器上作画。这样一来，元朝的青花瓷艺术就达到了顶峰。知识分子一旦生活得苦了，艺术就来了。

艺术水平提高了，艺术家眼界高了，大家就看不上界画这种东西了。从元朝开始，界画就渐渐没落了，到了明朝，界画就基本上消失了。后来明朝的仇英画江南苏州，采用的就是和《清明上河图》一模一样的布局。所以我觉得《清明上河图》最大的艺术价值，就是它里面包含的戏剧艺术价值。

不论是仇英，还是后来、电影《清明上河图》的清院，都没有模仿张择端的画技，因为他的画技确实称不上是高水平，但是所有人都采用了张择端的布局，也就是整幅长卷所展开的故事流程，都是从山林小溪开始，接着到了河和桥，然后顺着城门进城……

说到这里，我再额外跟各位读者分享一点关于艺术的话题。人们经常说，传统的八大艺术（文学、音乐、舞蹈、戏剧、绘画、建筑、雕塑、电影）包含空间艺术、时间艺术和时空综合艺术。空间艺术是什么？就是绘画、建筑和雕塑，是空间里凝固的万分之一秒的瞬间，定格而成的画面和形象，空间艺术是静止的。时间艺术又是什么呢？就是音乐、舞蹈和文学，它不是一个定格的凝固的东西，而是存在于时间的流逝中，依靠着戏剧的节奏感，逐渐给你展示出来的东西。时空综合艺术，指戏剧和电影。

而长卷画这个东西非常有意思，它结合了空间艺术和时间艺术。刚才写到了，西方的长卷是在剧院里慢慢展开观赏的，还有解说和音乐伴奏，这就使得空间的艺术具有了时间和节奏。东方的长卷也是一样，从来没有把长卷挂起来整幅欣赏的，那太土气了，而且肉眼能看清楚的部分也有限。所以，必须要用手拿着卷轴，从右向左，一点一点地展开看画里面的内容。

这样一来，《清明上河图》真正的艺术价值就显而易见了，就是编故事的能力。其实在今天，人们已经不觉得编剧是什么艺术工作了，无非就是想出一套起承转合，先看见了什么，后看见了什么，故事的矛盾和冲突点在哪里，在什么地方制造紧张的气氛，有节奏地把一个故事以引人入胜的方式地展示给观众。迄今为止，张择端在《清明上河图》里所使用的故事的展开节奏，都是后人无法超越的，不然后来的历朝历代为什么都完全照搬他的布局呢？

当然了，艺术发展到今天，空间和时间的融合已经越来越多、越来越普遍了。当代艺术充满了各种融合和观念的创新。包括雕塑也是一样，一尊静止的雕塑，也往往能体现出时间的流转。不久前我在巴黎就看见了一尊能体现时间艺术的雕塑。它用连续的雕塑去展示了时间的变化，一开始是有一个人，他伸出手，想要去抓一个东西，紧接着又塑造出了很多的手，一个比一个小，这些手穿过了各种各样的场景，有人群、器官等等，最后等到这只手变得非常小的时候，你才知道它究竟抓住了什么，它想要抓住的竟然就是这个人的头，或者说是想要抓住自己的思想。如果用艺术的方法去解读，这就是一个自我试图去抓住本我的过程，艺术家非常巧妙地将之用静止的雕塑的方式呈现出来了。

这尊雕塑令我非常感动，它雕刻出来的骨、血、筋和肉，最后达到大脑，太动人了，看得我浑身都忍不住颤抖。对我来说，这才是真正的艺术，比那些不知所云的装置艺术强得多。我看过很多有意思的时间艺术作品，有机会可以详细地跟各位读者分享一下。

接下来我会用较长的篇幅，详细地给各位读者分析一下《清明上河图》里的戏剧故事。但在这之前，我想先给大家推荐一本书。如果大家只是对《清明上河图》的艺术性有兴趣的话，那以上我写的这些内容，已经足矣。但如果您还对宋朝的生活、古代的民俗，尤其是北宋末年、在全世界遥遥领先的文明有兴趣的话，我推荐您去看看《东京梦华录》这本书。

因为历史上没有留下关于张择端的记载，所以我们仅仅知道张择端是

《清明上河图》的作者。《东京梦华录》这本书的作者就没有这么神秘了，写书的人肯定会在书里对自己有详细的介绍。这本书的作者叫孟元老，曾任开封府仪曹，北宋被金灭了以后，孟元老就跟随大家一起南渡。到了南宋以后，他日夜怀念故国，就写下了《东京梦华录》。

《东京梦华录》其实也没有什么艺术性，它在文学史上肯定是没有任何地位的。对文学有追求的人就不用看这本书了，书里面记载的都是民间生活史，文字是比较拙劣的，几乎没有什么文采，也没有什么谋篇，只是翔实地记录了大量的史料。虽然也分了很多章节，但无非就是吃的、喝的、建筑、工坊、军队等等，无比细致地介绍了汴京的各个侧面和角落。虽然书中不时流露出思念故国的情怀，但文学价值实在乏善可陈。

总之，对《清明上河图》所处的时代背景有兴趣的朋友，不妨看一看《东京梦华录》。大家可以将这本书和《清明上河图》对比着看，虽然张择端和孟元老这两个人在时间和空间上都完全没有交集，但这本书和这幅画却非常契合。可以这么说，如果你把《清明上河图》裁成小块，插入《东京梦华录》里，绝对能充当插图；或者把《东京梦华录》裁成小块，贴到画底下，那就是《清明上河图》的详细注解。

但是《东京梦华录》比《清明上河图》里介绍的内容要多得多，这本书里对汴京的说明详细到令人发指的地步，连菜市场里一年四季有什么菜，每种菜卖多少钱，饭馆里有多少道菜，每道菜又卖多少钱这些事儿，都有着准确而详细的数字记录。《东京梦华录》里基本上记录了汴京的大小事宜，从皇宫开始，到军队聚居区，也就是卫戍区，《水浒传》里有八十万禁军教头林冲，当然汴京没有八十万禁军，但十万军队应该是有的，还有官衙门和王公贵族的事情，也不知道孟元老是从哪儿了解到这么多事儿的。

《东京梦华录》就像是今天常说的大数据，建议各位将《清明上河图》和《东京梦华录》搭配着一起看。

4. 第一个冲突和四个细节

下面开始正式介绍《清明上河图》里的戏剧故事。在我之前，有很多人都分析过《清明上河图》里的故事，他们基本上都是按照从右到左的展开顺序进行的，我也不例外。但我不会每个故事都面面俱到，如果大家想要了解《清明上河图》里的所有故事，我推荐大家去看搜狐推出的《一百〇一点》，那里面讲得比较详细。我只写一写里面的戏剧逻辑、人物，以及我觉得有意思的地方，我自己的看法，以及我觉得值得一提的，或者是别人没有注意到的地方。

首先整体介绍一下《清明上河图》中所画的汴京，应该这么说，它只是汴京的一部分，是一片平民区，注意，是平民区，不是贫民区。等到这幅画到了最末尾的时候，大家就能看出来，整幅画呈现的城区，从城门进入后没走多远就结束了，其实并不是汴京的全部。但是跟《东京梦华录》做对比的话，还是能知道这条街叫什么名字，因为这条街上全是旅馆，根据《东京梦华录》里的记录，连着这条街的，差不多应该是东南方向的一个城门，因为汴河在哪里，大家都很清楚。

汴水流，泗水流，流到瓜洲古渡头。汴河在城门口拐了一个弯，流走了。从城门进去以后，就是这个所谓的平民区。在整幅长卷中，张择端别说没有画皇宫和卫戍区了，他甚至连一个达官贵人都没有画，至于王公贵族的宅院府邸更是一所都没有。画里所有的建筑都是平民建筑，据称，最豪华的建筑大概就是一座六品官员的宅院。

中国从古至今都是官本位社会，不同级别的官员都是有标配的。宋朝也是一样，从宅院门檐下面的标志就能看出官员的品级。除了一座六品官员的宅院之外，《清明上河图》里还画了一家诊所，是一位叫作赵太丞的太医开的，赵太丞大概也是六品级别。整幅画里只有这么两个六品级别的元素，六品以上的建筑和人完全没有出现。

今天，我们靠着大数据可以描绘出一个人的画像。而从这幅图画中，我们也可以渐渐刻画出张择端这个人，可以看出他是一个生活在什么样地方的人，以及他在画画的时候，内心深处怀着怎样的情感。他愿意画平民，愿意画市井生活，但是不愿意画皇亲国戚，不愿意画皇宫和卫戍区。在《清明上河图》里，他画了数百名平民，从汴水来的平民，从南方来的商客，来参加科举的士子，这些人都集中在汴河这里下船、进城。城中画了很多的旅馆，基本上都是用来招待这些人。张择端在长长的一卷画里，就画了汴京城的这么一个聚集着平民的角落。

从小到大，我看过无数版关于《清明上河图》的分析，关于画里究竟有多少人，每一个版本的计算结果都不一样。有五百一十五人版，有六百二十四人版，有人说里面有七百一十多人，还有人说有一千一百人，最邪乎的一个版本竟然说画里有一千五百人，比《三国演义》里的人还多，《三国演义》里的人物一共才一千出头，《水浒传》出场人物估计有七百多，《红楼梦》里有将近一千人。因为我不知道大家都是怎么算出来的人数，也没有一个权威的版本，所以至今我也不知道《清明上河图》里的准确人数。

各位读者如果有时间的话，可以试着去数一下《清明上河图》里究竟有多少人，说不定能为本民族做一点贡献。百度百科里对于《清明上河图》里一共出现多少人，也没有定论。

《清明上河图》虽然是一幅画，但它实际上是时间艺术，靠着卷轴的一点点展开，逐渐看到画里的风光、故事和人物冲突。我从头说起，但大家要注意，跟据学术界现行研究结果，我们大致可以认为，现存的《清明上河图》的最右边是没有头的。根据一些史料的记载与推测，《清明上河图》的最右侧，应有宋徽宗盖的一枚双龙小印，但现在这个部分已经没有了。有专家推测，这是因为人们觉得这幅画的艺术价值不高，但是宋徽宗的题款和双龙小印很值钱，所以就把那部分裁了下去，接到其他的画上去了。

关于《清明上河图》的最右端，我觉得接下来的这种推测最为靠谱。因为古代的建筑受到梁架的限制，没有那么长的屋子，没有办法把整幅《清明上河图》全部展开来观赏，每次要看画的时候，只能拉开卷轴，从右到左慢慢欣赏。我们现在看书也是一样，都是从第一页开始看，所以书的开头几页磨损得会特别严重。《清明上河图》每次被展开，最右侧都要受到磨损，但可能展开一百次，才能有一次看到最左边，长此以往，画的头部已经磨烂了，尾部却还保存完好。于是，后期的裱画师在装裱的时候，为了美观，可能就把磨烂的头部截掉了，以至于现如今的《清明上河图》是一幅没有头的画。

至于被截掉的部分究竟有多长，人们众说纷纭。但是大部分人，包括我自己，都觉得截掉的仅仅是题字和双龙小印的那一小块儿，不会太多，因为现存的头部，其实已经称得上是一个很好的开始了。不管是按照赋比兴的中式传统开头也好，还是按照西式的 Third act（三幕戏）也好，或者叫凤头猪肚豹尾的结构也好，目前这个开始的节奏都是比较好的。我接下来会介绍整幅图的构图中心，也就是虹桥和汴河形成的斜十字的交叉处，大家基本就能看出张择端的整个谋篇布局了。

下面开始跟大家分享我觉得最有意思的地方，展开这幅画后的第一个戏剧冲突。《清明上河图》一展开，就特别像一部电影的开场，先是奏乐，然后看到田园风光,树林鸟窝,还有很多的粮仓、谷仓和碾子,接着开始出现了行人,也慢慢有了一点水流。我虽然不是一个很好的电影导演,但是也导演了好几部电影了,大多数电影都是以这样的方式开场的。

简单的开场过后,就进入了整部戏的第一幕戏剧冲突,有一支队伍里的一匹马受惊了。关于这支队伍是去做什么的,大家众说纷纭,有人说是结婚的队伍,有人说是打猎的队伍,更多的人说这是一支清明扫墓归来的队伍。前两种说法还有待商榷,但清明扫墓这个说法我肯定不赞同。虽然这幅画叫《清明上河图》,但清明扫墓这个传统是从明朝才开始有的,宋朝的人没有清明扫墓的习俗。

为什么是从明朝才开始有清明扫墓的习俗呢?有一个挺有趣的民间传说是这样讲的,据说,因为朱元璋刚好是在清明时节率军打回自己的家乡的,他衣锦还乡,就想回去祭个祖。大家都知道,朱元璋家里是赤贫的穷人,家里人死了根本修不起墓地,祖先都葬在乱坟岗里。朱元璋在乱坟岗里找了半天,也找不到哪里是他家的祖坟。最后朱元璋想到了一个办法,他当时已经是君临天下之姿,只要他一声令下,没有人敢不服从。于是朱元璋就下了一道命令,要求所有的百姓都必须在清明这天去祭祖。百姓们接到命令,赶紧都到坟地里来祭拜祖先,上坟一定要带着贡品,摆放在坟头。最后,所有的坟头都摆上了贡品,只有两座坟头是空的,很显然,那应该就是朱元璋父母的坟地了,朱元璋就这样找到了要祭祀的祖坟。

所以在宋朝的时候,清明不是用来祭祖的日子,张择端也没必要在长卷的开头就画上一支扫墓的队伍。那这是不是结婚的队伍呢?大家仔细看,队伍里确实有一顶花轿,后边还跟着骑马的人,看起来是挺像结婚队伍的,但结婚的队伍里会扛着猎物吗?只有刚去城外打猎归来的人,才会扛着那么多猎物,可是全世界也没有抬着花轿去打猎的风俗啊。那这支队伍到底是干什么的呢?其实我心里也有一种猜测,但是我看了很多解析版本,没有发现任何一个人跟我猜测的一样。

我猜测这是一支新婚不久后回娘家的队伍。花轿里坐的是新婚的新娘，后边骑马的是新郎官。这新郎官家里还挺殷实，第一次回娘家带了不少仆人，还扛着鸡鸭。结果走到半路，马受惊跑了，三个仆人赶紧追马。大家可以看一看周围其他人、事、物对此的反应，路前面有一个老头，惊慌地护着一个小孩儿，生怕马踢到小孩儿。这一幕都很清楚，但唯独受惊的这匹马很奇怪，它只有后半身，前半身看不清楚，这肯定不是张择端忘记画了，我估计是后代有一个看画的人，边看边吃大白兔奶糖，一不小心就滴了一滴奶糖在画上，刚好把这匹马的前半身给洇糊了。接着我们的目光再顺着路向前，有一头牛听到了声音，扭头来看这匹马，不远处有一个类似茶棚的地方，里边有人在喝茶或者吃油条，也都在看这场热闹，再往旁边一点，有一头拴着的驴也被惊到了。以上的这一整套画面，构成了《清明上河图》这个时间艺术里的第一个冲突点。由一匹马受惊而引起的一连串场景，整个场景栩栩如生，令人感觉场景里的声音几乎已经呼之欲出了，马在跑，人在叫，驴也在叫，非常热闹的一场戏剧设计。

接下来我要写的这个地方，就跟戏剧故事无关了，但这个地方也很有意思，叫作望火楼。宋朝首都的组织结构是空前现代化的，城内建有消防队，也有望火楼，而且望火楼是城内的每一个坊都有。

但在《清明上河图》中出现的这第一座望火楼上，却并没有进行驻守的消防人员。我觉得这绝不是张择端忘记画了，因为他在画中不厌其烦地画了那么多人，不可能独独在这么重要的地方画漏了一个人。之所以这座望火楼上没有画人，是因为这个地方确实没有人把守，这说明在宣和年间，宋朝的消防系统已经呈现很懈怠的状态了。《清明上河图》画完没几年，靖康之变就发生了，宋朝就亡国了。所以《清明上河图》里其实画了一些有预兆性的亡国之象。当然了，张择端又不是未卜先知，他并不知道这个国家要灭亡了,他应该只是隐隐感觉到了一种很懈怠的情绪。

按照宋朝政府的法律规定,不光望火楼的上面要有人把守,下边也要有人驻守,用现在的话来讲就是消防部队。但画中的望火楼上没人把守,楼下也没有消防部队,两排兵营式的平房已被改成了小吃店或茶馆,有零星的几个食客在里面吃吃喝喝。所以,这里就是一个已经失效了的防火设施。

再往前看,街上有一个挑着挑子的人,大多数人不会在意这个人,但我觉得挺有意思,因为这让我想起了武大郎。虽然我不知道图上的这位老兄是不是卖炊饼的,不过武大郎就是挑着这样一副挑子,走街串巷地卖炊饼。小的时候,我一直以为炊饼就是烙饼,所以我看《水浒传》,就认为武大郎是做烙饼的。以至于后来部分国人开始挤对日本的时候,说日本人是武大郎的后代,因为日本人矮,而且日本的国旗上就画了一个大炊饼。一直到很久以后,我才知道《水浒传》里的炊饼不是烙饼,而是馒头。既然管馒头叫炊饼,那馒头这个词又指的是什么呢?《水浒传》里也很多次写到馒头,比如武松到孙二娘的店里吃馒头,吃着吃着从馅儿里面吃出一根人身上的毛,于是武松就知道自己吃到人肉馒头了。原来,宋朝跟咱们今天不一样,它管馒头叫炊饼,管包子叫馒头。

再接下来,又是一处不起眼的小地方,但是我个人觉得非常值得注意一下。河里有一艘船,船帮外头伸出了一块小木头板,上面摆着香炉和几碗饭菜。这些东西肯定不是给人吃的,因为给人吃的东西不用上香,更不会摆在这种地方。这应该是祭祀水神用的。行船和航海的人都是非常敬重神明的,因为一旦进入了浩瀚的江海,人的力量就非常渺小了,行船是一桩需要靠天吃饭的行当,所以每次出航返航都要祭祀水神。这个小细节虽然不起眼,但是和画中的另一个地方进行对比,就十分有深意了。

另一个地方在城内特别繁华的街道上，人山人海，摩肩接踵的街旁，有一座特别冷清的庙宇，只有一个和尚站在庙门口张望，也不知道这是庙里的和尚，还是像鲁智深一样来挂单的和尚，总之庙里非常清冷，一个香客也没有。这样，船上祭祀水神的细节和城内清冷的庙宇，形成了一个非常鲜明的对比。

再往左看，出现的细节就更值得看了，而且这个细节在整幅画里出现了两次。张择端虽然在《清明上河图》里画了成百上千号人，但同一种细节出现了两次，我觉得这是能说明他心里的想法的。这个细节是什么呢？就是在汴京城的两个小角落里，各出现了一大车东西，车上都是要被拉去焚毁的墨迹文集类作品。为什么要烧毁这么多作品呢？因为新党和旧党的争斗。新旧党之争几乎贯穿了整个北宋，一会儿王安石的新党占了上风，一会儿司马光的旧党又起来了，一会儿旧党的苏轼又被发配到海南。而在宋徽宗执政时期，正值新党得势。

新党的党魁就是大奸臣蔡京。蔡京得势后，对旧党采取了一系列的镇压手段，下令焚毁旧党人士的所有书籍、手迹和作品。这件事做得实在是太过分了，你们争论政见倒也情有可原，是选择常平仓还是青苗法，这都无所谓，但你为什么要焚毁人家的作品呢？要知道，旧党人士可全都是大才子和大师，比如号称"三苏"的苏轼、苏辙和苏洵，以及司马光，等等。所以，被焚毁的作品全都是价值连城的国宝。流传到今天的苏东坡的作品非常少，就是因为大部分作品都被蔡京下令焚毁了，这简直就跟"文化大革命"的时候破除"四旧"的行为有一拼。

我严重怀疑蔡京下达这道焚毁令的动机，他根本不是为了镇压旧党，而是嫉妒旧党的大师们的才华。因为蔡京本身也是一个大书法家，所以他痛恨别人的书法流传于世，就打着党派之争的名号，把对方的作品全都烧了，这样，他蔡京的书法就能独步天下了。说句心里话，蔡京的书法并不比三苏差多少，但蔡京的为人太差了，心胸极为狭窄。

张择端本身也是一个艺术家，对于这么多价值连城的艺术瑰宝被焚毁，他肯定无比痛心，所以，他在《清明上河图》里画了两次焚毁旧党作品的细节，这非常值得深思。

5. 第二个冲突和几个小细节

刚才写到了在一块小木板上祭祀水神的船，关于画上的几艘船，还有一个非常值得分享一下的地方，那就是这些船的舵。

张择端把船舵画得特别清楚，而且这个舵的形状也很奇特，因为在当时的年代，这种舵可是高科技，叫作平衡舵。在平衡舵之前，我们中国人是用橹来划船的，橹的作用就是掌握一下船的方向，后来演变成一根棍上伸出一块板，叫作舵。但是使用舵来划船的时候，需要的力矩特别大，就算是没学过物理的人也能明白这个道理，需要很大的力矩才能把一艘大船转过来。后来，聪明的中国人就发明出了平衡舵，棍子这边是一大块板，那边还有一小块板，这样当船转弯的时候，两边的板可以相互平衡力矩，从而大大节省了人力，船也变得灵活了很多。

只有平衡舵才能让人类驾驭更大的船只，同时代的西方还没有平衡舵这种东西，所以平衡舵很有可能是从中国传入西方的。也正是因为有了平衡舵，西方才开始了大航海时代。我们国人现在有一种奇怪的思维，只要是西方传进来的东西，我们都觉得很洋气，好像咱们中国本土的东西都很土气。我觉得未必。据了解，划船的桨就是西方人发明的，而橹是中国人发明的,你说这两样东西哪个更土,哪个更洋?显然是橹的推进效率更高。但因为西方人发明了桨,所以奥运会至今都有划桨比赛,没有更为高效的摇橹比赛。

除了平衡舵以外,画面上还出现了另一种我觉得很新奇的东西,那就是双橹船。双橹船就是船的两端都有橹,这样一来,我就有点搞不清哪边是船头了。为什么会出现双橹船呢?关于这个问题,我没有特意去请教过专家,估计也没有人会专门研究这个。我个人推测,之所以有双橹船,是因为汴河的水运太繁忙了,体积较大的船只掉一次头很不容易。就像繁忙的铁路,在上面行驶的火车也是两端都有车头,这样往返的时候就节省了很多时间和精力。而且两头都有橹的话,船只可以进行原地转向,不需要很宽敞的河面也能转向。

介绍完这些高科技船只,终于要进入《清明上河图》的第二幕冲突了。在所有的戏剧逻辑里,第二幕都是最大的冲突,到了第三幕,整部戏就快要收场了。所以,第二幕冲突是最精彩的一幕。

《清明上河图》最精彩的第二幕戏剧冲突,就在整幅画的中心点,是由人山人海的虹桥和汴河形成的斜十字。有一些绘画基础的朋友应该知道,一幅作品的构图如果是横平竖直的十字,那这位画家一定是业余的。专业的画家会在基本构图中使用斜线,这个道理东西方的画家都明白。《清明上河图》的构图中心点也采用的是斜线,在汴河和虹桥构成的斜十字处,张择端编剧编出了一出大戏——这艘大船马上就要撞到桥上了。

围绕着即将发生碰撞的大船和虹桥,产生了一系列辐射而出的故事。刚才介绍到的那艘双橹船,刚好就在这艘大船后面,此时它正在玩儿了命地转向,因为它要是不转向,就要撞到大船上了。至于那艘大船上的人,则在拼了命地试图把船停下来,大家看这艘船上的桅杆,拉船的纤绳是挂在桅杆上的,岸上有一长队的纤夫正在沿着河岸拉船。这种能挂纤绳的桅杆是很高级的，每当要过大桥之前，桅杆是可以放倒的。而在画中的这艘大船，都已经开到船底下了，桅杆还没放倒，可以看出，接下来这艘大船是肯定要撞到桥上了，所以所有人手忙脚乱，有人大喊让船赶紧转向，有人在喊赶紧把船停住，还有三个人拿着撑杆撑到河里，使劲儿地想把船撑停下来。但这么大的船是很难急刹车的，而且大家注意看船下的水流，非常的湍急，水面上全都是漩涡。

除了船上的人和河面上其他船只的人，在桥下岸上还站了一排人，我估计这些就是拉纤的纤夫，也就是导致这幕冲突的罪魁祸首，他们光顾着在岸上拉纤了，忘记停下来了，结果一直把船拉到了虹桥底下。桥上的看客指指点点，有人从桥栏杆里翻出来，拿一根绳子往下扔，看起来好像是在帮忙。这说明当时的人们还是有见义勇为精神的。桥上桥下，放桅杆的放桅杆，撑船的撑船，扔绳子的扔绳子，叫喊的叫喊，围观的围观，热闹无比，这就是《清明上河图》的第二幕大冲突，也是整幅长卷的构图中心。

当我们欣赏一幅长卷的时候，一定要看到其中的戏剧冲突。张择端可能不是一位很出色的画家，但他确实是一位很不错的编剧，他很为观众着想。围绕着汴河和虹桥形成的斜十字中心点，张择端制造了一幕非常精彩的冲突，并由此辐射开去，引发出了一连串生动而有趣的小细节和小故事，接下来就挑几个有意思写一写。大家先看虹桥的桥面，卖各种东西的小商贩就在桥两侧摆上摊位，沿桥叫卖兜售，十分热闹，看到这里，可能会有人产生疑问了，这么混乱的场面，怎么没有维持秩序的城管呢？

刚才跟各位读者介绍了宋朝形同虚设的消防部门，下面再来介绍一下城管部门。宋朝的城管部门是归一个司来管理，叫作街道司，这个名字听起来还挺现代。街道司其实就相当于现在的街道办事处，而且管理的内容非常多，不光是城市管理，凡是街面上的事情都归街道司管辖。在街道司里上班的小公务员一个月的月薪为两千钱，两千钱是个什么概念呢？据查证，在宣和年间，维持一天基本的生活，至少需要一百钱，基本生活指的就是比较低的生活水平了，吃几个最简单的炊饼，住很一般的房子。有资料显示，一个穷人出去做一份最低等的苦工，一天大概就能赚一百钱。街道司的小公务员一个月赚两千钱，那已经是能维持温饱的最低工资了，在这样的情况下，小公务员就没有什么工作的积极性和责任心可言了，即便是虹桥上乱成一锅粥，他们也懒得管。但是毕竟每个月还有两千钱的薪水，也不能真的什么都不管，于是他们就采用一种叫作表木的东西，放在街道两侧，只要小商贩的摊位不超过表木，就不算是占道经营。

宣和年间，欧洲的巴黎人口数不超过十万。而汴京拥有一百多万人口，整座城市的管理还是很井井有条的，我估计应该是"表木"这种方式大大降低了管理成本。大家可以看到，虹桥上虽然商贩云集，人来人往，但大家基本上都能自觉地按照表木来经营，没有多少人犯法，桥中央还是完全能够通行的。

第二个有趣的小细节，就是有关《清明上河图》的季节问题。画中的人物穿的基本都是露胳膊露腿的衣服，可见这幅画的时间背景肯定不是冬天，但也没凉快到夏天的地步。于是，关于季节问题就出现了两大派别——春景派和秋景派，双方都能举出数十个证据来证明自己的观点。春景派说，画中有很多清明时节的证据，比如祭祀等；秋景派说，画中的树和水，都能证明这不是清明时节。也有人说，《清明上河图》里的"清明"可能并不是指的清明节，而是指宣和年间政治清明，"上河"可能指的是上游的河或汴河上游，等等，但都没有定论。

关于这两派的争论，我不打算细说。在我看来，国画和油画的一个最大的区别就在于移步换景。西方的油画是单点透视，它就像照相机一样，我站在一个固定的立足点上，把摄入画面的像素如实地照下来，因为受空间和我的视野限制，视域以外的东西就不能入画了。而中国的国画是散点透视，画家的观察点不是固定在一个地方的，也不受视域的限制，而是根据画卷的大小，移动着立足点进行观察，也就是所谓的"移步换景"。反正你也不可能有那么宽的眼神，一下子把几米长的画卷尽收眼底，而是需要一点点展开画卷观赏，所以我们的国画里是没有光和影的，画家和赏画者的观察点也是在不停变化的。因次，在这样的情况下，我觉得去讨论这幅画是春景还是秋景，意义不是很大。

我们在讨论或考据一张照片的时候，是有必要去弄清楚它的拍摄时间的，因为大家要秉承着对历史负责的态度。但是在讨论或欣赏一件艺术品的时候，大可不必深究。张择端在绘制《清明上河图》的时候，可能也没有去将季节确定在秋天还是春天，说不定他就是信手画来，想到什么就画了什么。总而言之，我觉得"清明上河图"这个名字挺好听的，这就够了，将季节和每个词的意义都考据得精确无比，实在大可不必。

既然提到了衣服，就又引出了一个有意思的小细节。大家仔细看，画里有很多光着膀子的人，甚至还有彻底半裸的人，但也出现了两个袖子超级长的人，他们的袖子比唱戏时甩的水袖还长，而且这两个人站在人群里还比手画脚的，显得十分活跃，这两位长袖子兄肯定不是唱戏的，因为宋朝时还没有唱戏的，甩着大长袖子唱戏是清朝时才有的事。那这二位老兄是干吗的呢？在当时有一个专门的名词来称呼这两位老兄的职业——牙郎，也就是牙商，用现在通俗的说法来称呼，就是经纪人。

宋朝时的老百姓还是很淳朴的，大家从不同的地方来到汴京赶集贩卖，有人是种粮食的农民，有人是打鱼的渔夫，种粮食的就只会种粮食，打鱼的也只会打鱼，并不是每个人都精通买卖交易，而且大家也不知道城里的市价行情，东西卖这个价钱是赚了还是亏了，彼此心里也都没有底，在这种情况下，就孕育出了牙商这个行当，后来又被称为牙行。一直到了清末民国的时候，我们国家依然还有牙行的存在，外国人来到中国做贸易，也会找牙行，著名的广州十三行其实就是牙行。牙商平时就在市场上混迹，将买卖行情熟记于心，什么东西卖什么价钱，他们一目了然。牙商负责帮老百姓把东西按市价卖出去，从中收取部分提成，作为报酬。

不过，牙商虽然干的是经纪人的工作，但他们还是很要面子的。两个人在大街上公然讨价还价，你说十块，我说二十，感觉不是很光彩。所以牙商都有两条特别长的袖子，买方的牙商和卖方的牙商开始谈价钱的时候，两个人都不用张嘴说话，就在长袖子里用手指头比画数字，你比十块，我比二十，一番来回，价钱就在袖子里无声无息地谈好了。当时的民风真的是很淳朴，人们都很讲究面子，不像今天的人这么赤裸裸地公然谈钱，宋朝时的人都耻于谈钱。这个长袖子除了能在台面下商议价格之外，还有一个作用，就是很容易在人群里被认出来，农村来的农民一进了城里的集市，先不急着摆摊卖东西，而是先找长袖子的牙商。

在第二幕大冲突之外，还有一个有趣的小冲突，在人来人往的大桥上，还有两支队伍。其中一支队伍的中心人物是一位骑马的武官，另一支队伍的中心是一乘轿子。宋朝的规定是武官骑马、文官乘轿，可见骑在马上的是一位武官，坐在轿子里的是一位文官。轿子前有几个仆人正在张牙舞爪地比画着，显然是在让武官的队伍让路，武官的随从也不示弱，一个赤膊穿着坎肩的武夫也横在前头，跟对方僵持着。这是一个非常好的设计，和桥下的大冲突形成了极强的空间感和层次感，桥下即将发生碰撞的大冲突事件，但桥上的两支队伍并不知情，还在争论着该让哪位官员先过，文官和武官当街冲突，这个设计再一次说明张择端心怀天下，他同情被打倒的知识分子，对各种社会现象心怀不满。

总之，上上下下的冲突都围绕着这幅画的中心，也就是斜跨在汴河上的这座木头的虹桥而展开。小的时候我看《清明上河图》并没有太留意这座桥，长大了以后才惊觉，这座桥可不得了，这是一座超级高科技的桥。然而可笑的是，仇英画的明版《清明上河图》里，这座桥变成了石桥，清院版的《清明上河图》里，这座桥也是石桥，苏州那个版也是石桥，北京版本里的也是石桥，纵观几个朝代版本的《清明上河图》，这么高科技的一座桥，后来居然没有画家再去表现了。这座桥的高科技叫作什么呢？叫作叠梁拱。

要跨过一道宽阔的河面，石拱桥是很容易做到的。因为石头是坚硬的，石头是可以受大力的，石头是不会热胀冷缩的，石头也是不会腐烂的。但木头可没有石头这么厉害，大家想想，要跨越这么宽阔的水面，仅仅靠着前一根木头顶着下一根木头，相互间受力作为支撑，那这桥是不是支撑不了多久。

《东京梦华录》里记录了这座桥，说这座桥最神奇的地方，就是整座桥没有采用一根支撑用的梁柱，也就是没有柱子，是完全靠着大木头横空跨越而成的。那么，这座木桥采用的是什么力学原理呢？其实《清明上河图》里已经画得非常写实了，画里的这座虹桥，跟我在意大利佛罗伦萨看到的文艺复兴时期的达·芬奇设计的叠梁拱桥几乎一模一样。西方第一个设计出用木头做大跨度桥的人，就是达·芬奇，但那已经是宣和年间之后四百年的事情了。

叠梁拱不是前一根木头顶着下一根木头进行受力，而是每两根木头之间相互有部分的交叠，这在当时的世界上绝对是无与伦比的高科技。这么大的跨度，这么高的高度，基本上大型的船只都能从桥底下通去，而这座桥完全是用木头打造的，这个太厉害了。而且用木头造桥还有一个好处，那就是两岸的地基不用特别牢固。如果要建造大跨度的石拱桥，两岸的地质都要经过严格的勘探,如果地质不够坚硬,就无法承受这么沉重的石拱桥,赵州桥在修建之前就对两岸的地质进行了勘测。我估计汴河两岸的地质应该是不够坚硬,不能修建石拱桥,所以才打造了木制的叠梁拱桥。

6. 张择端的心声

大家注意看,虹桥的每边都竖立着两根杆子,每根杆子上都落了一只鸟。这可不是巧合,不是刚好有四只鸟落在四根杆子上,这其实不是真鸟,而是用鸟的羽毛做的假鸟,起的是风向仪的作用,当有风吹来的时候,可以通过四只鸟的变化,判断出风向和风力。

在画中最左端那根风向仪下边,停着一辆运钞车。那个时候的运钞车,负重可比现在的运钞车大多了。我有一次看戏,戏中有贼人杀了人,抢了十五贯钱,背着走了。杀人倒是不难,但是把十五贯钱背走,这件事简直太不可思议了。一贯钱多的时候值一千钱,少的时候也有八百钱,宣和年间一贯钱大概值七百到八百钱之间,宋朝时候用的基本是铜钱,所以一贯钱也就是将七八百枚铜钱串在一起,画中这个人,光是抱着几贯钱,都已经累得腰都弯了,能背得动十五贯钱的人,那肯定是一个超级大力士。

接下来看,在运钞车前面,有一座非常不起眼的商铺小楼,因为很小,所以它肯定不是一座大酒店,而是叫作"脚店",脚店就是小旅馆的意思。那个时候的旅馆同时也是饭馆,也开火烧饭,另外这座脚店门口还有一座彩楼欢门。于是这座小楼里外十分热闹,南来北往的人,在店里面穿梭,有吃东西的，有住店的。

整个汴京城里，贫富差距是很严重的。所有朝代到了末期都会出现类似的问题，朱门酒肉臭，路有冻死骨。《东京梦华录》里记载道，在当时的汴京城里，一顿饭吃掉一万钱是很正常的事。其实到现在也是一样，我们国家在搞反腐之前，官员们在饭店里一顿饭吃掉十万二十万是很正常的事，我就亲眼见识过好几回，可谓是无河豚不宴，无鲍翅不欢。有钱的人一顿饭吃掉一万，而有的老百姓一天才赚一百。

就在刚才那辆运钞车旁边，脚店里走出来一个人，手里端着两碗饭，还拿着筷子等餐具。这个人是干什么的呢？用现在的话来说，他就是送外卖的。根据《东京梦华录》中的记载，宣和年间的汴京城里，外卖行业已经非常发达了，因为这座城市实在是太大了，而且坊和坊之间也没有坊墙相隔，交通十分便利，所以各种商品都有外送服务。就在不远处，一间小小的馆子里，出现了一个十分有意思的小东西——菜单。这是不是中国历史上第一张菜单不敢肯定，但它应该是出现在画里的第一张菜单，而且，别看这间饭馆不大，菜单上的菜色却很丰富，至少有十道菜的规模。

刚才在虹桥上，张择端通过文官和武官之间的冲突，表达出了他内心对政府的不满情绪。但桥上的那一幕小冲突只能算是间接抒发不满，而接下来这一幕就是直接揭露政府部门的消极怠工状态了。画中出现了政府机关，据推断应该是一个负责传递朝廷文件的递铺。不远处的饭馆里人来人往，可以推算出现在应该是晌午时分了。但是递铺的院子里头，一匹连马鞍都没上的马，正懒洋洋地趴在地上，一个马夫手持缰绳，斜侍一侧，等待迟迟不出的长官。几名士卒的都十分懈怠地靠坐在递铺门口，一个个无精打采。

张择端的胆子也挺大的，他在画里直接地批判了政府部门，而这幅画

·036·

最后居然献给了宋徽宗，这不是故意要气宋徽宗吗？在这宣和年间，举世无双的大宋盛世，你画这种东西是什么意思？幸好宋徽宗可能也没仔细看这幅画，因为他觉得画技不太好，所以随随便便按了个双龙小印后，就当成小礼物送人了。

接下来就到了城门了，城门附近也非常有意思。大家首先看护城河桥头，这里有一家饼铺，店家所烙的饼子，外形很像一种西域特有的食品——馕。与馕呼应配合的，就是一对正在出城的胡人商队，可以看出胡人的帽子和穿着都和汉人是不一样的。这里再一次体现出张择端极强的编剧能力，这座城门就意味着中国，胡人的商队出现在了城门外，不远处就是一个挂满馕的食品摊。这两个细节充分表达出，汴京城的国际贸易是空前开放的。

北宋没有海禁政策，人们出行也不需要路引，所有的道路都可以随便走。在整个中国历史上，几乎只有北宋和改革开放以后的中华人民共和国，是不需要路条就可以出行的。包括秦朝、汉朝、隋朝和唐朝在内，历朝历代的官道都是不能随便乱走的，作为平民，你只能乖乖地留在固定的地方，一旦出去乱走，就会被当成流民抓起来，因为这样才便于国家对你征收赋税。在明朝和元朝，你若是想要出门做生意，要到官方申请路条；在改革开放之前的中国，你要离开自己的家乡，要申请介绍信和全国粮票，八〇后的年轻人可能不知道这两样东西的重要性，在当时的中国，你要是没有介绍信，一出门就会被抓起来，就算侥幸没被抓到，也会饿死，因为没有当地的粮票，你就吃不到饭，北京的粮票拿到上海也没有用。

所以汴京之所以拥有一百万的人口，跟北宋开明的政策息息相关。北宋不仅对外开放，对内也十分开放，老百姓可以随便走，不需要路引，也不需要路条，想做生意就做生意，想搞艺术就搞艺术，人口自由流动，城市里面没人管，也没有坊墙，这么长的一幅画里，基本上没出现几个国家强力机关，消防队没人，城管也没人，衙门里没官员，兵都在睡觉。因为没有严苛的管理制度，所以北宋的工商业都空前繁荣。甚至城门口连把守的士兵都没有，可见汴京城根本不怕敌人来偷袭。中国的各朝各代都有宵禁政策，而在北宋，宵禁政策只是徒有其名了，相当于没有。《东京梦华录》里写道，即便到了三更时分，汴京城里依然人声鼎沸，人们来来往往，吃吃喝喝，没有任何规矩，十分自由。

但在城门这里有一个很讨厌的东西——嘉庆皇帝在这儿盖了一个章。大家都知道，嘉庆是一位文盲皇帝，大家看完画都在最后边盖章题跋，只有嘉庆皇帝跑到这里来盖了一个章，令人哭笑不得。

和张择端的《清明上河图》形成鲜明对比的，是仇英和清院版的《清明上河图》，可以看到在后面两幅画中，城内的坊与坊之间全都有墙相隔，仇英画的是明朝时的苏州，清院画的是清朝时的北京。北京城里不仅有栅栏，还有大栅栏。大栅栏就是现在北京前门外的那个大栅栏，它将老北京城分成南城和北城，清朝时候的北京城还没有今天这么大，只有十几个城门，但里面足足有一千多个栅栏，这些栅栏一到黄昏时分全部上锁，相当于坊与坊之间一到天黑就是完全隔离的状态。

汴京城内没有栅栏，没有坊墙，城门口没有士兵把守，胡人的商队可以自由进出。所有出现在画中的国家机关部门里，只有城门口这座税务局是正常运行的，税务局里的工作人员正在忙着收税呢，所有进城经商的人，都要先带着货物进来报税，交税的人跟税务官在讨价还价，觉得自己的货物没有那么重，税务官则在纸上做着记录，就跟现代自由贸易一样，只要正常交税，就可以进城做生意了。

《清明上河图》里画的汴京城内，不仅百姓和胡人可以随便进出，小偷也可以随便进出，画中就出现了好几个小偷，但以整幅图的繁荣程度来看，小偷的数量也不是特别多。宋徽宗是一位很挥霍的皇帝，而且极其的骄奢淫逸，据说他每六天就要享用一个处女，以至于最后金国人打来，逼着宋徽宗退位给儿子宋钦宗的时候，送出宫的女人有六千多名。宋徽宗不仅自己骄奢淫逸，对整个国家和社会也一样挥霍，他认为祖上留下来的钱多得很，所以国家的福利政策非常好，每年秋末的时候，国家就把所有的乞丐都养起来，等到春天来了再把这些人放出去。春景派和秋景派的争论也经常围绕着城内的小偷和乞丐展开，春景派力证此时应该是清明时节，因为街上的乞丐很少，只有几个不知是小偷还是乞丐的小孩儿，在一群观鱼的人后面要钱，还有一个人给了一个小孩儿一点钱。观鱼是北宋人的一种业余消遣活动，也算是一种享受，当时整个社会都弥漫着奢靡享受之风。

整幅长卷是逐渐变得越来越奢华的，进了城门后就出现了一家奢华的店，这是一家正店，正店就是得到政府授权可以自己造酒的大店。这家正店很气派，光彩楼欢门就有三层，高大华丽。门面右侧柱上绑着一面酒旗，写着"孙羊店"三个字，可以推测右侧这里是一家羊肉铺。北宋时的羊肉是非常贵的，一斤羊肉至少要一百多文，基本上没有老百姓去买羊肉，也买不起。一直到明朝以前，羊肉都是非常昂贵的肉，是贵族和皇家才吃得起的。老百姓只吃得起猪肉。在宋朝宫廷的记录里，宋仁宗执政期间，皇宫里一年要消耗掉四十多万斤羊肉，但猪肉每年只消耗掉四千多斤，还没有羊肉的零头多，而且这些猪肉主要是赏给太监和侍卫吃的。

宋朝的皇家是不吃猪肉的，他们觉得吃猪肉很丢人。羊肉在当时是上等的肉类，有句俗语叫"挂羊头卖狗肉"，就因为羊肉贵。宋朝的牛比羊更贵，而且牛是不能杀的，杀牛要被罚以重刑。宋朝时虽然政策十分开明，但刑罚却是十分完备的，比如刚才提到的表木，如果商贩违反法律，在表木之外摆摊，就要被杖七十，杖七十是非常严重的刑罚了，基本上能让人一年下不来床。乱泼大小便要被杖六十。这样看来，宋朝时的大城市恨不得比现在还要更文明。

在这家正店的楼下，出现了一位青楼女子。其实按照《东京梦华录》的记载，汴京城内有无数的青楼女子，城中到处都是青楼坊。但张择端是一位比较严肃的画家，他在画里用很多笔墨道出了政治问题，比如焚烧旧党大师们的作品，就在这城门口，又出现了一车要被拉出去焚毁的作品，这些全都是价值连城的文化瑰宝。而对于几乎是汴京城标志的青楼女子，整幅长卷里就只出现了一位，而且这位青楼女子也没干什么过分的事儿，就是动作稍微暧昧了一点，把手搭在了一个男人的肩上。她穿着一身红衣服，置身于卖香料和卖羊肉的商贩中间，不仔细看都看不出来。

青楼是汴京城里最重要的存在，甚至于宋徽宗还建立了一个处级单位，专门为了他微服出宫去找青楼女子李师师。宋徽宗觉得自己是天下第一的大才子，到了青楼里点名要见李师师，称自己名叫赵乙。青楼里的老鸨以为这位赵乙只是一位富商，便依惯例带他见了李师师。结果宋徽宗见到了李师师，发现她不仅容貌倾国倾城，琴棋书画也是样样精通，立即将李师师视为知己，又多次去找李师师，还跟李师师同居了很久。

总之，进了城门以后，一路越来越奢华，越来越富有，到画卷末端出现了两间屋子。这是这幅画到目前为止，主人的官阶最高的两间屋子，六品官员赵太丞家，也就是前面我提到的在这里开张营业的太医家。我估计这位太医治疗得最拿手的应该是性病，因为宋徽宗主要得的就是这种病。屋子里面没有人，看起来十分森严，门口有人在问路。但是这座宅院有一个缺憾，张择端同志忘了给这座宅院画门槛了。大家看画里的其他房屋，都是有门槛的，因为古代房屋的排水系统没有现在那么先进，没门槛下雨的时候屋子就会淹水。

整幅画到这里就结束了。我估计后面应该就是达官贵人、皇亲国戚居住的地方，或者干脆就是皇宫了，但是对于那些东西，张择端就不画了。

这一点很有意思，张择端这个人在画这幅画的时候，心里究竟在想写什么呢？为什么画到这里就结束了呢？我不想多说了，大家可以自己去想一想。

最后再补充几个有趣的小细节。画中"孙羊店"附近，有一个骑马的人，朝着一个拿着扇子的人打招呼，结果对方用扇子遮住自己的脸，不回应。用扇子遮住脸，这种扇子叫作"便面"，宋朝的知识分子用其来维护尊严。宋朝的知识分子分成新党和旧党，相互之间争斗得非常激烈，不可开交。汴京城虽然大，但大家走在街上难免还是有碰面的时候，北京这么大，我也经常在街上遇到两个讨厌鬼，我也不想搭理对方，但还是得假惺惺地寒暄两句。宋朝的知识分子在街上遇到不喜欢的人，连寒暄都懒得寒暄，直接用扇子遮住脸，假装没看见你。这位骑在马上的老兄一定是得势者，所以有马骑，走在路上的这位显然是失势者，但失势归失势，知识分子的排场还在，身后还跟着一个书童。

原来扇子还有这种作用，以后我再遇到不喜欢的人，就用扇子遮住自己的脸，便面，如果当天我不巧带的是一面方形的扇子，估计就要叫方便面了。这个细节还挺值得推敲的，可见张择端不仅是一位知识分子，还是一位忧国忧民的知识分子，甚至是一位愤世嫉俗的知识分子，一位不喜欢女色的知识分子，一位关心人民疾苦的知识分子。当时的知识分子看不起长卷，推崇文人画，只有张择端提起笔，画出了这幅真实反映出当时社会环境的《清明上河图》。

张择端不喜欢公务人员，画里也很少出现这类人，除了城门口税务局的税务官之外，他还画了一个官衔特别特别小的公务员，就是在城门上负责敲鼓的这位。晨钟暮鼓，这是中国从唐代开始已经趋于成熟的一个传统，早上敲钟，晚上打鼓。这位敲鼓的小公务人员就站在城楼上，百无聊赖地看着下面发呆。

另外，画里也是"孙羊店"附近，还出现了一位似乎是酒后驾驶的老兄，而且这位老兄驾的还不是一辆普通的车，而是一辆四匹马拉的车，有个成语叫"驷马难追"，说明四匹马拉的车的速度是极快的。驾车的这位老兄，看装束应该是一位军人，显然已经喝得酩酊大醉了，当街横冲直撞。当时的法律并没有规定酒后驾驶要坐半年牢，但是不管在什么年代，酒后驾驶都是错误的，是不良行为，绝对不要犯这样的错误。

城门口还有非常感人的一幕，是一位知识分子送别另一位知识分子的场面。其中一位知识分子已经戴上了大帽子，骑着毛驴准备走了，他的书童也背着大箱子跟着。长亭外，古道边，芳草碧连天，他的朋友为了表达惜别之情，让仆人杀了一只羊来送行，大家都已经知道了，羊在当时是非常贵的。因为古代人一旦出城，那就是烽火连三月，谁也不知道自己什么时候能回来，甚至不知道这辈子还能不能回来，所谓的送别，几乎就是诀别。

另外在进城门后的城门一角里有一个小棚，里面有一个人在给另一个人修面。在任何一个浮华的时代里，人们都是爱美的，宋朝人也不例外，进城了，大家先把自己的脸收拾干净，干干净净地去逛街，汴京城可是一个看脸的世界。

最后讲一个很重要的地方，这座城门的匾额上没有字，这么重要的地方居然忘了题字，张择端同志想要干什么？当然了，张择端在整幅画里确实有一些疏漏的地方，比如有一个地方，一个挑着扁担的人，前面漏画了一个筐，但画了几百上千人，偶尔漏掉一个筐，我觉得还是情有可原的。还有那座赵太丞的医院忘了画门槛，我觉得这个疏漏有点大，张择端说不定是想表达什么隐藏的深意，至于是什么深意，我就不多说了，各位读者可以自己去猜想一下。然而在城门上没题字，我觉得这几乎是不可能犯的错误，汴京城的每一座城门都是有名字的，张择端绝对是故意这么做的，原因其实也不难推测。

关于《清明上河图》的故事，我就跟各位读者分享到这里。其实我跟大家分享的，更多的是那个时代世界上最繁华的大都市，也是当时世界上最强大的朝代——北宋濒临灭亡前的十来年，那是北宋亡国前最繁华的时代，隐藏着数不清的故事，值得今人去探讨和思考。

二
大众记忆：北京老炮儿

1. 老炮儿和大众汽车

这一章的主题很有意思，我以前管这类主题叫"口述历史"，这次我想起一个高雅一点的标题，叫"大众记忆"，其实依然是一些很有意思的民间故事。

这些日子，在我的微博上，好多人留言让我谈一谈北京老炮儿，因为大家都觉得高晓松就是一个老炮儿，很适合分享一下这类的故事。

在《老炮儿》这部电影火得不得了的时候，我在美国也抽空看了一下，看完之后的感想很复杂，不能用感动来形容，甚至不能用任何一个我常用的词来形容。我看美国电影经常会感动，看法国电影也觉得很有意思，但看《老炮儿》这样的电影，我无法用语言来表达我的心情，那是一种肾上腺素突然升高的能量，身体的好多器官好像一下子都穿越回了遥远的过去，回到了我年轻的时代，回到了《老炮儿》里演的那种色调的北京，那个干燥而肃杀的北京，那个诚惶诚恐长大的年代。

在那个年代，每一个年轻人心里都充满了英雄主义的召唤，每一个地方，每一个区，每一条街道，都风传着那些大哥和老炮儿的英雄故事。我们那一整代年轻人就是那样长大的，无论是胡同里的孩子，还是部队大院里的孩子，不论是教授家的子女，还是将军的后代，每一个人都有着关于那个时代的大众记忆，或者说是大众共同的追求。

这种记忆不光是属于男生的，其实女生也有这样的记忆。我以前曾经在书里写过，那个年代的女生就喜欢这种能打架、能踢球和能弹琴的男生，而这些能打架、能踢球和能弹琴的男生，很多都成长成了老炮儿。在电影《老炮儿》里，小刚还拿起了吉他，弹了两下，令我非常地感同身受，因为这的确就是老炮儿的做派。

老炮儿最常干的事儿就是找人掐架，掐架就是打架的意思，文雅点儿的老炮儿就找人掐琴，我年轻的时候主要都是跟人掐琴。老炮儿们都是在西直门大桥底下跟人掐琴，输了的就当场把琴砸了。老炮儿必须得有老炮儿的规矩，掐架也有各种各样的规矩。这就是电影《老炮儿》里最让我热血沸腾的一点，它真实地还原了那个年代的老炮儿们的生活，让我回想起了自己的年少时光。

不过，这部电影也有让我感到遗憾的地方，主要就是影片的后三分之一，表现老炮儿在现如今的生活状态这部分，对此我有一点异议。因为我确实认识很多的北京老炮儿，这些老炮儿现如今的生活和电影里非常不一样。但是我也十分理解管虎导演，管虎本身也是北京大院出来的子弟，更是我多年的好朋友。管虎是文艺大院的子弟，冯小刚是部队大院的子弟，我本人是知识分子大院的子弟，不管是什么大院，反正我们都是大院子弟，都是听着老炮儿的故事长大的一代人。小刚比我和管虎大十岁，我们从小就听着老炮儿们的英雄事迹，对那些战士的故事无比崇拜。管虎之所以那样处理电影的后三分之一，是为了使这部影片更符合当今的主流价值观。关于电影里的老炮儿最后做的那些匪夷所思的事情，我今天就不多谈了，今天我主要谈一谈真实的历史，我的视角就来自我自己——一个从小在北京长大、如今已经四十多岁的北京孩子记忆中的老炮儿。

首先要给读者厘清一个最重要的概念，什么是老炮儿？老炮儿是一群什么样的人？

为什么管老炮儿叫老炮儿？就是因为当时北京的看守所是在炮局胡同里，这里大概是前清时代造炮的地方，这些"英雄"一出了事儿，就要被送到炮局胡同的看守所里去，简称"进炮局"，谁进炮局的次数多，谁就觉得特别光荣，自称"老炮儿"，这就是老炮儿的来历。

老炮儿又是一群什么样的人呢？我问了好多朋友，尤其是那些我认为就是老炮儿的人，问问他们看没看这部电影？大家都说看了。然后我又问了大家，你们觉得什么是老炮儿啊？这些老炮儿帮我总结了四点，我觉得总结得非常好，在这里分享给各位读者：

第一点，一个老炮儿，年轻的时候必须得是一名"战士"。不是说一个人在社会上混，混到岁数大了就是老炮儿了，没这么简单，你在年轻的时候必须得有过辉煌的战绩。老炮儿年轻的时候不是大哥，但必须是一名"战士"，他经历过的"战斗"，在酒桌上讲起来，足够震惊四座，一根双节棍打遍整条街，一把日本大砍刀，砍遍胡同无敌手，等等。

第二点，一个老炮儿，他除了年轻时的辉煌战绩，还要对身边所有的资源、所有的人都门儿清，他知道每一种资源从哪儿来，能用来做什么，也知道每一个人都是怎么回事儿。最重要的是，凡是他去的地方，大家都愿意给他一点儿面子。老炮儿跟大哥不一样，大哥是有能力控制这些资源，老炮儿靠的都是自己的面子，老炮儿的生存之道，就是人们对他的尊敬，愿意给他几分薄面。

第三点，有些人，年轻的时候是"战士"，岁数大了依然不服老，还是每天挥舞着战刀，每天跟人掐架，这种人就不是老炮儿，他们是老"战士"。老炮儿年纪大了以后，就不当"战士"了，不再打打杀杀了，他选择用自己的经验和智慧来处理问题。

最后一点，也是《老炮儿》这部电影里刻画得最深刻的一点，也是最令人感伤的一点，那就是当年的那些老炮儿，他们以为自己一生饱经风霜，积累下来的资源和经验已经足以应付身边的世界，但实际上他应付不了了，因为他落伍了，过时了。今天的世界已经不是当年的世界。我身边的一群老炮儿经常发出这样的感慨，自己如今好不容易像年少时梦想的那样，混成了一名老炮儿，然而今天的世界已经不再尊敬老炮儿了。在今天这个社会，年轻人有了互联网，谁的面子都不给，什么规矩也不讲，在网上可以想骂谁就骂谁，甭管你是老炮儿还是大哥，在互联网上都是普通人。所以，我身边的老炮儿们都感觉很失落。

以上四点，是我的众多老炮儿朋友给我总结的。老炮儿们通常不管自己叫老炮儿，而自称是社会人。我小时候曾经特别想混"战士"的圈子，梦想着长大以后混成一名老炮儿，结果人家都跟我说，你别跟我们混，你是一个教授家的孩子，不是社会上的人，你跟我们瞎混什么呀？我当时特别不服气，为什么教授家的孩子就不能当老炮儿呢？为什么教授家的孩子就不能当"战士"呢？为什么我就不能当小钢炮呢？后来我长大了才慢慢体会出来，他们真的是社会上的人，我跟他们确实不一样。

老炮儿还得有一个特色，就是他们有一些身边的人没有的资源，人人都羡慕老炮儿的这些资源，但是老炮儿绝对不拿这个赚钱。比如，在"文革"时代，老炮儿能开出一辆北京吉普212，或者一辆挎斗摩托车，那简直是太牛了。民国时候的老炮儿也一样，经常能开一辆美国吉普出来，大家都觉得他特别拉风。那会儿有车的人太少了，你只要能开出一辆正经的车，比如老上海和红旗车，人们立刻就觉得这都是因为你们家有钱，或者你们家有权，你们家级别高，那是国家配给你的。但老炮儿都是社会底层出身，跟官宦人家没有关系，他能开出一辆吉普车或挎斗摩托车，就足够让大家看傻了，大家就开着车去拍婆子，去滑冰。

我小时候印象最深的就是，看见一辆212呼啦一下子开过去，然后车上站着一帮穿着军大衣的人，身上都戴着那种两米多长的白的或者黑的毛线织的长围脖，特别帅，那都是年轻时的北京老炮儿，全都是响当当的"战士"，我们看着都特别羡慕。他们戴的那长围脖必须得是女朋友给织的，那时候的北京姑娘太喜欢这群"战士"了。电影《老炮儿》里许晴演的那位姑娘，就是典型的那种北京姑娘，所以她总跟演冯小刚儿子的李易峰说，你根本不知道你爸爸当年有多牛，一个人拿着把战刀，对着几十个人，如何如何英勇。

那个时候的北京姑娘就爱这种"战士"。而且这种"战士"通常都是大男子主义，也就是我们现在说的直男癌，他们根本不把女人当人，只把兄弟当人，为了兄弟连命都可以不要。这些"战士"也经常跟姑娘说，你有钱吗？拿点儿钱给我哥们儿，他出事儿了。这帮姑娘真的会为了这些"战士"，去偷爸妈的钱。那个时候老炮儿所认为的好姑娘的标准是，你掐琴的时候她给你唱和声，你打架的时候她给你续板砖，电影里的许晴演的绝对是一个好姑娘。其实许晴本人也是大院里长大的北京孩子，但是我不知道为什么她的北京口音很奇怪，怎么听都不像北京胡同里长大的孩子。而且那个年代，人们管这种仗义的好姑娘、北京大妞儿叫"大飒蜜"。"蜜"就是小姑娘的意思，"大蜜"就是长得特别好看的小姑娘，"大飒蜜"就是既好看又英姿飒爽，能跟"战士"们在一起喝酒、打架、唱歌的姑娘。

接着就改革开放了，我就是在那个时代长大的，那时候老炮儿还是很值钱的，那时候他们不再开212和挎斗摩托车了，而是改开桑塔纳了，那简直是太牛了。我从小看惯了那种破上海车，破伏尔加车，我们家对门住的是何东昌，曾经是我外婆的助教，后来当过教育部部长，他当时的座驾是一辆超级破烂的奔驰车，我曾经好奇地问过他，这辆破车是从哪儿来的？他说那是教育部给的指标，我国驻外教育参赞的车报废了，就按照指标运到国内来给他用了。总之那个年代我们看到的都是各种各样的破车，国家领导人坐的都是老旧的苏联车，红旗车就更差了，噪声太大，而且一百公里能耗掉四十多升油。

那个时候清华大学还没有汽车专业，我妈妈在清华大学建筑系工作，有一天，她告诉我，设计红旗车外形的任务指标被分配到了建筑系，建筑系问，车子要什么样的外形，得到的答复是，要挺胸抬头。这挺胸抬头跟省油刚好是矛盾的，大家都知道，流线型的车身才更省油。但是管不了那么多了，中国人民从此站起来了，我们生产的车子也必须要挺胸抬头，耗油量大也不怕，最后设计出的红旗车，车头无比巨大。总之，在我上中学的时候，大概是二十世纪八十年代初，人们每天看到的都是各种又破又吵的车，突然有一天街上出现了一辆桑塔纳，车身上的漆都亮得能闪光，车身也是流线型的，开起来几乎没有噪声，大街上的人都看傻了，就像我们第一次看到迈克尔·杰克逊时的那种心情，开车的老炮儿们当然就成了年轻人心中的偶像，简直是太厉害了。

我就认识这样一位老炮儿，二十世纪八十年代初开着桑塔纳，所有人都觉得他混得特别好。结果过了十几二十年之后，我又遇到他，他居然还开着那辆桑塔纳，但那个时候桑塔纳已经不叫桑塔纳了，而叫普桑，因为后来又出了桑塔纳2000等更高级的款式。然而北京老炮儿不管混得好不好，嘴永远都是硬的，这一点冯小刚在《老炮儿》里演得太好了。大概在几年前，我又遇到了这位开着桑塔纳的老炮儿，我当然不能直接问他："嘿，哥们儿，您怎么还开着这辆破车？"那我也太不懂事儿了，我只能假装没看见。但是人家老炮儿最注重的就是面子，就算我不问，人家也得自己找机会把面子补回来，这位老炮儿主动跟我说："当年他们都骑自行车的时候，哥们儿咱就开桑塔纳了，现在那些开着什么奔驰、宝马的，那都是些暴发户，哥们儿就坚持开这辆普桑，这代表哥们儿我混得早，就这辆普桑能配得上我。"老炮儿绝对不会承认自己没钱，更不会承认自己过时了，跟不上时代了，他坚持觉得自己拥有的一切都是老炮儿的标志，是值得骄傲的。

大众是当年较早进中国的汽车厂之一，据说中国是先找日本的丰田谈合作，结果日本人根本瞧不起我们，日本人觉得，你们中国人搞什么汽车厂啊？你们中国人能有几个买得起汽车的？从我们日本买汽车不就可以了吗？于是丰田拒绝跟中国合作。然后中国又去找美国，美国的汽车厂说，我不能给你技术，但是我可以把汽车零件拿到中国去组装，所以美国也拒绝了我们。最后只有德国的大众同意跟中国合作，因为大众汽车是为大众服务的嘛，非常适合刚刚起步的中国。大众汽车慷慨地把技术给了中国，于是就有了中国第一个合资汽车厂，但是生产出来的第一批汽车其实也是组装出来的，我在北京的大街上看到的第一批大众车，估计就是组装车，外形真的是很漂亮，颜色也非常醒目，在那之前我见过的车基本都是黑色的，偶尔有几辆类似鸡屎色或咖啡黄的伏尔加，特别难看，有颜色的车我只见过浅蓝色的，而大众车有红色的，还有紫红色的，这是我从来没见过的颜色。

然而德国是没有桑塔纳的，过了很多年后，我第一次有机会去德国的时候，心情特别激动，因为我觉得自己终于来到了桑塔纳的故乡，结果我怀着期待的心情在德国的街上看了半天，一辆桑塔纳也没看到，只看到了一辆捷达，还觉得挺亲切的。原来在德国的大众汽车厂里并没有桑塔纳，人家德国生产出来的大众车叫帕萨特，桑塔纳是为了日本、中国和巴西等地的市场而专门设计出来的。桑塔纳最成功的海外市场就是中国。我认识的老炮儿，基本上都开着中国第一批生产出来的桑塔纳或捷达轿车，他们自己当然觉得特别厉害，我们看着也觉得特别羡慕。

今天的人们可能无法理解，那么一辆车在当时的中国代表着什么。我给大家举一个例子，大家听了可能就明白了：在那个时候，中国足球就已经喊出了"冲出亚洲，走向世界"的口号，那个时候的人们对中国足球的热爱也远超过今天，1992年，中国第一次请来了一位外国的足球教练，现在年纪大一点儿的人一定都还记得，这位外国教练名叫施拉普纳。这位施拉普纳先生的到来，令当时的球迷无比振奋，然而今天想起来，大家可能都觉得有点儿可笑，因为我们现在请来的外国教练，都是国家队级别的，或者是带领球队拿过世界杯的世界级大教练。

而施拉普纳先生当时在德国，带领的是一支叫曼海姆的球队，这只是一支乙级球队，最好的成绩是德甲的第六名。也就是说，施拉普纳在德国只是一个三流教练，但即便是这样的教练，中国也请不起，那时候全中国也没有多少外汇储备，最后请施拉普纳先生的钱，其实是上海大众出的，年薪50万美金。施拉普纳先生抵达北京的时候，首都机场居然给铺上了红地毯，今天的人们听起来可能都觉得不可思议，因为这已经是接待外国元首的待遇了，而且施拉普纳先生还获赠了一辆全新的桑塔纳轿车，当时我们国家的体委主任是伍绍祖先生，他在那辆桑塔纳上亲手写上了八个字——冲出亚洲，走向世界。这八个字旁边就是施拉普纳先生的签名。

于是在北京城里，施拉普纳成了头号巨星，所有人都围着他要签名。估计施拉普纳自己都没想到，他居然在这个世界上人口最多的国家里，被奉为了大英雄，在1993年的春晚上，他还在冯巩的小品里露了脸，接受了全场的热烈掌声。不管怎么说，德国大众对中国汽车业的帮助是巨大的，它第一个在中国开起了合资汽车厂，中国人努力了那么多年，终于制造出了属于自己的小轿车。桑塔纳是中国第一款大规模批量生产的汽车，桑塔纳汽车曾经占到中国汽车保有量的半壁江山。所以，只有桑塔纳车，才配得上老炮儿们。

不论是社会上的老炮儿，还是我曾经亲身经历过的另一个老炮儿圈子——摇滚圈，其实大家都有着差不多的规矩，年轻的时候大家也都是"战士"。摇滚"战士"不比那些拿着砍刀上街掐架的"战士"差，只不过他们拿的是吉他，武器是自己的嗓子和歌词，他们用振聋发聩的摇滚乐去跟人掐，其英勇程度也跟掐架差不多。当年摇滚圈的那些战士，今天依然有一两位在坚持当老"战士"，比如何勇，但大多数的战士如今都成为摇滚老炮儿了，就跟电影里冯小刚演的老炮儿一样，比如窦唯、杨乐等等。

还有媒体圈，今天在台面上叱咤风云的那些记者，其实当年也都是拿着笔跟人家战斗、掐架的"战士"，如今也都成了老炮儿，不再那么冲动了，都是靠着经验和资源处理问题了，每当回忆起当年，人人脸上都是一副"往事不要再提，人生已多风雨"的表情。

2. 高晓松的第一次掐架史

要跟大家分享我记忆中的老炮儿故事，我觉得首先还得从我个人的经历讲起，然后再从这些经历里，慢慢地引出那些我认识的老炮儿，讲讲他们当年的英勇，以及今天的现状。

就先从我自己写起吧。我个人其实没能赶上老炮儿、"战士"们最猛烈的年代。冯小刚那一代人赶上了，还有王朔啊，姜文啊，崔健啊，等等，但他们赶上的也不是老炮儿的中坚力量，真正的老炮儿要比他们更大一点，冯小刚他们这批五〇后和六〇初的人，只是赶上了老炮们战斗得最猛烈的年代的一个小尾巴。

如今大家看王朔的小说，看冯小刚的电影，都能看到一些老炮儿年代的影子。我这一批人就要晚了很多了，我们出生的时候"文革"都到后半期了，等到我们开始成长的时候，顶多只能听一听那些流传着的有关老炮儿的故事，比如什么"七龙一凤"，还有我们从小都听过的"小浑蛋"的故事，只要是在那个年代的北京长大的孩子，没有人没听说过小浑蛋的故事的，那是北京城里最著名的"战士"，无比英勇，无比仗义，除了小浑蛋之外，西直门也有一个战士，甘家口也有一个牛人，还有西城区的石猛，等等，提起他们的故事，每个孩子都能倒背如流。

看了《老炮儿》这部电影之后，我跟今天的年轻人讨论了一番，当然主要是知识阶层的年轻人，我问他们，为什么一个国家曾经出现过这样的事情，为什么整个时代的年轻人都崇拜老炮儿这样的人？在我年轻的时代，没有人崇拜当官的，也没有人崇拜有钱人，更没有人崇拜知识分子，人们就崇拜这些流氓。那个年代的年轻人每天出门的时候，都觉得自己的军挎包里应该有一块板砖，胳膊上也应该绑一把刀。

这其实非常像美国的大萧条时代，大家可以去看美国大萧条时代的电影，比如《美国往事》，在那种清贫的年代，年轻人确实就崇拜那些草莽英雄，崇拜那些能打能杀、仗义、讲义气的人。在经济萧条的年代，穷人没有什么向上爬的社会阶梯，底层的人们没有途径往上爬，也不知道该怎么做才能赢得别人的尊重，只有成为这样的"战士"和英雄，才能受人尊重，这也就是穷人阶层的希望所在。我想，这大概就是那个时代的人都崇拜老炮儿，崇拜流氓的最重要原因。

在我小的时候，人人都崇拜这些"战士"，大家都穿着察蓝板儿绿的衣服，腰上扎着根板砖那么粗的大皮带，叫板砖板带，一旦要跟人打架了，就把这皮带解下来，因为这皮带前面有挺大的一个扣，抡起来可以打人。

其实大多数人根本就没打过架，但是书包里也都装着一块板砖，这样走在外边就感觉自己好像也是一个"战士"。至于那些更勇猛的"战士"，书包里揣着的就不是板砖了，那都得带着三棱刮刀之类的武器。

即便是我们这些生长在知识分子大院儿里的孩子，也避免不了这样的风气，因为我们总得去上学啊，在学校里到处都充斥着这样的气氛。所以我小时候也跟千百万的北京年轻人一样，每天都在做梦，希望自己有一天能像一个"战士"一样冲锋陷阵，打完架以后往老莫餐厅或是哪个小餐馆一坐，弄几扎啤酒，跟兄弟们喝酒聊天，大家都敬佩我，混到老了，就成了老炮儿，一生受人尊敬。

光想还不过瘾，还总想真的去实践实践，虽然当时我年纪还小，当不成老炮儿，但我可以从小钢炮当起啊。于是我总想找机会跟人码架，码架跟掐架意思差不多。"码"在北京话里是一个特别重要的词，但在《老炮儿》里没有使用"码架"，我猜想应该是考虑到全国的观众。为什么叫"码"呢？这是从打麻将的行话里衍生出来的，打麻将的时候，这儿码一堆麻将牌，那儿码一堆麻将牌，这种事先把局布好的对阵，就叫"码"，老炮儿打架都是很有规矩的，要事先商量好地点、人数和排场，等等，所以叫码架。

我这辈子亲身经历过的"码架"只有三次，算是过了三次英雄主义的瘾。

第一次发生在我上高二的时候，那个年纪的男生，正是肾上腺素最旺盛的时期，而且那个年纪的女生都喜欢打架厉害的男生，于是我就老幻想着，什么时候自己也能跟人码一架，也像那些"战士"一样，走到哪儿都横着脖子，见谁不顺眼就盯着谁看，等着对方主动问我："你看我干吗？"然后我再特威风地反问："我看你怎么了？"然后两个人就打起来了。

后来我到美国，无意中发现了一本教美国人学中文的书，书里的第一篇对话叫《在公共汽车上》，一方先开口说："你丫看我干吗？"太搞笑了，居然连北京话里的"丫"字都出现了，然后对方回："我看你怎么着？"

一方再说:"你丫再看我,咱俩下车比画比画!"然后两个人就下车码架去了。我猜这本书的编写者,说不定就是个北京老炮儿,因为这对话内容根本不符合美国国情。如果在美国的公交车上,你问一个美国人:"你丫看我干吗?"估计对方十有八九回答:"我觉得你长得特别漂亮。"接下去两个人就化干戈为玉帛,非常友好地聊起天来。由此可见,北京老炮儿如果来了美国,肯定水土不服。

总而言之,我上高中的时候,就天天预谋着能有一个机会,让我也能跟谁瞪瞪眼睛,码上一架。终于有一天,这个机会来了。

那是元旦前夕,每个班都要排一出元旦晚会节目,都需要录音机,但是学校里只有一台录音机,我和班上的一个同学去借,于是就跟另一个班的同学发生了矛盾。一开始大家都没动手,只是用言语互相挑衅。在打架这件事儿上,北京人和东北人还不太一样,东北人是一言不合上来就直接开打,北京人则不然。北京人在打架之前,一般都是先用语言"盘道"。这个"盘道"的意思,就是大家先口头上商量好打架的地点和规矩等。北京人打架一定要先盘道,就跟《老炮儿》里演的一模一样,一开始冯小刚并没有直接就跟对方打,而是掰了对方的手指头,然后口头上定好了正式打架的规矩,而且当时旁边站着很多女生,女生的围观,绝对能刺激男生的肾上腺素激升。

就这样,为了一台录音机,我们俩就跟另一个班的同学盘起道了,对方问,咱们码哪儿啊?(咱们在哪儿打架呀?)我们俩说,咱们码后海(咱们在后海打)。我估计对方的心情一定也跟我们俩一样,既害怕又兴奋,因为我读书的学校是北京四中,那是当时北京城里排名第一的中学,在北京四中读书的孩子都是好学生,用现在的话讲都是学霸,根本都没有打架经验。但就是我们这群学霸,心里的梦想也不是当什么教授和科学家,而是当老炮儿,当流氓。

后海离北京四中很近，而且，后海也是当时北京城里孩子码架的重要地点，包括老一代的老炮儿们，也都把后海当作重要据点。《老炮儿》里，冯小刚在电影里玩儿滑冰、拍婆子，那都是在后海、什刹海，还有玉渊潭和颐和园旁边的小废湖拍的。

所以一提到后海，我们俩和另一个班的学生就都激动起来了，感觉自己离"战士"的梦想越来越近了。接下来就得盘一下打架的人数，《老炮儿》这部电影里，冯小刚他们打架之前没谈好双方各来多少人，但按照老炮儿码架的规矩，人数一定要事先商量好，小钢炮也得遵守这些规矩，大家拼实力，拼战斗力，公平码架，谁也别仗着人多势众。于是我们俩和另一个班的学生商量好，双方各带二十个人，在后海码架。

回到家之后，我心里无比激动，夜里根本睡不着，整个人都被一种豪迈的英雄主义情绪所笼罩。但激动归激动，该做的准备也得做起来，其中最重要的一条就是，我们俩上哪儿去找二十个人来帮我们码架啊？我们班上的男生肯定不行，那都是书呆子，哪儿能上战场啊？我本人是从小生长在知识分子大院儿里的孩子，我身边的同龄人都是知识分子子弟，也没什么能打架的。跟我一起的那个哥们儿，我就不提他的名字了，因为他现在也小有名气，是某大型国际互联网公司的CFO（首席财务官），反正他当年也是个学霸，没什么战士朋友。

我俩想了半天，也没想到什么合适的人选。后来我就跟他商量说，虽然咱们学校和大院儿里没有"战士"，但咱们可以到外边儿去搬救兵啊，比如去外交部大院儿。当时所有的北京大院儿子弟里，部队大院儿里的孩子毫无疑问是最能打的，这可能是由于他们身上的军人基因，部队大院里也有各种各样的"战士"和"战士"传说，比如所有北京孩子都听说过的"劈死小浑蛋"的故事，就是部队大院里那群孩子干的。王朔、冯小刚和姜文他们都是部队大院子弟。可惜，我们谁也不认识部队大院的孩子，我们知识分子大院的孩子，只认识部委大院的孩子，或者某某大学大院里的孩子。

所以我们俩绞尽脑汁想了半天，最后决定去外交部大院里搬救兵。在我们所认识的圈子里，数外交部大院里的孩子最能打架，因为这些孩子的父母基本都不在国内，他们的父母都是些驻外大使、驻外一秘和驻外参赞，这帮孩子从小就没有父母管，一个个无法无天。于是我们俩就到外交部大院找人去了。

当时，我觉得自己在北京四中已经是很流氓气的学生了，当然"流氓"在那个时候不是贬义，不是现在大家常说的耍流氓，而是指一个人仗义、豪爽、勇猛等。但要去外交部大院，我心里还是有点没底，临出发前，我们俩还背了一堆黑话，那态度比我现在写书、做节目还认真呢，生怕到时候给知识分子大院的孩子丢脸。

结果我们俩到了外交部大院，一进屋还是看傻眼了，当时我们俩都是十七岁，外交部大院的那帮孩子顶多也就十七八岁，最大的也就高中刚毕业，但光从外表上看，我们俩和人家就已经完全不一样了。外交部大院的孩子举手投足全都社会气十足，男生全都抽着烟，姑娘们一个个都打扮得很漂亮。最让我们俩震惊的是，有一个外交部大院的孩子，特别自然地对一个姑娘说："你今天晚上就跟某某某回去吧。"在北京四中，男生和女生之间还是挺有距离的，大家相互之间还处在暗恋和懵懂的阶段，虽然总想像老炮儿一样交个女朋友，但谁也不敢真的去跟女生搭讪，没想到人家外交部大院的同龄人都直接带姑娘回家了。

但我们震惊归震惊，这次来的目的还没忘，就原原本本地把码架的事儿跟外交部大院的孩子们说了。对方听完特别豪爽地说，就二十个人？小菜一碟，哪天码？到时候我们肯定按时到，你们俩放心回去等着吧。

于是我们俩就带着震惊的心情回家了，晚上肯定还是睡不着觉啊，躺在床上翻来覆去地想，正式开战的那天，我该怎么表现啊？我是不是得先冲上去啊？因为架是我码的，人是我约来的，我不能躲在后面拖后腿啊，然后就在脑袋里幻想出了各种英勇拼杀的场景，最后怀着惴惴不安的心情睡着了。

到了约定码架的日子，我们二十几个人，雄赳赳气昂昂地到了后海。结果在后海等了半天，对方居然没人来。外交部大院的孩子们当场就气坏了，一个个感觉好像被人戏弄了。但其实我心里是暗暗松了一口气的，随着事情的不断发展，我确实是怕了，约了这么多人来，这一旦打起来，绝对不是小架，万一捅出什么娄子，我真承担不起后果。

虽然我心里挺窃喜的，但是外交部大院的这帮孩子不答应了，怒气冲冲地质问："怎么回事儿啊？玩儿我们呢？"我赶紧跟他们道歉，安抚他们的情绪，说对方可能是怯场了，不敢来了，这次就算了吧，不打了。结果外交部大院的孩子不肯罢休，小钢炮有小钢炮的规矩，说码架就一定要码架，哪有人到了最后不码的？不行，他们不来，我们就去北京四中找他们！

这下子局面就超出我的控制了，就像《老炮儿》里演的那样，张涵予说："哎哟，码这么大的架，咱们哪儿拦得住啊。"我当时唯一的感觉，就是无能为力，外交部大院这帮孩子说要去北京四中，我根本拦不住，我要是敢拦，他们说不定直接在后海把我揍一顿。没办法，我只好跟着他们去了我的母校——北京四中。

进了学校，我顿时就威风了，身后跟着一群流氓，雄赳赳气昂昂，从来也没那么厉害过，见到人就问，某某班的某某某在哪儿呢？不是说好了跟我码后海吗？结果我们找的那几个人一看这阵仗，顿时吓坏了，根本不敢见我们，直接躲到教导主任办公室去了。

我听说他们躲到教导主任办公室了，心里又怕又急，教导主任都出马了，那这仗肯定是打不成了。我有一种陷入两难中的尴尬，但是表面上我也不敢表露出来，毕竟这是我第一次在学校里这么威风凛凛，我只能暗自琢磨，我该怎么办，才能既不在外交部大院这群孩子面前丢面子，又别惹到教导主任呢？

没想到，就在我暗自着急的时候，一件令我更加措手不及的事儿发生了。在北京四中，跟我们同届的学生里，其实也有一群挺能打架的孩子，这些人每天都蹲在学校墙根底下抽烟，我跟他们没有什么来往。我正带着外交部大院的孩子在学校里乱转，偏巧就遇到我们学校的这群痞子了。大家都是年轻人，血气方刚，肾上腺素旺盛，看谁都不服，整天想找人打架，结果我们学校的这群痞子一看，外交部大院的孩子手里都拿着各种家伙，比如自行车链子等，显然是来北京四中闹事打架的，两伙儿都不是善碴儿，没盘几句道，就叮叮当当打起来了。

我当时就傻了，这是什么情况啊？我领来的外交部大院的孩子，跟我们学校最能打的一伙人打起来了，双方都有二十多人，从教学楼的墙根底下一直打到楼顶，又从楼顶踹到楼下，打得满地乱滚。我简直束手无策，我也跟着冲上去打？可我该帮着哪头儿啊？没办法，最后我只能夹在双方中间劝架，跟双方说好话，别打了，别打了，咱们找的不是这些人，打错了。可这么大的群架，所有人都打红眼了，靠我一个人的力气哪儿劝得住啊？

整个局面完全失控了，最后教导主任也来了，学校里的保安也来了，还报了警。其实没等警察赶到，仗就已经打完了，外交部大院的学生心满意足地走了，因为他们觉得今天没白来，说打架就打了一场，他们也不管打的是谁，最重要的是他们跟我也不是特别熟。今天的年轻人可能不理解，既然是不熟的人，他们为什么这么痛快地就答应来帮我打架？其实那就是老炮儿的一种光荣，大家遇到困难的时候都会想到去找老炮儿帮忙。小浑蛋那群人也是一样，不管你是谁，只要你认我当哥，我就义无反顾地去帮你摆平事情，只要你认我当哥，我就算自己家都揭不开锅了，也要借钱去看守所把你赎出来，说到底，你也就是管老炮儿叫了一声哥，你跟他也许并没有那么熟。

就这样，我稀里糊涂地在北京四中导演了一场群架，外交部大院儿的孩子打完架一拍屁股就走了，只剩下我没地方可走，只能老老实实地等着接受学校的处分。但那个时候的年轻人，还有一种特别不可思议的虚荣心，一般情况下，比较大的处分都是在学校的大操场上公开宣布，让全校的学生都听到。殊不知那些被处分的孩子心里并不觉得害臊，反而会特别高兴，因为当广播喇叭里高声公布道，某某某因为打架而受到某某处分，你会感觉到全校女生火辣辣的目光都集中在自己身上，她们都喜欢能打架的男生，那种感觉就像自己是接受人们崇敬和爱慕的英雄一样。

因为打完这场架，我们学校就元旦放假了，所以学校告知我，将在假期结束后，全校通报对我的处分，而这次隔了一个假期、姗姗而来的处分，也将充满了戏剧性。

3. 清华和北大的码架事件

因为年轻气盛、崇拜英雄，我在高二那年经历了人生中的第一次码架，开端轰轰烈烈，中间失去控制，最后等待我的将是一次全校通报的处分。

对于这次处分，我的心情喜忧参半，喜的是能让全校女生都用崇拜英雄的目光看我一次，忧的是这毕竟会在我的履历上留下不光彩的一笔。

然而令我意想不到的是，我的这次处分也特别出人意料，特别有意思。元旦假期一结束，学校就宣布了对我的处分，处分十分正式，内容是"高某四人目无法纪，带流氓进校寻衅滋事，引发群体性斗殴事件，给予严重警告处分"，这里面提到的"高某四人"，就是和我一伙儿的这位现CFO，还有另外那个班跟我们俩抢收音机的那两个学生，那两个学生虽然没有参与打架，但是这场架是他们引起的，所以也受到了严重警告处分。听到这个处分，我特别高兴，因为警告里使用的是"高某四人"，而不是"李某四人"或"王某四人"，这代表在这场码架中，我是担当着主导地位的，这真是大大地满足了我的虚荣心。

但有意思的不是这场架是否是由我主导的，而是在全校通报处分之后，紧跟着又来了一段全校通报表扬，受到表扬的主人公居然也是我。在元旦假期期间，我和一群朋友出去玩儿，遇到一个哥们儿从山上掉下来，我们救了他，把他从山上背了下来，送到屋里还照顾了他。

其实这个哥们儿没受什么太严重的伤，他之所以这么感谢我们，是因为其他的原因。我们把他背下山之后，当天就住进了一户农家小院儿，结果到了半夜，这哥们儿突然来敲我们的门，打开门一看，我的天，他脸上全都是血淋淋的刀伤，大半夜开门看到这幅画面，真是够血腥吓人的。我们就问，这是怎么回事儿啊？这哥们儿告诉我们，他这次来这儿，是带刚刚结婚的表姐和表姐夫来旅游的，表姐夫是个西北人，脾气比较火暴，因为这哥们儿白天上山摔伤了腰，所以晚上回去，他表姐就抱着他喂他吃了几口面条，结果他表姐夫就吃醋了，不仅把他表姐打了一顿，还在这哥们儿脸上划了几刀。幸好这哥们儿跑得快，一路带着伤连滚带爬跑到我们这儿来求救。

听了这话，我们胸中的血液又沸腾了，大家一起出动，去把这哥们儿的表姐夫捆了起来，准备送到公安局去。结果这哥们儿的表姐心软了，舍不得老公了，哭着哀求我们，她才刚结婚，不能把她丈夫送到公安局去，要不然她丈夫这辈子就全完了。我们只好问那哥们儿，你受伤最严重，你说该怎么处理吧？结果那哥们儿想了想说，唉，算了，他毕竟是我表姐夫，是我的亲人，闹到公安局去大家都不好看，只要他保证以后再也不动手打人就行了。最后，我们也中断了游玩，坐火车把这位浑身都是伤的倒霉哥们儿给送回北京去了。结果，这哥们儿回头就往我们学校送了一封表扬信，还送了一面锦旗，感谢我们的仗义帮助。

那个时候人们崇拜的老炮儿，除了打仗的时候勇猛，平时也得有正义感，要是看见街上有个老大爷昏倒了，老炮儿绝对会冲上去给他扶起来。就连打架的时候，把对方打伤了，事后老炮儿也会亲自把人家送到医院去。包括当年最红的小浑蛋，最后被老红卫兵用刀扎死之后，也是被那群老红卫兵送到医院去的。老炮儿讲究的是"盗亦有道"的侠客风范。

所以，在这次全校通报大会上，我出了大风头了，不仅能带头码架，还能行侠仗义出手救人做好事，我美滋滋地接受了全校女生火辣辣的目光注视。

我本来以为，我人生中的第一次码架经历，就这样画上了句号。没想到这件事儿还没完，而且事态还进一步恶化了，差点儿把我吓死。

外交部大院儿的这群孩子心满意足地打了架，"高某四人"也受到了通报处分，但还有一拨人的问题没解决，那就是我们学校最能打的那伙儿痞子。这些人莫名其妙挨了一顿揍，心里当然不服了，于是就来找我说，高晓松，是你把人带进学校的，然后莫名其妙把我们打了，这事儿可不能就这么完了。我当然也不敢跟对方说，你们要是不蹲在那儿抽烟，还用眼神儿挑衅人家，人家也不能过来揍你们啊，但是我也不能太丢脸了，只能跟对方盘道，问，那你们说怎么解决这件事儿吧？对方说，咱们码玉渊潭吧，正儿八经地打一场。我也是赶鸭子上架，装作很懂行似的问对方，你们要码多少人啊？对方说，三百人！我当时都惊呆了，我找二十人都够费劲的了，而且到最后我根本都控制不住局面，现在对方居然要跟我码三百人，我上哪儿找那么多人去啊？但事情都发展到这个地步了，我要是不答应，对方肯定不会善罢甘休，我也是年轻气盛，就一咬牙答应了。

于是从这天开始，每天我在学校里遇到这群人的时候，对方都会问我，你那边的人找多少了？够三百人了吗？我只能敷衍地回答，差不多了，快了。最后对方通知我，他们已经找到了石景山首钢，三百人全都凑齐了。那些日子我每天都如坐针毡，我把整个清华大院儿里能打的孩子全找出来，也就勉强能凑上两位数，三百人对我来说简直是个天文数字。

眼看着离正式码架的日子越来越近，我不能再拖下去了，最后灵机一动，去找我们大院儿里的大哥了。大哥一听对方居然调动了三百人的阵势，也十分震惊，告诉我，这么大的阵仗，已经不是我这个大院儿大哥能摆平的了，咱们得去找西城区的大哥出面了。我当时完全六神无主，赶紧连连点头称是。于是，大哥就带我去找当时西城区最著名的老炮儿——石猛大哥了。

石猛大哥听完了我们的来意，二话不说就答应了下来，他也没管我要钱，现在的人可能不会理解，一个素不相识的人，就因为你管他叫了一声大哥，他就会无偿地去帮你摆平事情？这样的事儿放在现在，绝对会变成一桩买卖。但在那个年代，你只要管老炮儿叫一声大哥，人家就觉得光荣，觉得有面子，愿意无条件地去帮你摆平事情。

到了约好的码架的日子，我直接跟对方说，这架咱们不码了，我找了石猛大哥。对方一听石猛的名字，态度立刻就缓和了，说既然你把石猛大哥都找来了，咱们双方就坐下来谈谈吧。于是我们约在了北京四中的门口见面，在电视剧《阳光灿烂的日子》里，打架之前或者打完架之后平事儿的老炮儿是老莫，导演姜文心里肯定也有这样的老炮儿情节，所以特意在电视剧里安排了这么一段，老莫是部队大院子弟，黑道白道都能摆平，姜文特意找了王朔来演老莫，王朔站在剑拔弩张的两拨人中间，高高举起酒杯，说大家把这杯酒喝了，这场事儿就算完结了。

石猛大哥帮我平事的过程，跟电视剧里演得特别像，我们双方就在北京四中门口，平安里156中学旁边的一个小破饭馆里碰面了，当天的情形我至今都记得十分清楚，我们这边去了七八个人，其实都不是什么流氓，就是我的一群同学，对方也去了七八个人，分别坐在桌子两边。石猛大哥比我们来得晚一点儿，他进屋就直接坐在我们中间的位置，石猛大哥的身后就跟着一个光头，手里拿着一根狼牙棒，不过那根狼牙棒不是《水浒传》里秦明拿的那种狼牙棒，而是一根大棒子，上面插了不少钉子，这个光头一直就站在石猛大哥身后。

前面我写过，老炮儿和"战士"一样，老炮儿开口说话绝对不会喊打喊杀，而是语气非常镇定自若。石猛大哥落座后就说，各位兄弟，如今我老了，大家可以不给我面子，没关系。但是我身后这位兄弟，刚刚从圈里大刑上来（那时候习惯管监狱叫"圈里"，看守所叫"炮局"），他手里的棒子可不认人，今天大家给我兄弟一个面子，把这杯酒喝了，这事儿就算过去了，你们看行不行？我们两边哪儿敢说不行啊，赶紧连连点头说，多谢石猛大哥。然后大家把酒都喝了，这件事儿就算到此为止了。其实说到底，我们双方也没有什么深仇大恨，就是两伙年轻人肾上腺素激升，想逞逞英雄，谁也不想真的来一场六百多人的混战，现在把石猛大哥这么牛的老炮儿都请来了，大家都觉得可以了，赶紧收场吧。

以上就是我以小钢炮身份所经历的前两次码架事件，第二次其实算是第一次的后续，而我的第三次码架，其实也勉强可以称得上是第二次的后续。

在石猛大哥的调停下，我和北京四中的痞子们也算"不打不相识"，大家一来二去居然就成了朋友，没事儿就一起偷偷摸摸抽根烟。不久之后，我们就从北京四中毕业了，上大学了，说来也奇怪，我们这些在学校里爱打架闹事的家伙，基本上都上了清华和北大，主要也是因为北京四中当时确实是北京城里最好的中学，就算是痞子，也都是学霸，每年都能有一两百名学生考上清华和北大。而且北京四中毕业的学生都有一个毛病，那就是特别傲慢。其实凡是能考上清华和北大的学生，都是同龄人里的佼佼者，但你走在清华和北大的校园里，很容易就能认出哪些学生是从北京四中考上来的，因为这些人永远特别骄傲，其他人介绍自己的时候都说，我是从清华或北大毕业的，只有北京四中来的学生永远这么介绍自己：我是北京四中毕业的。别人都觉得北京四中出来的人挺讨厌的。

北京四中也确实出了很多优秀的人才：比如我们现存的最老的清华大师兄李敖大师，他大概比我大三十多届，各位读者对李敖大师一定不陌生，他那个性和脾气，就是北京四中毕业生的典型；还有比我大十几岁的陈凯歌师兄，陈凯歌大导演的脾气，大家也有目共睹；比我大一届的著名的于丹师姐等，这些人都是从北京四中毕业的。包括我本人在内，我们这些人全都有一个毛病，就是走到哪儿都谁也不服。

有一个当年跟我码架的学生，他考上了北大地球物理系，我们都把他的专业简称为"球系"，虽然当年我们差点儿码出一场六百人的大群架，但后来我们都成了很要好的兄弟。尤其是上了大学之后，我们这些从北京四中毕业的孩子，依然保持着联系，大家平时也经常在一起玩儿。结果有一天，这位球系的校友突然跑到清华来找我们，说他被人打了，跟对方码了北大东门，双方各带三十人。

事情是因为踢球而起的，他们跟一群从内蒙古来的北大学生踢球，内蒙古的学生都是相当勇猛的，过程中北京孩子不小心被对方打了两下，北京的这群孩子被打了，就习惯性地喊道："丫的敢打我？你等着，你等着！"北京人永远都是这样，嘴上绝对不输阵。但内蒙古的学生可不管这套，他们一看北京的学生跟他们叫板，冲上来就要直接开打，北京的学生见势不妙，赶紧跑，跑之前跟对方喊："今天晚上九点，北大东门，三十个人，你们等着！"如今大家从北大东门出来，直接就是一条大马路，叫城府路。但当时还没有城府路，那时候从北大东门出来，外边是一大片荒地，小树林。

我们在清华的这些北京四中毕业生一听,这还了得,敢惹我们四中的人?一个个的肾上腺素又全被激升起来了,立刻开始着手准备。这场架能不能真的打起来,谁也说不准,但北京人永远都要把范儿拿足了,一说到要码架,肯定要背上军用挎包,里面装半块砖头,必须得是半块砖头,因为打架的时候一整块砖抡不起来。光拿半块砖头肯定不够,砖头扔出去就没有了,还得有其他家伙,在电影《老炮儿》里,对方是在手上套上一种专业的护套去揍冯小刚的,我们那时候没有那么专业的工具,就在手上缠上一圈自行车链子,左边胳膊袖子里还得绑上一把刀……这就是当时最流行的战斗装备。当然了,虽然大家随身都绑着一把刀,但在打架的时候真没几个人会把刀掏出来,老红卫兵那个年代才用刀,但那个年代已经过去了,我们只是沐浴在已逝的时代光辉下,出于致敬的心情在身上绑上一把刀,而且在出发前,大家还都会相互提醒,到时候咱们千万别真的把刀拿出来啊,除非是咱们被人打散了,一个人落单了,被逼到走投无路了,才能把刀拿出来。

去之前,大家还得先喝点酒壮壮胆。我们选了清华大学校园里的一间小破饭馆,大学生之家,那家饭馆里只卖两种食物,一种是鸡蛋汤,另一种是馅饼,除此之外就是二锅头。我们每个人都喝了二锅头,酒精一上脑,胆子就大了。一行人就顺着清华的小门溜达出去了。虽然我们跟对方约的是三十个人,但我们在清华里找了一圈,其实就找到了十四个人,主力都是北京四中毕业的。

结果到了北大东门一看,那几个内蒙古学生胆子挺大,居然就叫了几个人。本来大家可能还对内蒙古人有点发怵,现在一看敌我力量严重悬殊,胆子顿时更大了,一拥而上,没打一会儿就把那几个内蒙古学生给打散了,内蒙古学生见状不妙,开始逃跑,我们就追,三五个清华的学生追一个北大的学生,在北大校园里乱跑。

我跟另外两个人一起，负责追一个内蒙古学生，追过了三角地，一直追到四十几号男生宿舍。最后，这个内蒙古学生被我们追得走投无路，在宿舍里抄起一个开水瓶，就像董存瑞炸碉堡似的对我们喊："你们要是再敢追过来，我就拿着这瓶开水跟你们同归于尽！"当时宿舍里还有几个南方来的学生，一个个戴着厚厚的眼镜片，全都吓傻了，都躲到床角去了。我们三个也挺逗，见对方要拿开水瓶砸我们，我们就跟他谈判说，你把开水瓶放下，我们不用自行车链子，就用拳头捶你两下就行。那哥们儿也不傻，毕竟都是能考上北大的学生，想了想，觉得被拳头捶两下，总比被开水烫了强，于是就把开水瓶放下了，我们三个就冲上去揍了他一顿，其实我们下手也不重，他也没受什么伤，就出了点鼻血。

然后我们就兴奋又得意地离开了北大。怎么形容我们当时心中的那种快乐呢？就好像是今天那些创业的年轻人，融到了资后的那种喜悦。我们就感觉自己已经融到了资，下一步就要上市了，一旦上了市，我们就是老炮儿了。于是我们回到清华后，尽情地庆祝了一番，喝了很多酒，每个人都把自己是如何打的、对方如何求饶的，夸大其词地吹嘘了一遍，心情特别激动。

然而到了第二天，我们酒醒了，才发现这回娄子可捅大了……

4. 燕山大酒店英雄救美

说到打架，北大的学生肯定打不过清华的学生，"文革"的时候，清华的武斗阵仗相当惊人，蒯大富那群人连手榴弹和机枪都能自己做出来，而北大从来就没有武斗的历史。但是北大有一个堪比武斗的祖传秘方，也是北大那些文人特有的愤世嫉俗的传统，那就是贴大字报。我们清华的这群人在北大大获全胜，高高兴兴地喝了一夜的酒，第二天睡醒了准备去上课的时候，突然传来一个坏消息，北大那群被我们打了的内蒙古学生贴出大字报控诉我们了！

我们赶紧跑到北大的三角地，好家伙，大字报贴得到处都是，内容也相当耸人听闻："柴庆丰尸骨未寒，又发生了1219血案，校外流氓居然冲入北大，在北大校园里追打北大学生，甚至追进宿舍，要求不作为的校长引咎辞职……"贴大字报的人当然知道我们是清华的学生，不是流氓，但是他们为了吸引眼球，就故意把我们说成是社会上的流氓。至于柴庆丰事件，则是二十世纪八十年代末的一起大事件，这个叫柴庆丰的北大体育生，在校外吃消夜的时候，跟当地的海淀流氓打了起来，结果不幸被打死了，当时正值学生情绪最为紧张的时候，北大的学生非常愤怒，举行了声势浩大的抬棺游行。

我们一看这大字报写得太上纲上线了，还给这次事件取了个"1219血案"这么耸人听闻的标题，于是赶紧动手上去把大字报全都撕了，这下子把马蜂窝捅得更大了，我们刚撕完一批大字报，另一批又如雨后春笋般，源源不断地在北大校园内出现了。而且这些大字报越写越夸张，到了后来已经不是针对这起打架事件了，北大学生还在大字报里抗议学校食堂的伙食不好，要求食堂管理者也辞职。一时间，各种各样的不满声此起彼伏，北大的校园里出现了铺天盖地的大字报。我们几个根本撕不过来了，一个个全都傻眼了。

北京大学里出现了大量的大字报，这可绝对是大事儿。事情发展到这个地步，已经完全超出了我们所能预料和承担的范围，哥们儿几个一商量，一旦调查起来，肯定要把我们几个抓起来，搞不好还要蹲看守所，严重的话说不定还要判刑。没办法了，我们也不敢回清华上课了，全都逃跑了。虽说是逃跑，但我其实也没什么地方可去，想来想去，最后我去了经贸大（北京经贸大学），经贸大有我一个要好的朋友，我就在他那里躲了起来。

不知不觉到了圣诞节，那一年的圣诞节，清华大学要举办一场篝火晚会，身为学校里的文艺骨干，我再也躲不住了，因为我想要回去参加篝火晚会，于是就壮着胆子回了学校，一来想去参加篝火晚会，二来也想探探风声。

一回到清华的宿舍，我明显能感觉到同宿舍里的舍友对我非常戒备。从外地考入清华大学的学生，那都是真正的来自各个省份的学霸，他们对于我这种吊儿郎当的北京本地孩子，本来就持着一种敬而远之的心态，现在就更疏远了。看见我回来了，舍友们指着我的书桌告诉我，你桌上有一封海淀公安分局来的信，已经好几天了。我到书桌上一看，心里顿时凉了半截，那是一封限期自首的通知，限我于12月24日晚上10点以前，到燕园派出所投案自首，否则将对我发出逮捕令。

这下我彻底吓傻了，别看我天天在学校像个流氓一样，但我并不是小浑蛋那样的流氓，小浑蛋是真正在老北京胡同里混大的孩子，而我这种知识分子大院里长大的孩子，也就是跟人家瞎比画两下，装装样子，真遇到大问题根本没有承担后果的能力。公安局发来的限期自首令可不是闹着玩儿的，我一看时间，都快到晚上十点了，还有两个小时就到12月25日了，于是我也没心情去参加篝火晚会了，胆战心惊地一个人去了北大燕园派出所。

没想到我到了派出所之后，所里居然没有民警，值班的人问我是谁，我回答我是来自首的。值班的人问我，你犯什么事儿了？我老老实实地交代，我是1219血案的凶手之一。值班的人也没什么太大的反应，就跟我说，你在这儿等一会儿啊，我们这儿的警察都下班回家了，我打电话把他们叫来……

就这样，参与了这次清华和北大之间群架的双方人马，陆陆续续都被叫到了公安局。在公安局里大家确实都吃了不少苦头，也接受了不少教训。我年轻时候的小钢炮生涯，也就此结束了。

这次事情结束后，等到我们双方终于都被放出来了，大家都特别特别感慨。因为我们确实有点被吓坏了，谁也没想到事情会闹得这么严重。其实我们十四个清华学生和几个北大学生小打小闹了一场，原本不是什么大事，但当时刚好是二十世纪八十年代末，大学校园里正是气氛最紧张的时候，一场小打小闹在混乱中糊里糊涂就演变成了事件。北大的学生比我们先放出来，他们就在看守所门口等着我们，然后请我们喝酒，诚恳地给我们道歉，说对不起，我们只是被打了不服气，想贴贴大字报泄愤，没想到会闹成这样。北大的这些文人学生，很怕我们清华的学生会继续报复他们。

我们也没怪北大的学生，这件事我们也有责任，以多欺少，也不是什么光彩的事儿。总之，大家握手言和。后来，我们清华的这十四个学生，还一起去五道口的一家酒吧里喝酒，所有人都喝多了，抱在一起痛哭流涕。我们这些人大部分都有点小背景，有的是新华社大记者的孩子，有的是大教授的孩子。喝到最后，我们掏出了那把绑在身上但从来没使用过的刀，在马路边上把刀子戳得稀烂，发誓说我们从此以后再也不打架了，再也不当流氓了。其实我们本来也不是流氓，只是虚荣心作祟而已。总之，一想到接下来清华和北大有可能会给我们的处分，大家心中都是一片黑暗。

在等待学校下达处分的时候，我们这些人天天待在一起，商量着对策。我们甚至决定，如果我们这十四个人里，有一个被学校开除了，其他十三个就全体退学，因为我们是兄弟，所以必须同进退。我们还找地儿挂起了一张很大的中国地图，在地图上找了半天，最后选定了集体退学之后的去路——深圳。当时是1988年，深圳刚刚改革开放，我们决定去那片崭新的土地上闯出自己的一片天。

最后，学校的处分终于下来了，其他十三个人全都是留校察看，只有我一个人是严重警告。我觉得特别不好意思，别人都留校察看，只有我仅仅受到了一个警告。总而言之，我从此以后就再也不跟人码架了，但是我心里的老炮儿火种并没有熄灭，而是转换了战场——我开始拿起吉他去跟别人掐琴了，我用摇滚乐当作武器，进入了新的战场。

关于我个人年轻时企图成为一名老炮儿的三次经历，就回忆到这里。

接下来我想写两位我认识的老炮儿，我觉得这两位老炮儿特别具有典型意义。这两位老炮儿，一位是真正意义上的老炮儿，另一位是个假老炮儿。两个人的名字都隐去不提，因为他们现在都还健在，而且都混得挺好。我就简称他们为小李和小张。当然了，他们两个既不姓李也不姓张。

先写小李的故事吧。我和小李大概是十九岁或二十岁的时候认识的，他在北大读书。我们俩认识的缘由非常有意思，当时我在追一个北京外国语大学的女生，但是没有追求成功，结果认识了这个女生同宿舍的舍友的男朋友，也就是这位小李，我们俩常常戏称当年我们是连襟的关系，小李也是个地地道道的北京孩子，从小就胸怀着"战士"的理想，没事儿就幻想着找谁码个架。

在北大，小李也算得上是一号响当当的人物。我俩逐渐熟悉了之后，我经常骑着车去北大找他玩儿。有一次，我买了一双麂皮的新靴子，小李一看到就激动地说："哎哟，你这双靴子挺猸（猖狂）的啊！咱俩换吧！"于是我就跟他换了鞋，我穿着他的拖鞋回了清华，他穿着我的靴子风风光光地走在北大的校园里。

有一天，小李突然问我："你去过燕山大酒店吗？"我回答："没去过，那么高级的地儿我哪儿敢进去？"燕山大酒店好像是四星级酒店，但在当时已经是海淀区最好的酒店了，我从来没敢进去过。小李扬扬得意地对我说："我带你去一次燕山大酒店。"我立马答应了，心里还琢磨着，他是不是发了什么财了？居然带我去那么高级的地方。结果到了燕山大酒店我才知道，其实是他女朋友同宿舍和同班的几个漂亮女生，被几名港商请去燕山大酒店喝酒，几个女生既想去，又有点害怕，因为小李在北大很能罩得住，她们就叫上了小李跟着壮胆，然后小李又拉上了我。

在二十世纪八十年代末、九十年代初的时候，在中国大陆，港商和台商特别受欢迎，用北京话说就是狷得不得了。恨不得香港的一个扫地工人，只要能从罗湖海关提进来两台彩电，就能立马在中国大陆娶到老婆。当天，几个港商在燕山大酒店摆了一大桌子酒菜，跟那几个漂亮女生聊天喝酒，我和小李就在旁边尴尬地喝闷酒，连插嘴都插不上。过了没一会儿，桌上的酒全都喝光了，港商也喝醉了，其中一个拉着北大的一个漂亮女生就往楼上走。

其实那个女生估计心里是挺愿意的，在那个年代，漂亮姑娘都梦想着能嫁给有钱的港商。但我和小李看不出这些，我们俩就知道自己是被拉来当护花使者的，所以赶紧上前阻拦。那个港商特别轻蔑地看着我和小李，冷冷地说："你们两个凭什么拦着我？有本事你们俩把这一桌酒菜埋单了，我就让她回学校。"小李毫不犹豫地说："埋单就埋单，把账单给我！"结果账单一拿来，我们俩全都傻眼了，光是一杯酒就要六十块外汇券，一整桌子酒菜要一千多块外汇券。

在当时那个年代，港商来到中国内地，是把港币兑换成外汇券来使用的。外汇券换人民币，名义上是一元兑一元，黑市价能达到一元外汇券兑一元五六的人民币。普通老百姓手里可没有外汇券，拥有外汇券，也是一种身份的象征。王朔就曾在小说里写过这样的桥段，有一些特别牛的出租车司机，你拿人民币给他根本不要，只收外汇券。

一千多块，别说外汇券了，就算是人民币，我和小李也没有啊。其实我们俩已经算是家境比较富裕的北京孩子了，但我们念大学，一个月也只有一百块钱的生活费而已，每个月能存下二十多块钱就不错了，一千块钱对我们来说无疑就是天文数字。看到我们俩大眼瞪小眼的样子，那个港商不再搭理我们了，极为不屑地拉着女生上楼了。

我心里倒没觉得多郁闷，因为在我短暂的小钢炮生涯里，经历过三次失败后，我已经放弃了当"战士"的梦想，也不再想当什么英雄。但是小李特别伤心，光看他的表情，就知道他的心灵受到了严重的挫折和伤害，他沉默了老半天才握着拳头，郑重其事地对我说："晓松，我将来一定要出人头地，成为一个老炮儿，再也不让今天这样的事情发生。"

我只好拍拍他的肩膀，认真地说："当然，我相信你，你一定行。"

5. 真假老炮儿

1990年，小李在燕山大酒店发誓，将来要成为一个真正的老炮儿。

一晃时间就到了二十世纪九十年代末，这期间我和小李一直保持着很好的关系。有一天，他突然给我打电话问："晓松，你今天下午有事儿吗？"我说："没事儿啊。"他就说："那你来某某酒吧门口，咱俩坐一会儿？"小李提到的某某酒吧，是一家非常著名的大酒吧。我欣然答应。那个时候我已经开始写歌了，在音乐圈也小有名气，到了酒吧门口我问他："今天怎么想起来约我来这儿了？咱俩聊点什么啊？"小李特别神秘地对我说："你等着看吧。"

过了一会儿，就见酒吧门外陆陆续续来了一辆辆的桑塔纳和捷达车，下来了好多人，这些人的手臂上都挂着一件大衣，大衣里面仿佛都藏了一把枪形的东西，当然不可能是真枪了，但看起来还是挺吓人的。我问小李：

"你们这是要干吗呀?"小李豪气冲云天地告诉我:"哥们儿今天要砸店!"我吓了一跳,问:"你干吗要砸人家店呀?我不认识这家店的老板啊。"那真是一家挺大的店,我也不知道店老板有没有什么后台。

小李脖子一横,气势汹汹地说:"我不管,今天就是要砸店,店老板是谁都没用。"我又问他:"到底是为了什么事儿啊?"小李这才把原因告诉了我,其实是一件特别小的事情。几天前,小李请几个银行行长在这家酒吧里喝酒,正划拳划得高兴呢,店老板走过来,特别不高兴地提醒他们:"你们声音小点儿。"小李醉醺醺地端起一杯酒,摆出一副老炮儿的架势,对店老板说:"对不住啊,我敬你一杯。"结果店老板居然没喝,扭头走了。当着一桌子朋友的面,小李觉得脸上特别挂不住,这么多年来,他的奋斗目标就是成为一个老炮儿,现在他终于觉得自己是一个老炮儿了,没想到店老板居然不给他面子。于是,店老板就触到了小李的逆鳞了,小李决定砸店。

我一听这个原因,就觉得真不是什么大事儿,于是赶紧劝小李,对他说:"为了这么点儿小事儿就砸店,太不值得了。要不然这样得了,我去把店老板叫出来,让他给你赔个礼,你看怎么样?"小李还是那副油盐不进的样子,瞪着眼睛说:"不行,哥们儿今天非要砸这店。晓松,今天大家不是经常说,老子奋斗了这么多年,就是为了实现当年吹的牛。当年我曾经在燕山大酒店跟你发过誓,将来一定要出人头地,成为一个老炮儿。所以,今天我特意把你叫过来,就是让你看看,哥们儿当年吹的牛,我今天做到了!"

听到小李的这番话,我也哑口无言了。虽然他砸店这事儿实在是太不靠谱了,但他今天确实是很有老炮儿的架势,一辆辆的老炮儿车陆续停在店门口,这阵仗确实挺牛的。酒吧门口拉出了这么大的排场,酒吧里的人不可能没发现,于是过了一会儿,从酒吧里走出来一个光头。我就不说这个光头的名字了,因为这个光头太有名了,是当年朝阳区的一个著名老炮儿,光头直接走到小李面前说:"哎,小李,你这是什么意思啊?要砸店啊?"小李看见光头,也一脸惊讶,问道:"你怎么也在这儿?"

　　光头点点头说:"是啊,这家酒吧的老板给了我一些股份,让我帮他看店。你要是砸他的店,就等于是砸我的店啊。"小李也不含糊,居然没给这位著名的老炮儿面子,当场就说:"对,就算是你的店,我也得砸,因为这店老板得罪我了!"光头也不太高兴了,说:"小李,你今天要是砸这家店,就是不给我面子,那咱俩就码吧。"小李说:"行,咱俩码吧!"

　　我在一旁都听傻了,这位光头在朝阳区真的非常有名,看来小李今天真是豁出去了,这俩人要是码起来,我不敢想象会发生多么可怕的事儿。光头估计也没想到,小李居然答应了要跟他码,僵持了一会儿,光头说:"这样吧,小李,你先在这儿等一会儿,我进去跟店老板打个招呼。"说完,光头就走进了酒吧。我心想,完了,看来一场大架是避免不了了,待会儿要是真打起来,我是不是应该找个地方躲起来啊?但是我转念一想,又觉得不太可能,为什么呢?光头和小李都不是"战士"啊,他们俩都已经是老炮儿了,北京老炮儿是绝对不会轻易喊打喊杀的,他们都是用智慧、经验和面子去摆平事情的。

　　过了一会儿,光头出来了,对小李说:"我跟店老板商量了一下,他给了我股份,让我保护这家店,但是他可没让我保护他这个人。所以按照规矩,我只负责看店,不负责看人。待会儿我把店老板带出来,你当街揍他一顿,把你的气消了。只要你不砸店,就跟我没关系,我就当没看见,从此以后咱俩也井水不犯河水,你看怎么样?"

　　小李想了想,挺痛快地说:"既然您都这么说了,我也不能不给您面子。确实是店老板得罪了我,我没必要把店都砸了。您把他领出来吧。"然后光头就把店老板带出来了。我觉得特别尴尬,因为我认识这位老板,所以我都不敢抬头看他。店老板这一次的态度非常客气，端着一杯纯威士忌，恭恭敬敬地对小李说："李哥，之前的事儿是我有眼不识泰山，没认出是您大驾光临，实在是对不起。您看这样行不行？我给您一张十万块钱的消费卡，您以后到我这儿来，所有酒水全部免单！"

本来小李还没生多大气，一听店老板这话，顿时就把桌子掀了，脸红脖子粗地质问店老板："你什么意思？我差钱吗？我是来要饭吗？"跟着小李一起来的一大群人立刻卷起袖子，要冲上去揍店老板。店老板彻底慌了，连连求饶，主动把一大杯威士忌全都喝了，又是赔礼又是道歉，折腾了老长时间，总算把小李的怒火浇熄了。

小李这个性格，跟电影《老炮儿》里的冯小刚特别像，身为一个北京老炮儿，你绝对不能跟他聊钱，尤其是不能提"借钱"俩字。如果老炮儿遇到麻烦，需要借钱的时候，该怎么办呢？他们使用的词叫"拿钱"，比如"我有一个哥们儿出了点事儿，我从你这儿拿点儿"。一定要用"拿"，不能用"借钱"。还钱的时候也不能说"还钱"，而是说"你拿着吧"。这就是北京老炮儿的规矩。小李每次跟我一起吃饭，喝醉了之后都会说："晓松，你知道我的梦想是什么吗？就是当一个真正的老炮儿，端坐在椅子上，沧海一声笑。现如今的这些小兔崽子，根本不明白什么是老炮儿，他们不懂一个人是如何从'战士'开始，经历了多少风雨，最终历练成一个老炮儿。"

我问过小李："你干这些老炮儿的事儿，能赚到钱吗？"小李立马满脸轻蔑地说："当然不赚钱了！赚钱还算得上什么老炮儿？"我和小李在一起的时候，只要他接起电话时眼神绽放出光芒，我就知道了，那肯定是某某人出事儿了，被抓起来了，让小李去捞人。只要有这种事儿找上门，小李就全身热血沸腾，毫不犹豫地回家取钱，去看守所提人，对他来说，这就是他一生中最大的奋斗目标。

当然了，小李跟冯小刚在电影里演的老炮儿也不太一样，小李不是一个专业的老炮儿，他有着非常正当的职业，大家别忘了小李可是北大毕业的高才生，他曾经担任过外商驻北京的首席代表，后来自己也做过生意，赚了不少钱，但这些正当的职业，对小李来说都不是什么大事儿。只有当有人来找他，叫他一声大哥，请他出面摆平事情的时候，他才觉得这是自己这辈子最光荣的事情。赚钱不是终极目的，赚钱去花在自己心爱的事儿上，人生才更有意义。

还有一次，我跟小李一起去青岛玩儿，结果坐出租车时我把手机弄丢了，那是二十世纪九十年代末，手机还不是智能的，虽然一部手机不便宜，但比起手机，里面存储的电话号码对我来说更加重要。还好我下车的时候开了发票，就按照发票上的信息打通了司机的电话，在电话里我对司机说："师傅，只要你能把我手机还给我，我就给你两千块钱。"结果司机不客气地反问我："你什么意思？我们青岛人能干这种偷鸡摸狗的事情吗？我可没拿你的手机，你手机被其他乘客拿走了。"我立刻就明白了，根本不是其他乘客拿了我的手机，就是这个司机拿了我的手机，否则司机完全可以说他没看见我的手机。但是我也不敢生气，依然好言好语地跟对方商量说："那这样吧，手机我也不要了，只要你能把里面存的电话号码都还给我，我照样给你两千块钱。"可惜司机不吃我这套，直接把电话挂了，并再也不搭理我了。

我心里特别生气，但也没有办法，我在青岛人生地不熟的，只能自认倒霉了。没想到，看到我手机被拿走了，小李的眼中早已绽放出了狂热的光芒，他无比镇定地对我说："晓松，你放心，手机肯定能找回来，你就别管了。"我有点不确定地问他："这可是青岛，不是北京，你能行吗？"小李自信地回答："你就等着吧。"

到了第二天夜里两点多，果然有人来酒店敲房门，告诉我们："李哥，手机拿回来了，人也抓到了，被我们绑在香格里拉饭店后边了。是您的哥们儿亲自去揍他一顿,还是我们替您去揍他一顿?"我赶紧在旁边说:"别别别,我的手机拿回来就行了,毕竟一分钱都没让我花,别揍人家了,人家开车赚点钱也不容易,放了吧。"

通过这件事,我对小李更加刮目相看了。结束了在青岛的旅行之后,我和小李又一路游玩到了西双版纳。这一路上,不论走到哪里,小李的手机都没有安静过,总是有人来找他,张口就管他叫哥,求他出面摆平事情。每次接到这样的电话,小李的脸上就会焕发出无与伦比的光彩,自己出钱出力去无偿地帮人出头。

我们做音乐的老炮儿也是一样,做其他事情都觉得没意思,只有在摇滚演出的现场,台下有无数人跟着你一起呐喊,我们的生命才绽放出光彩,人生才有意义。然而现在的摇滚老炮儿,都感觉到了深深的失落。如今大街上流行的那些摇滚乐,已经不再是当年的摇滚乐了,真的挺俗不可耐的。摇滚老炮儿们如今出去跟别人介绍自己,年轻人根本就不认识你是谁,甚至当大家自豪地回忆起老崔(崔健)的光荣历史时,年轻人也会问,老崔是谁啊?现在的年轻人都喜欢韩国的偶像了。

有一次,小李跟我长叹一声说:"现在哥们儿终于混成老炮儿了,可惜老炮儿却成了傻瓜的代名词,真是伤感啊。"

这就是小李,一个从小就立志成为老炮儿的人。说句心里话,我觉得小李混了这么多年,虽然小有成绩,也靠着自己的面子,摆平了很多事情,但他还称不上是真正的老炮儿。而且最近这些年,小李虽然事业经营得依然挺好,但在老炮儿的路上还是渐渐失落了,如今来找他平事儿的人越来越少了,他能靠着面子解决的事情也越来越少了。

至于我为什么说小李算不上是真正的老炮儿,还有一个重要的原因,那就是他的家庭出身。小李的出身跟我差不多,是知识分子的后代,还是北京大学的毕业生,所以不管他心怀着怎样的老炮儿梦想,都不是一个纯粹的老炮儿。小李只是靠着自己的出身和学历，赚到了钱，然后拿着这些钱去混老炮儿的圈子。真正的老炮儿是来自社会底层的"战士"，年轻的时候挥舞过战刀，为自己杀出一片天，从社会的底层站了起来，到老了靠着一生积攒下来的智慧和面子行走江湖。

接下来，我想再写一个我心目中真正的老炮儿——老张。

各位读者如果看过谢飞导演的电影《本命年》，就能对老张有更深的了解。老张的经历特别像《本命年》里姜文演的角色。对于《老炮儿》这部电影，谢飞导演也特意写了一篇盛赞的文章。我猜谢飞导演之所以这么喜欢《老炮儿》，是因为《老炮儿》里冯小刚演的这位北京老炮儿，其实就是《本命年》里姜文演的那位"战士"。可惜姜文演的角色最后被小兔崽子用刀扎死了。

老张也是我的一个好朋友，我们已经认识二十多年了，他来自社会底层，就是最普通的老百姓家庭出身，没上过什么学，年轻的时候在一家食品厂当工人，后来去南方趸柔姿纱，在西单摆小摊子赚钱，跟姜文演的角色的经历一模一样，靠着自己的努力，最终开上了属于自己的老炮儿车——桑塔纳。老张混得比较好，柔姿纱之后就开起了工艺品店，生意火了，街上的流氓就来找碴儿滋事儿了，老张坚决不服，操着一把日本大战刀，跟流氓奋力搏斗，誓死不低头，到了最后，流氓都怕他了，谁也不敢来他的店里闹事了。

买了桑塔纳之后，老张的生意越做越红火，后来又换了一辆白色的凯迪拉克，那是我这辈子见过的第一辆四个喷气管的汽车，老张给这辆车取名为"大白狼"。有一次，老张开着他的大白狼，拉着我一起去白洋淀打野鸭子，那是二十多年前的事儿了，那时候的人们还没有什么环保概念，白洋淀里的野鸭子也多。到了白洋淀，我们先租了一艘船，还要租两把猎枪，船夫说一艘船两把枪，一共收你们两个一千块钱。老张非常痛快，说没问题，他有的是钱，一千多块钱对他来说就是小菜一碟，我当时也拍了几个广告，手里也挺宽裕。谈好之后，我们俩就拿着猎枪，上船去打野鸭子了。

打完了野鸭子，船夫开着船载着我们往回走，眼看着快到岸边的时候，船夫突然把船熄火了，跟我们俩说要提前结账。我们俩也没多想，从身上掏出一千块钱给船夫。没想到船夫说不行，你们是两个人，要收两千。我们俩就有点不高兴了，不是说好了一千块钱吗？船夫态度相当蛮横地说，谁跟你们俩说一共一千块了？我说的是一个人一千块，你们两个人就是两千块。那个时候中国的旅游业刚刚兴起，景点的收费都不太正规，这种临时加价的事情屡见不鲜。李安导演拍的《制造伍德斯托克》（*Taking Woodstock*），里面也有临时涨价的桥段。

那个时候我还挺年轻气盛的，有点小脾气，听了船夫的话，我立刻就翻脸生气了，怒气冲冲地威胁船夫道："你怎么能这么做生意呢？你们知道这是什么地方吗？这是白洋淀，属于保定！保定市市委书记是我姑父，你跟我说话客气点儿！"结果船夫根本不把我说的话当回事儿，人家就不耐烦地对我说："少废话，赶紧给钱！"我当时就想站起来跟船夫动手了，我怕什么啊？我手里还有猎枪呢。没想到老张拽住了我。老张年轻的时候可是拿着日本战刀跟人挥舞的"战士"，是从社会最底层一点点打上来的，他什么样的阵仗没见过？可让我意外的是，船夫对我们俩这么粗暴，老张居然完全没生气，反而黑着脸对我说："高晓松，你少跟人家废话，赶紧给人家钱。"说完，老张自己掏出两千块钱，给了船夫。我也只好坐下不作声了，其实老张是很了解我的，他知道我就是一个纨绔脾气，就算我手里拿着枪，我也不敢真的跟人家打架。

事后证明，老张的决定是正确的，因为老张刚把钱给了船夫，就听见四周的芦苇荡里一阵哗啦啦乱响，闪出了七八艘小船。我顿时就惊出了一身冷汗，如果刚才我逞英雄，用猎枪吓唬船夫，这七八艘小船上的人绝对能置我于死地。老张掏了两千块钱，几乎等于捡回了我的一条命。老张一辈子身经百战，船夫一把船熄火，他就把四周的环境都观察清楚了，这就跟当年水上游击队对付日本鬼子一样，游击队的船都潜伏在芦苇荡里呢。

上了岸之后，老张启动了大白狼，载着我离开了白洋淀。路上，他语重心长地对我说："高晓松，你以后再遇到这样的事儿，别跟人家瞎盘道，装英雄。我告诉你，今天你记住哥哥的这句话，只要有人欺负你，就说明你不够牛×。你要是真牛×，绝对没人敢欺负你。今天咱俩开着大白狼来，人家根本不怕你。但如果有一天有国家领导人开着212吉普来，这帮人肯定全都跪下。你也别想着以后找机会来报仇，你以后唯一要做的事儿，就是让自己变得更牛×，知道吗？"

老张的这番话，给了我无比巨大的触动，一直到今天，想起他的话，我都觉得特别感动。如果有人欺负你，你不用生气，也不用想着有朝一日一定要报仇雪恨，这都没有用，你要做的事儿，就是让自己变得越来越好，让别人再也不敢欺负你。老张曾经告诉过我很多宝贵的人生经验，但白洋淀的这次经历，对我来说是最重要的，他的这番话，我也将永记心中。

6. 美国老炮儿

只要有人欺负你，就说明你不够牛×。这是老张告诉我的最重要的一个道理。

除此之外，老张还跟我说过很多永生难忘的话。老张的这一生可谓是跌宕起伏，大起大落了很多次，最鼎盛的时候，他给自己赚到了上亿的资产，各种各样的豪车全都开过。后来不知道因为什么，他突然就退隐江湖了。

有一天，老张突然给我打电话说："高晓松，你好久都没来看我了。"我赶紧说："我这就去看你。"于是我带着一瓶好酒，到了老张家。我们俩一边喝着酒，一边聊着天，我好奇地问他："你的生意不是做得挺大的吗？怎么不继续做了？天天在家待着干什么呢？"老张说："我现在每天就看看书，想想哲学问题，最近我特别想证明量子力学和哲学之间的关系。"我说："这不是我大学时候读的专业吗？您不是食品厂的工人吗？还懂量子力学和哲学呢？"老张叹了一口气，诚恳地对我说："说实话，我就是不想出门。"

我更好奇了，问他为什么不想出门？老张伤感地告诉我，想当年，他身为一个老炮儿，出去做生意，和别人谈事情，看的是对方的人品，在意的是对方够不够仗义，只要大家都讲义气，这生意就肯定能做成，钱也大家一起赚。但现在这个社会完全变了，现在不是人和人谈生意了，是钱和钱谈生意，所谓的面子，所谓的仗义，全都不好使了，所以老张觉得自己已经没有用武之地了，他不愿意跟别人聊钱，他想跟别人聊感情。这就是老张，一个典型的北京老炮儿，跟《老炮儿》里冯小刚演的老炮儿一模一样，只不过冯小刚演的老炮儿没有赚到钱，而老张赚到了钱。但不管赚没赚到钱，老炮儿的规矩和做派，全都是一样的。

老张还有一个身为老炮儿的品质，那就是处变不惊。有一次，老张带着一个姑娘，去外边吃饭，他当天开的是一辆豪华跑车。吃完了饭，老张刚走到豪车边上，还没打开车门呢，突然一把枪抵到了他的后脑勺上。虽然事情发生得很突然，但老张这一辈子经历了无数的"战斗"，所以马上就判断清了形势，他这是遇到打劫的了，于是本能地把眼睛闭上了，然后把手里的车钥匙举起来，对着身后的人说："我现在闭着眼睛呢，没看见你长什么样，车钥匙给你，车你开走吧，我肯定不报警。"

也算老张倒霉，抢劫他的劫匪，估计是两个新手，根本懒得听老张废话，打开车门就把老张往车里推，另一个劫匪则站在车对面，拉开了对面的车门，用另一把枪对着老张。短短几秒钟的时间，老张的脑子里就已经做出了最准确的判断——绝对不能上车，一旦上车，他就彻底落入这两个劫匪手中了，这俩人抢到了这么贵的车，肯定不能轻易放了老张，说不定半路上就把老张解决了，刚好那时候北京和河北发生了很多这种杀人劫车事件。

被两把手枪一前一后地顶着，这样的事儿要是摊到其他人身上，肯定早就被吓傻了，但老张可不是一般人，他把心一横，知道这一次自己必须要战斗了，必须要和对方拼命了。老张也不浪费时间，二话不说，噌的一下就扑到了副驾驶的身上抢枪，结果把枪抢过来一看，居然是一把假枪。但这个时候，老张身后的那个劫匪把刀掏出来了，开始往老张身上乱扎。老张咬着牙，把副驾驶的门打开，爬了出去，在这个过程中，他的后脑勺被扎了两刀，幸运的是扎得都不太严重，俩劫匪一看这情况，知道是遇到能打的人了，扭头就跑了。

事后，老张头上包着纱布跟我说，幸亏哥们儿年轻的时候是个"战士"，这要是其他人，一上车就叫劫匪给绑上了，嘴上再贴一张胶布，半路上肯定被解决了。

这就是老张，一个真真正正的老炮儿，符合所有老炮儿的条件：当过"战士"，懂得各种资源的来龙去脉，现在已经不再喊打喊杀，只用自己的智慧和经验生活，而且他也深知自己落伍了，也不再愿意跟现在的人同流合污，就默默地隐居在自己的家里。如今，我每隔一年半载的，都会去看望他。

之前我写过，老炮儿的专属车是德国大众汽车公司生产的桑塔纳，如今叫普桑。其实不光中国有老炮儿车，美国也有老炮儿车。巧的是，美国的老炮儿车也是大众。

美国的老炮儿主要分为两批，第一批老炮儿出现在美国大萧条时期，就是电影《美国往事》里的那个年代，那个年代距离现在已经非常久远了，我们几乎可以当成历史来看了。那批美国老炮儿跟中国的老炮儿有一个共同点，就是都是因为物质匮乏而孕育出来的"战士"和"英雄"，他们都具有一定的反社会属性，一心追求人格的独立，等等。

第二批美国老炮儿诞生在二十世纪六七十年代，这是一群追求革命、反战、吸毒和玩摇滚乐的人，他们主要是反对战后越来越富裕、越来越物质化的社会。摇滚乐本身就是一种反物质的、反物欲横流的音乐。李安导演的电影《制造伍德斯托克》里，就有一大批这样的老炮儿。大家在电影中会多次看到美国的老炮儿车——大众的 Minivan（小箱包车），这款车长得特别像一辆普通的小面包车，中国人就管它叫小面包，电影里的大量故事情节都发生在这辆车里。关于电影的剧情，我就不多说了，各位读者可以自己去看。

说到《制造伍德斯托克》，就不得不提到导演李安，李安导演真的很了不起，他横跨中美两国，对双方的历史和人民的性格都很了解。李安导演的搭档叫詹姆士·沙姆斯，是一个在美国长大的犹太人，《制造伍德斯托克》这部电影就是詹姆士·沙姆斯写的剧本。詹姆士·沙姆斯的年纪不小，他年轻的时候应该就是一个美国老炮儿，参加过各种抗议和革命，所以才能把电影写得这么生动。

《制造伍德斯托克》这部电影跟《老炮儿》有一个很相似的地方，就是我看这两部电影的前半部分，都觉得特别感动，因为它真实地展示了一个国家的时代精神。但看到后半段，我就产生了很多的遗憾。李安在这部电影里，用了大量的篇幅去描写同性恋，我觉得有点太过了。如果是专门拍一部《断臂山》这样的电影，那你怎么描写同性恋都没问题。但《制造伍德斯托克》这是一部非常阳刚的电影，那个年代的美国革命是充满了雄性激素的，那是一个"要做爱，不要作战"的时代，年轻人都留着长发，吼着摇滚乐，而摇滚乐更是美国乃至全世界最阳刚的一种音乐。可是李安偏要让电影的男主人公是一个同性恋，结果这位阴柔的男主人公，一下子就把电影的基调拉得十分诡异。关于电影的事情，我就不多说了，主要还是说说美国的老炮儿车吧。

不论是在詹姆士·沙姆斯这样的美国老炮儿心目中，还是普通的美国人心目中，大众的Minivan都是美国革命时代的重要标志，更是美国的老炮儿车。美国的老炮儿不管到了多大的年纪，都坚持要开这款车。这款车有两个特点，一是便宜，一个是容量大。革命者都是年轻的学生，没什么钱，大家一起去搞革命，开这样的车最实用了。

除了《制造伍德斯托克》之外，还有一部电影，我也很推荐各位读者去看——《阳光小美女》，这是2006年的电影，剧本还得了一个大奖。电影里演老炮儿的演员，后来还得了最佳男配角奖。这是一部非常有意思的电影，从头到尾就是一家人开着一辆美国的老炮儿车，影片里的老炮儿就是这家的爷爷，这位爷爷年轻的时候绝对是一名战士，至今屁股里还留着一颗纳粹的子弹，即便现在老了，依然还吸着毒，每天看毛片、买黄色杂志。电影里还有一位舅舅，是个同性恋。美国的电影里总是特别喜欢加入一两个同性恋的角色。

总之，这一大家子人，爷爷、爸爸、妈妈、舅舅、阳光小美女和她的哥哥，每个人都有自己的问题，这是一部很典型的中年危机（Middle-aged Crisis）电影。整个故事的主线，是一家人陪着女儿去参加阳光小美女的比赛，但在路上，每个人都要解决自己的危机和问题，除了中年危机，还有哥哥的自闭症，爷爷的问题就不用说了，同性恋舅舅在出发前就刚刚自杀过一次，对世界充满了绝望。全家人里，就只有这个小女孩儿充满了阳光。

整个故事里最搞笑的一幕，就是在阳光小美女的比赛现场，除了爷爷，全家人都不知道小美女要表演什么舞蹈，大家都充满期待地坐在台下，结果小美女居然上台跳了一支色情舞，台下所有的观众都傻了，那些高贵人家出身的小公主都看不了了，被妈妈们带走了。而这支色情舞蹈，正是小美女的爷爷、电影里的这位美国老炮儿教的。为什么要教一个小女孩儿跳色情舞？因为老炮儿就是要反抗社会，反抗主流的价值观。

《阳光小美女》这部电影的剧本为什么能得奖？因为它写得实在是太巧妙了，不同的观众都能从故事中感受到不同的东西。年轻的小观众看这部电影，能看懂电影里有一个积极、阳光、乐观的小美女，小美女热情地追求自己的梦想，最后感动了她的妈妈、舅舅和哥哥，全家人都跟她一起冲上台跳舞。而中年的观众则会在电影中看到，一个美国老炮儿的牺牲，改变了全家人，老炮儿是一个什么都不在乎的人，早已把人生看破了，结果他真的就死在了路上，最后，受到老炮儿之死的震动，涣散的一家人终于凝聚了起来。电影里使这个家庭重新凝聚起来的一件重要的事情，就是大家合力去偷老炮儿的尸体，因为他们没有时间耽搁，必须赶着去参加小美女的选拔赛，这是他们这次行程的目的。偷尸体不是一件小事儿，需要全家人配合，有人在病房里，有人在外面接应，扛着尸体狂奔。在偷尸体的过程中，患有自闭症的哥哥也受到了刺激，终于振作了起来。对生命失去希望的舅舅也在这个过程中，找到了重新活下去的力量。这真是一部非常有意思的电影，推荐各位读者去看一看。

还有很多美国电影里都出现了老炮儿车，比如昆丁·塔伦蒂诺里的《危险关系》（*Jakie Brown*），一开场也是大众的 Minivan 被开出来。这真是一款很神奇的车，虽然它本身是一款又老又破的廉价车，但今天大家去看看美国的网上二手市场，已经开了好几十年的这款车，居然能卖到好几万美金的价格，比一辆新的好车还贵。这款车之所以如此受到美国人民的欢迎，当然不是因为它的性能有多好，而是因为它代表了美国那一代"战士"的精神。当年的那些"战士",如今也都成了美国老炮儿。我认识的很多美国老炮儿,都是从那个年代过来的,他们参加过革命,参加过抗议,呐喊过摇滚乐。即便他们现在都混得很好了,一个个装扮得冠冕堂皇,但身体里依然还流淌着"战士"的血液,这群人只要拍电影,就会把这款老炮儿车拿出来,《阿甘正传》里也出现过这款车,这就是美国老炮儿的情怀。

桑塔纳是中国人的大众记忆,Minivan是美国人的大众记忆。

大众其实还有更有名的一款车——Beetle,也就是大众甲壳虫。原本大众公司生产的都是甲壳虫,一共生产了2000多万辆。后来大家觉得甲壳虫太小了,装不了多少人,于是大众就在甲壳虫的基础上,设计出了Minivan。Minivan诞生的时候,刚好是艾森豪威尔签署修建州际高速公路的时候,随着高速公路的增多,美国人对汽车的需求也与日俱增,并很快有了汽车文化、公路文化、在路上的文化,并最终诞生了美国的摇滚精神,以及全世界摇滚乐迷的"圣经级"乐队——Beetles(甲壳虫乐队)。在美国的公路电影里,经常出现一辆停在路边的Minivan,一大群留着长头发的男男女女睡在里面,大家充满了反抗精神,要走遍千山万水,要跨越美国,要到处革命和抗议,要去东海岸,要去沙漠,要去海洋,等等。正好当时美国的汽油也便宜,从一个侧面支持了这种摇滚精神。

我之前曾经提过,美国是一个非常成熟的商业化运作的社会,在美国电影里出现的东西,包括汽车在内,肯定都是有赞助的,只有Minivan是个例外,这款车出现在大量的美国电影里,绝不是因为赞助,而是因为这是美国人的大众记忆,它具有非常强烈的符号意义。另外,这款车在德国其实早就停产了,最后一个生产这款车的国家是巴西。所以我到巴西旅游的时候非常震惊,因为满大街都是Minivan,而美国的大街上已经很少出现这款车了。我一开始还很纳闷,心想着巴西怎么会有这么多的革命者?后来才知道,不是因为巴西人民身上依然流淌着革命和战士的血液,而是这款车最后的生产厂家是巴西，当然了，这款车彻底停产也是在巴西。不管这款车蕴含着多么深刻的意义，它还是要被时代所淘汰的，因为它的性能确实不好——发动机后置，存在着很大的安全隐患，又没有气囊，也没有ABS（制动防抱死系统）刹车，它甚至不能算是一款古董车，因为古董车都是好车。

Minivan 具有的是重要的文化符号意义，它承载了美国人民共同的大众记忆。

7. 摇滚老炮儿

提到美国老炮儿，不得不提到大众的 Minivan，也就不得不提到摇滚乐在美国的诞生。

接下来我再把话题重新引回中国，写一写中国的摇滚老炮儿。刚才写到了，摇滚老炮儿们年轻的时候肯定也是"战士"，他们心中充满了理想主义精神，比在胡同里挥舞着日本战刀的"战士"们还要虔诚。只不过摇滚老炮儿的武器不是砍刀，而是吉他，他们劈开的也不是人，而是社会。当年玩儿摇滚乐的那些人，在当时真的都是万众敬仰的战士。

老崔毫无疑问是中国摇滚乐坛最牛的人物，我们已经不能称老崔为老炮儿了，他是当之无愧的大哥。直到今天，老崔依然是摇滚乐坛的大哥。或者应该说，老崔到今天还是一个"战士"，我每次见到老崔，都能从他身上感受到那股"战士"的劲头。李宗盛则已经从"战士"变成了老炮儿级的大哥。如今的李宗盛大哥已经不再当"战士"了，现在我经常邀请他出来做节目，当评委，当导师，可惜都被李宗盛大哥拒绝了，他淡然地对我说，现在这个世界已经属于你们年轻人了，不再属于我们了，我们这一代人已经过去了，你就让我踏踏实实在家里做两把吉他吧。李宗盛大哥现在就安然地隐居在家里，亲手做吉他，过着那种典型的令人敬仰的老炮儿生活，与世无争。

中国台湾当年也有"战士"，比如创办滚石的段钟潭，我们都尊称他为段爷。段爷也早已收山，不在江湖上拼杀了。如今我们能见到段爷一面，都觉得三生有幸，别管你是什么阿里音乐的董事长，还是什么上市集团的高层，在段爷面前，都得全体九十度鞠躬。段爷现在也过着淡然的生活，自己在台北开了一家小酒铺。每次我去台北，都得跟段爷喝点好酒，拼命地问他当年的种种光辉事迹，如何战斗，如何反抗，如何呐喊，如何创办滚石，单枪匹马唤醒解冻时期的台湾。对于那些往事，段爷都只是淡淡地报以一笑，不愿多提。我们总是诚心诚意地邀请段爷出山，主动地把自己手里的资金和资源都交给段爷管理，想跟着段爷做音乐，但段爷总是谦虚地说，现在这个时代是你们的了，你们好好干，多多提携我才是。

那一代老炮儿的风范，是如今的年轻人所不能理解的。今天的年轻人动辄就在网上围攻群骂，你们这些老家伙有什么了不起的？你们早就过气了，你们不就嫉妒我们家的偶像比你们红吗？每当听到这样的话，我只能长叹一声。如今的年轻人，根本不知道老炮儿们为了我们这个社会，做出过什么。如今他们老了，没有人再记得他们的英勇和付出，甚至人们都能给他们应得的尊重。

然而在我心中，我始终崇拜这些老炮儿。就像我上中学的时候崇敬江湖上的老炮儿一样，今天我也无比怀念那些退隐江湖的摇滚老炮儿。有老炮儿在的世界，让我觉得非常有安全感，因为只要有他们在，这个行业就是有规矩的，这个江湖就是有义气的，每个人都自觉地按照规矩办事，不用签那么多的合同，打那么多的官司，也不用发动粉丝去骂人，因为有老炮儿们在维护我们的安全。

今天的江湖已经完全变样了，大家全都赤膊上阵，讲究的不再是规矩，而是赤裸裸的丛林法则，弱肉强食。我太怀念有老炮儿引领的时代了。我的师父黄小茂，当年也是一位"战士"，当年崔健的整张专辑，都是黄小茂写的。现在黄小茂也成了一个老炮儿，每天都隐居在家里，收集一些很奇怪的东西。我每次找我师父，想让他给我讲讲当年的风光故事，他都不肯讲，他做出的那些成就，他也统统不再提。

当然了，除了这些变成老炮儿的人，还有一些直到今天依然在当"战士"的人。如果坚持战斗，不肯退隐江湖，这些"战士"最后的下场应该就和《老炮儿》里的冯小刚一样，被逼着挥舞着战刀去跟一帮年轻人砍杀，他的那些规矩，那些道义，年轻人既不懂，也不尊重，没有人知道你当年的英勇，这其实是有点悲凉的。

说到老"战士"，就不得不提到何勇，摇滚圈当年的战士们都纷纷选择当了老炮儿，只有何勇还在坚持当"战士"，我不久前还看到新闻，说何勇还在街上跟人打架，又被抓进了局子。看到这样的新闻，我心里还是挺难过的。比起何勇，我更佩服窦唯，窦唯也不再出来"战斗"了，但他也没退隐江湖，他就在自己的世界里，安安静静地做自己的音乐，与世无争。

令我怀念的摇滚老炮儿简直太多了，大家耳熟能详的还有张楚，他依然活跃在前台。还有很多已经不在了的老炮儿，比如鼓三儿。当年，一提到鼓三儿的名字，就好像北京孩子提起小浑蛋一样，那就是一个传奇。我第一次见到三爷，内心激动得无以言表。可惜两年前，三爷因为抑郁症走了。还有郭四儿，黑豹乐队的大经纪人，当年他一分钱也没有，连乐器也没有，四处去求人施舍，一把屎一把尿地把黑豹乐队带了起来。

后来有了唱片公司，老炮儿们的江湖就渐渐消失了。过去，郭四儿这些人带乐队，没有什么合同，也没有什么钱，靠的都是理想和热血，为了乐队，拼命去付出。等到海外的唱片公司来了，江湖规矩就变成了按合同办事，唱片公司看中了这支乐队，它就只签乐队，它不要经纪人，因为唱片公司有自己的经纪人。很多老炮儿含辛茹苦带红的乐队，最后直接被唱片公司签走了。我已经很多年没见过四爷了，也不知道他现在在干吗。但是我听说窦唯见过他，并且依然尊称他为四爷，得知四爷还在，我心里也多了几分欣慰。

还有当年跟着崔健一起的小金哥，也已经走了。小金哥带红过各种乐队，比如指南针等。面对海外唱片公司的巨大冲击，四爷算是自己退隐的，小金哥还试图反抗过，像战士一样去跟人家打架，宁死不服。后来，我们都劝小金哥，放弃吧，那个时代已经过去了，这些乐队愿意签到哪家公司，就让他们签吧，留不住了。但小金哥还是一直在努力，最后居然做出了一些成绩，著名的女子十二乐坊就是小金哥带出来的。

大概在小金哥去世的半年前，我在深圳见过他一次。那时候的小金哥已经不回北京了，因为北京已经不再是摇滚乐的江湖，不再属于老炮儿了，他就淡然地住在深圳，不再过问江湖事了。其实那天我并不知道会见到小金哥，只是我一向喜欢热闹，到哪里都喜欢呼朋唤友，找一大群人一起吃饭，结果到了饭店，我发现小金哥也在。我根本不知道小金哥住在深圳，见到他，我既惊讶又高兴，激动地向在座的朋友们介绍小金哥，告诉大家，当年小金哥是如何提携我们的，如何照顾我们的。当年我们做唱片，经常会把一些唱片给彻底做烂了，每当我们自己收拾不了残局的时候，就会去找小金哥。小金哥永远有求必应，多烂的唱片他都收，钱给我们，唱片他拿去发，不论能不能发好，他都一个人承担。我本人就有一次，把一张唱片做坏了，自己走投无路了，最后是小金哥帮我做的发行，歌手也被他签去了，这令我非常感动。

那是我最后一次见小金哥，尽管我一次又一次地跟在座的各位谈起小金哥曾经的光荣事迹，但小金哥始终表现得十分淡定，看得出，他终于不再当"战士"了，终于变成了老炮儿。那次吃饭，小金哥几乎什么也没说，只是告诉我，他最近过得还不错。又过了半年，我就得到了小金哥去世的消息。

坚持当老"战士"的，最后的结局肯定是牺牲，变成老炮儿的，一个个隐退，一个个消逝。有时候我坐在一群人里，竟然感觉今天的大哥已经是我了，但我丝毫没有觉得光荣，反而觉得特别不习惯。通过我前面所写的三个我自己年轻时当小钢炮的故事，各位读者就知道了，我从小就没有当"战士"的天分，我连"战士"都没当过，怎么有资格当老炮儿？怎么有资格当大哥呢？尤其是现在的年轻人，经常还让我带领着他们，我真的感觉不是很适应。我还是喜欢过去的江湖，有一群真正的老炮儿和大哥引领着我们，我只在其中当一个不太懂事的孩子。可惜，一切都已经回不去了。

以上所有的内容，我都在赞美老炮儿，怀念有老炮儿引领的时代，不论是胡同里的老炮儿，还是摇滚圈的老炮儿，都是具有独立和反抗精神的人，社会需要这样的人。包括政治圈的老炮儿也是一样，比如著名的美剧《纸牌屋》（*House of Cards*），里面就有大量的政治老炮儿，他们都不靠打打杀杀和战斗来生存，而是靠着经验和智慧，把各种资源和规则玩儿得风生水起。政治老炮儿虽然不一定是"战士"，但是可以稳定住社会。

但是，唯独有一个行业，是绝对不能有老炮儿的，那就是体育。如今体坛的这些腐败事件、假球事件等丑闻，都是因为出现了体育老炮儿。体育需要的是热血，体育需要的永远都是"战士"。体育一旦落入布拉特或普拉蒂尼这些老炮儿手里，便会沆瀣一气，同流合污，搞起游戏规则，最后变得乌烟瘴气，一塌糊涂。美国的拳击老炮儿唐·金，完全操作着拳击比赛。中国就更不用说了,因为踢假球而被捕被判刑的体育老炮儿比比皆是。最令体育观众失望的是，体育老炮儿会对场上的运动员说，你们不要拼命比赛，因为我们都跟别人说好了，这场球我们就按这些规则踢。一个队伍里只要有两个老炮儿，这个队伍就完了，体育一旦失去热血，没了"战士"，沦为了表演和游戏，就失去了运动精神，也丧失了意义。

有很多人曾问我，2016年年初，美国民兵占领联邦政府办公楼，搞起义，是怎么回事儿？我真的很不好意思来回答这个问题，不知道是不是有些中国媒体看不懂英文，总之，根本就不是什么民兵，就是几个美国牛仔老炮儿，身上带着枪，抗议了一下政府修订的新法而已。

牛仔老炮儿身上永远都带着枪，他们永远遵守自己的那套规则，政府一旦修订了什么新法案，不合他们的意，他们就要闹一闹。2015年，内华达州就有两个牛仔老炮儿闹了一场，2016年的事情也是一样，去闹事的人就是2015年那位老兄的儿子。这些牛仔老炮儿现在也挺失落的，他们还文着身，一个个都很强壮，蓄着长头发大辫子，骑着哈雷摩托，但如今的美国人民已经不再崇拜牛仔老炮儿，大家在街上看见牛仔都恨不得绕路走。但与其说是老炮儿们落伍了，倒不如说是互联网彻底改造了整个社会。我之前多次写过社会的进展，每一次科技的进步，其实都大量消解了精英阶层。老炮儿是从社会底层，靠着战斗爬上精英阶层的。之前的数次技术革命，已经把贵族、伯爵、公爵、骑士都消解了，现在，互联网带来的技术革命，消解了老炮儿精神。不管是中国还是美国，所有的老炮儿都很失落。

至于这几个牛仔老炮占领的地方，也根本不是联邦政府，而是一个野生动物保护区，距离城市至少有好几百公里，就是一个鸟不拉屎的地方，但是是属于联邦政府管理的。于是，这帮牛仔老炮儿拿着枪，去保护区里盖了一个小木屋，宣称他们已经把这里占领了。整件事说白了，就是一点点征地纠纷，就跟我们国家的征地纠纷一样。

关于老炮儿的话题，就写到这里吧。最后想再写几句关于女生的话题。今天的绝大多数女生，属于什么都想要的一代，既要男生有钱，又要男生给她自由，又要男生跟她平等，当然还要男生能养她，她们对男生的要求就是，你必须要拥有一切我需要的东西。

按今天的女生的眼光来看，老炮儿应该就是一群王八蛋，这种看法其实并不偏激。我要公平地说，不论是江湖老炮儿，还是摇滚老炮儿，不论是中国的老炮儿，还是美国的老炮儿，都有一个共同的特点，那就是在外面仗义，在家里不把女人当人。这其实也不能都怪老炮儿，而是那个时代的女生跟今天的女生不太一样，不能用今天的女生的眼光去看待老炮儿。当年的女生奉行自我牺牲精神，看过王朔的小说的读者应该感觉得到，那个时代的女生就是喜欢老炮儿这样的男人，她们觉得自己的人生就是用来成就老炮儿的。在她们眼中，老炮儿年轻的时候是一把利剑，如今哪怕不再锋利，被悬挂在博物馆里，不能再刺穿别人，她也要陪着他，如果老炮儿被打伤了，她就养着他。就像电影《老炮儿》里许晴演的那个角色一样，冯小刚捅的娄子，她心甘情愿掏自己腰包，唯一的希望就是让冯小刚去看病，冯小刚还要表现出一副完全不在意她的样子。

时代飞速发展，老炮儿已经成为历史，那些全心全意爱着老炮儿的女人，也已经慢慢消逝了。因为《老炮儿》这部电影，我翻出了这些属于那一代人的记忆，分享给各位读者，这也令我回想起了自己热血昂扬的青春往事，从而无限感慨。

三
校园民谣：熟悉的恋恋风尘

1. 八十年代的精英艺术

有很多朋友问我关于音乐的问题，比如曾经风靡大江南北的校园民谣，还有国内目前的音乐创作环境，以及当年是在怎样的环境下诞生了那么多优秀的音乐作品，今天的环境又对音乐创作有着怎样的影响。由于这类问题非常多，所以我决定将关于它们的答复集中在一起，用一章的篇幅，专门来跟大家聊一聊音乐，尤其是校园民谣。

我上大学的时候，身边充斥着的是标准的精英主义氛围。什么叫精英主义氛围？就是我们这些读名校的人，一定要和墙外边的人不一样，我们一定要特立独行。比如墙外边的人看琼瑶，我们就得读村上春树；墙外边的人看金庸，我们就得读陀思妥耶夫斯基。因为那个年代上大学的人特别少，能考上名校的人就更是少之又少了，所以我们这些自诩为精英的人，要有自己隐秘的小圈子，有自己的文化和自己的符号。其实这种风气到了今天依然存在，如今的富豪和大佬们也有一套属于自己的东西，他们收藏的画作和藏品，以及欣赏的艺术家，那必须都得是老百姓没听说过的。

那个年代的精英们听的音乐也一定要小众，大家都在隐秘地流传着各种拷贝的唱片或卡带，以至于所有人都不知道它们真正的封面是什么样。那时候没有互联网，资讯也不发达，喜欢音乐的人，都会去一些精英中的精英在宿舍里开办的转录社，也就是专门拷贝卡带的地方。我们有关音乐的资讯都是从转录社里听来的，大家没事儿就跑到转录社去打听，最近有什么好东西？遇到对方心情好，他们就会告诉我们，最近搞到了 Dire Straits 的卡带（Dire Straits，英国摇滚乐队，活跃于 1977—1995 年），非常棒，于是我们就花一毛钱转录一盘卡带，带回去兴奋地听。拷贝的卡带既没有封面，也没有歌词，以至于我们听了很多的卡带，都不知道歌词是什么，甚至好多歌的名字也不知道，如果有人能说出每首歌的正确名字，那就已经是我们心目中的大精英了。大多数人只能听懂一句 so far away from me（离我那么远），但也觉得太棒了，真是太好听了。

那个时候我们经常把歌词听错，而且是过了很多年之后才发现错了。比如罗大佑的那首《沉默的表示》，里面有一句"为何梦中惊醒处处我看到的你／简直像看到的我自己"，当年听的时候，我觉得这歌词的句法简直太巧妙了，中文里很少使用这种大从句，结果很多年后我才发现，真正的歌词是"为何梦中清清楚楚我看到的你／简直像看到的我自己"，其实得知真相之后，我反而有些失望，因为我觉得还是"梦中惊醒处处我看到的你"更有画面感。还有电影《搭错车》中的插曲《请跟我来》，里面有一句"带着你水晶初恋／请跟我来"，第一次听到这句歌词的时候，我觉得简直太惊艳了，写词人居然能写出这么美好的句子，可惜很多年后我发现自己又错了，正确的歌词应该是"带着你的水晶珠链／请跟我来"，惊艳的感觉顿时大打折扣，我觉得还是"水晶初恋"更有意境。

可能我写歌词最初的冲动就是从这种遗憾中萌生的吧，那些歌词当然都写得非常美好，但是我心里也有一些美好的东西，经历了一些遗憾之后，我就希望能亲自表达出真正令我自己感动的东西。

至于学弹琴，我一开始的初衷要简单得多，就是为了耍帅。因为清华大学里本来就男多女少，男生们有的能踢球，有的会打架，有的学习好，有的有能力出国，人人都很优秀，我怎么才能脱颖而出，让女生注意到呢？只有弹琴了。很多东西就是这样，一开始的时候只是想要耍帅，逗个能，吸引一下异性的眼光，就像很多人寒窗苦读了数十载，目的不过就是考上清华和北大，但在这个过程中，他们却不知不觉地真正对科学产生了兴趣，最后成了不起的科学家。很多人一开始弹琴就是为了耍帅，希望能让女同学多看自己两眼，但学着学着，就真的对音乐产生了兴趣。

何勇有一首歌叫《冬眠》，里面有两句歌词特别有趣，叫"是我磨破，还是你断"，这首歌刚刚问世的时候，很多人觉得这是黄色歌曲，怎么能公开出版呢？我花了好多精力跟别人解释，这不是黄色歌曲，这段歌词说的是弹琴这件事，是把我的手指头弹破，还是我把琴弦弹断，其实是很单纯的含义，但就是有人愿意理解成另一种意思，对此我也没什么意见，因为摇滚乐的含义本来就是很宽广的，不同的人都可以听到不同的含义。

通过弹琴，我对和音乐相关的东西都产生了很大的兴趣和热情，任何领域都是一个完整的世界，你只是需要通过一样工具，去打开进入这个世界的大门。弹琴帮我打开了进入音乐世界的大门，经过一段时间的摸索，我终于能够写出一些最基本的合辙押韵的东西，那时候我便开始觉得，音乐创作也并没有那么深奥，并没有想象中那么难，我也能写出来，接着我就开始到处去唱。

当时大学校园里的文化氛围，主要还是以诗歌为主，每个学校都有好多诗人。那时候诗人的地位特别高，我记得我们学校 85 级建筑系里有一位诗人，是清华大学的诗人领袖，在他身边永远围绕着一群诗人，这些诗人的地位比我们这些唱歌弹琴的要高得多。在那个年代，不论走到哪里，只要你说自己是个诗人，立刻就能受到别人的尊敬。还有很多不是我们学校的诗人，也住进了我们学校，只要他自称是诗人，就能住进清华大学，每天还有清华大学的学生自愿给他们打饭吃。

我记得那时候清华里来了一位名叫俞心樵的诗人（俞心樵，当代中国优秀的代表性诗人之一），不过他当时好像还不叫俞心樵，而是叫俞心焦，他走到哪里都随身带着一本诗集，诗集的封面上沾满了菜汤和油渍，那个年代的油是很珍贵的东西，带着一本沾了油的诗集，不仅能代表自己的身份，还能显示出他的伙食很好。我记得俞心樵随身携带的那本诗集的扉页上写着几行字，内容大致是"我是一个天才，冒险来到人间，带着萝卜白菜"，等等，不知道的人说不定还以为那是一本植物学的书，但是清华的女生特别崇拜俞心樵，以至于我们这些清华的男生都十分嫉妒俞心樵。

有人曾经酸溜溜地挖苦俞心樵说，你不就是一个小学毕业的矿工吗？凭什么自称天才？俞心樵自然而然地回应道，正因为我只有小学学历，所以我才是天才，你们这些读到大学的人不是天才，而是书呆子。当然这种对于别人学历的质疑，只是出于我们酸溜溜的妒忌心理，其实这个世界上有很多伟大的文学家，也都没有读过什么书，马克·吐温就没读过什么书，海明威也没读过什么书，这里所谓的"读书"指的是学历，而不是阅读量，马克·吐温和海明威的阅读量肯定是相当大的。我记得有一天，俞心樵在清华校园里，指着一个女生的屁股，说他就喜欢这种臀形，听到他这么说，我们清华的男生快要气死了，觉得这个人简直太过分了，他这样在清华白吃白住也就算了，难不成还想拐走几个清华的姑娘？

当时不光是清华大学，北大和中戏等名校里都住了很多所谓的艺术家。

记得有一次我去中戏玩儿，发现他们的一间宿舍里居然有一大半的人都不是中戏的学生。我特别好奇地问这些人，你们都是干吗的呀？有的说自己是写诗的诗人，有的说自己是唱歌的歌手，更让我诧异的是，还有说自己什么都不是，就是跟着这些诗人和歌手混的，每天就给这些人扛鼓和背琴。其实很多文艺青年自身并没有什么特长，但他们就是喜欢文艺，所以热衷于跟着大家在一起混，他们也不白混，时不时就给某个歌手张罗一场小演出，或者把宿舍里的被褥和绳子都挂起来，装点成一个表现主义的舞台，等等。

而且那时候大学校园里的文艺青年们好像都很压抑，我不知道今天大学里的文艺氛围如何，我那个年代的文艺青年都是特别爱哭的。大家经常围在一个桌子上吃饭，吃着吃着就抱头痛哭起来。我记得有一次大家经过一家饭馆，里面有一桌人吃完饭走了，桌上剩下了很多菜和酒，我们觉得太浪费了，就坐到桌上捡别人剩下的酒菜继续吃起来，吃着吃着大家就哭了起来，觉得自己太卑微了，太贫穷了，每个人都哭得特别伤心。我就不说一起哭的人都是谁了，因为很多人后来都成名了，但在那个年纪的时候，我们的心中都充满了灰暗、阴沉和压抑的感觉。诗人每写完一首诗，就要喝一顿酒，然后借着醉意边给大家读诗边抱头痛哭。

在今天的大学校园里，好像很少能看到大家抱头痛哭的场面了，当然也有可能是因为我老了，或者是别人哭的时候我没看见。但我感觉现在的大学生没有那么压抑了，他们可能也会哭，但也许是因为失恋，而不是因为莫名的忧伤。

在清华读书期间，我没有在清华大学内部谈过恋爱，因为清华为数不多的女生都被宋柯拐走了，我没有机会。其实我算是在清华大学出生、在清华大学长大的，现在我也经常回清华大学去走走看看，但四十多年了，我从来没在清华大学内部谈过一次恋爱。不过，上大学的时候我还是谈过恋爱的，对方是一名中戏的女生，也是个文艺青年，她每次跟我约会的时候都给我读斯特林堡和夸西莫多,后来我把这些记忆都写到一首名为《荒冢》的歌词里。前面写北京老炮儿那章里,我提到,老炮儿见面都要先跟对方盘道,那时候文艺青年们见面也要盘道,文艺青年盘的都是文艺的话题,从斯特林堡到英格玛·伯格曼,把所有文艺方面的话题和大师都聊一遍,大家才能坐下来喝酒。

记得当时我有一个同学,他在《北京青年报》上发表了一首小诗,反响无比热烈,他收到了一麻袋一麻袋的信,包括情书,以至于大家都积极地去替他找那些写信的姑娘,看看她们到底长得什么样。因为那个时候没有微信,也没有互联网,大家没法在网上发照片,所以我们只能按照信上的地址去找人。找了一段时间后,我们还总结出了一个经验,字迹越是娟秀的姑娘,长得就越不好看,反而是字迹越难看的姑娘,长得就越好看。

总而言之,在我上大学的时候,诗歌在文艺圈里受推崇程度还是排名第一的。电影虽然也很伟大,但因为当时的播放设备还不够先进,所以电影没有被排到前面。排在诗歌后面的是流行音乐,其中以摇滚乐为主。当时在大学里,摇滚乐的地位是非常崇高的,简直光芒万丈,像我们这种喜欢写点民谣的小嗜好,几乎是见不得人的,只能自己躲起来偷偷摸摸地写,每次排练完摇滚乐,我们才鼓起勇气跟大家说,我写了一首骚柔小歌,能不能唱给大家听听?于是我们就硬着头皮给大家唱了《同桌的你》,大家听完之后毫无反应,一个个面无表情,因为这种民谣丝毫唤不起大家内心的澎湃和热情。那是一个需要呐喊的年代,那个年代的神是崔健和罗大佑,如果你想得到别人崇拜的目光,你得去搜罗崔健的新歌,如果你能在大家面前唱一首谁也没听过的崔健的新歌,大家肯定把你奉为精英中的精英。

其次才是电影,那个年代的中国还没有录像机,一直到我上大学的时候，录像机还是十分紧俏的东西，只有出国很多年的人员，回国的时候才能带上八大样外国货，其中就包括录像机。我比较幸运，我爸爸妈妈刚好有这个指标，所以我们家有一台录像机。还有很多出国人员有这个指标，但是他们根本不需要录像机，所以就偷偷把指标卖掉，一个指标能卖到两三千块钱。大家可以想一想，那个年代一个人一个月的工资才几十块钱，两三千块钱是一笔多么巨额的款项。总之，有录像机的人家是极少极少的，二十世纪九十年代初我上大学后，经常会有一群人聚集在我们家看录像，比如张楚和盛世民，记得有一次，有一个人对我们说，你们别老天天看毛片了，你们也看点儿高雅的艺术呗。

后来有一天，我记得非常清楚，有人带了两盘录像带到我家来，说今天咱们看两部真正厉害的电影，然后我们就坐下来特别认真地看，第一部是《天堂电影院》，看得所有人荡气回肠，当天晚上好像就又看了一遍，第二部是大卫·林奇的《心中狂野》，那是最好时代的尼古拉斯·凯奇演的美国纽约学派大艺术片，看过了这两部电影之后，我们终于明白了，这才是文艺青年应该看的电影，应该过的生活。

2. 美好的民谣时代

相比摇滚乐，民谣受到周围环境的影响很小。

摇滚乐很受整个社会风潮的影响，所以大家看到摇滚乐都是一浪接着一浪的。比如二十世纪中期美国的革命时代，诞生了那么光芒万丈的摇滚乐，所有的乐手都披着长头发，疯狂地呐喊。然而到了今天再一看，当年我那么崇拜的邦·乔维已经剪掉了头发，北京奥运会闭幕式的时候，齐柏林飞船的队长兼吉他手 Jimmy Page（吉米·佩奇）在伦敦出来表演，一开始我都没认出来这个人是谁，后来是我仔细看了看，才认出这是 Jimmy Page，他的头发梳得干干净净，但是人已经是白发苍苍了，当时看得我眼泪都快掉下来了。

时代真的是变了，当时全世界摇滚乐的风潮就是革命、呐喊和吸毒，当然中国人不吸毒，到了今天，这些革命性的东西都没有了，而是变成了另一种风潮。今天 Hip hop 似乎有一点类似当年的摇滚乐的风头，但我觉得摇滚乐是无法替代的，摇滚乐最高峰时代的那些伟大的乐队也是无法替代的。今天的社会不再需要呐喊了，也不再需要充满革命精神的偶像，所以整个社会对摇滚乐的伤害是巨大的。今天的社会需要一种新的偶像，这些偶像干净极了，头发梳得风吹都不会动，苍蝇站上去都会劈叉，那些呐喊着的、革命性的偶像已经过时了。

但民谣这种东西不太受社会风潮的影响，它比较依赖于个人的内心。通常是这样的，出现了一个人，他写出来的东西受到了大家的热爱，然后就会有很多人怀着特别大的热情去宣扬，说民谣时代又回来了，等等。其实我们国家在很长的一段时间里，都没有诞生什么民谣界的能人，后来出现了万晓利和周云蓬这些人，让人感觉民谣又开始攀上了一个高潮，但攀上高潮的原因不是因为社会的变化和需求，而仅仅是因为这几个人手里的吉他和笔。民谣始终都是流行音乐最根基的音乐，我觉得最主要的原因就是，它不太依赖于技术的革新，因为不管技术如何革新，民谣需要的依然只是一把木吉他和一支笔。而且今天的木吉他并没有比过去的更好，伟大的民谣大师 Don McLean（唐·麦克林），以及我最热爱的 Paul Simon（保罗·西蒙），他们每次上台表演，使用的依然是有岁月感的漂亮吉他，唱着漂亮而精致的歌词。

今天的吉他，不但人们弹得没有过去好，我感觉吉他本身的质量也没有比过去更好，不光是吉他，还有钢琴和小提琴，等等，它们不依赖于技术进步，不是说技术进步了人们就能做出一把比当年更好的琴，否则为什么吕思清每次上台演奏，都还得拿出那把有着三百年历史的琴？因为那把琴演奏出来的声音真的是好听。这些东西不太依赖于技术，也不太依赖于社会，只依赖于人的内心。因此，不管到了什么时代，民谣都不太受影响。

我很庆幸在自己年少的时候，经历了那样一段弹琴唱歌的时光，那段时光不仅仅奠定了我日后赖以谋生的手艺的根基——当然，人能拥有一个赖以谋生的手艺也很重要，但更重要的是，我在年少的时候，做了很多自己喜欢的事，让自己变得辽阔了起来。如今所谓的"诗和远方"被人批判得不得了，但我年少时做的事其实就是诗和远方，那时候人的内心非常的单纯，没有那么多复杂的利益在内，不像现在的人说的，你得先买房子才有资格谈诗和远方。当年，大家穷得连吃饭的钱都没有，但一样充满热情地弹琴和写诗。海子到山海关去结束自己生命的那一天，据说口袋里连喝一瓶酒的钱都没有，他到了一家饭馆里，跟老板说，我给你读诗，你请我喝酒好不好？结果老板说，我可以请你喝酒，只求你千万别读诗就可以了。老板的这句话可能给海子带来了很大的刺激。

诗歌和远方，真的是很美好的东西，今天还有很多人批判"远方"，说你的父母还在苟且，你有什么资格去远方？我觉得这种想法也是有道理的，但大多数人在年少时光里，还是应该有一些诗和远方的，我们的青春时光里还是应该有一些文艺气息的。至少在我的青春时光里，整天都充满了文艺的气氛，大家每天过着弹琴和唱歌的日子，虽然最后成名的人很少，但那些记忆是无比美好的。

今天，回忆起我的青春岁月，我很庆幸自己能生活在二十世纪八十年代，大学里的氛围是文艺的、忧伤的，同时也是富有朝气和激情的。而今天的大学校园里，则是截然不同的气氛了，如今名校里的大学生，每天拼了命都在琢磨着出国、创业和弄项目，吸引到天使投资，等等，但我不是说今天的大学生不好，今天的大学生有些时候也让我觉得很感动。我是一个很喜欢一个人吃饭的人，因为我太喜欢说话了，如果我跟别人一起吃饭，我那就全程都在说话，吃不上几口饭，所以通常我都是一个人吃饭。有一天，我一个人在清华南门外的一家小饭馆里吃饭，坐在我后桌上的是三个年轻人，他们正在那里下决心要一起创业，那气氛就有点像桃园三结义，也有点像我们当年组队。我们当年组乐队的时候，大家也凑在一起发誓，发誓永不分离，发誓毕业了还要在一起，发誓苟富贵无相忘。听着那三个年轻人的誓言，我心里还挺感动的。发誓完了，三个人干了一杯酒，说将来公司做大了之后，三个人一个做 CEO，一个做 COO（首席运营官），一个做 CFO，至于创业的钱，有的是自己攒的，有的是管父母要的，总之每个人拿出十万块钱来，明天上午就去注册公司，开始创业。

最后，三个年轻人意气风发地走出了饭馆，看着他们的背影，我心里非常感动，也很感慨。在文艺氛围浓厚的二十世纪八十年代，不知道有多少年轻人，立志从此要走上音乐的道路，要完成自己的摇滚梦想，他们组成乐队，就是这样充满希望和斗志地走出了小酒馆，最后淹没在茫茫人海中。今天，他们不知道都在社会的哪个庸常的角落里，早已忘记了年少时的梦想，变成了自己年轻时最讨厌的那种人。

包括我自己也是一样，如今我偶尔自己看自己，也不禁惊讶地觉得，今天的我，不就是自己年轻的时候最讨厌的那种人吗？仗着自己取得了一点小小的成绩，或是有了一点点的阅历，就对年轻人指手画脚，侃侃而谈，告诉他们，你们不该这么做，也不该那么做。我年轻的时候最讨厌的就是这样的人，如今自己却变成了这样。所以现在每当我看到年轻人朝气蓬勃的背影，都会非常的感慨。那三个立下了无数豪言壮语的年轻人，他们走出小饭馆之后，极有可能会和芸芸众生一样，被淹没在浩瀚的人海里，那三十万创业基金也很有可能烟消云散。真正能成为马云、马化腾和李彦宏的人，是少之又少的。

总之，我真的很庆幸自己的年轻时代是充满艺术氛围的，因为在那个文艺的年代，其实你是不会失败的，就算乐队解散了，也不意味着失败，因为你度过了美好的青春，听到了美好的音乐，你写作了，你努力了，这一切东西都会永远地留在你的心里，对你的一生都起着潜移默化的作用，甚至对你的后代，这都是有影响的。在未来漫长又或许庸常的一生里，也许正是靠着这些美好的回忆，你才能度过那些幽暗的岁月。

搞乐队失败了，起码琴还留了下来，蒙了一层灰挂在墙上，脑中却留下了许多美好的回忆。而今天，如果你创业失败了，钱就完全没有了，留下的记忆对你接下来的人生，又能有多少正面的作用呢？失败的教训有很多，其中最重要的一个教训就是让你认识到自己不行，以及认识到这个社会原来是这么复杂，原来兄弟之间也会互相出卖。而在那个文艺的年代，所谓的出卖也不过就是我们乐队的贝斯手去了别的乐队而已，不涉及什么更丑陋的东西。但在今天这样的社会，失败就意味着你必须要独自承担后果。也许对现在的年轻人来说，这样的青春记忆也是美好的，但对我来说不是。我不愿意在自己还很年轻的时候，就承载着这些沉重的东西，人总是要变老的，成功的人也总是少之又少的，我觉得我们应该尽量在自己年少的时候，多去看看美好，多去看看诗和远方，因为生命中总该有些干净而纯真的存在。所以如今每当我看到一些成功学的书籍，在那里疯狂地鼓动年轻人去创业，我就觉得特别不舒服。

大数据对音乐创作应该没有什么影响，因为音乐创作的量是有限的，它没有办法搞大数据化。电脑和手机可以依赖大数据，大数据告诉你说，一二三四线市场是什么样的，所以你需要提高产量去满足市场的需求。大数据对整个音乐的宣传、推广和发行当然是有很大作用的，它能告诉我们粉丝在什么地方，喜欢不同类型的音乐的人又各自在什么地方，它能指导人们有的放矢地将音乐发行给不同的受众，而不用让人们像当年一样，只将音乐固定在一家唱片行里，贴个海报坐在门口等着听众上门。

但我也很怀念有唱片店的年代，一个人坐在唱片店的门口，在阳光下悠闲地扇着扇子，他的肚子里装满了美好的音乐，等待着这座小镇或是县城周围的文艺青年上门，等着有人来问他有没有什么好的音乐推荐。那个年代真的很美好，即便是一个不会弹琴也不会唱歌的文艺青年，也可以开一家小小的唱片店，把所有美好的音乐故事讲给大家听，那种感觉也是非常幸福的。包括那些卖打口带的人，他们也很幸福，汪峰就曾经在西单音像大世界门口卖过打口带，因为他自己热爱音乐，所以他就通过这种方式把好的音乐推荐给大家。

今天的音乐推荐都已经大数据化了，已经互联网化了，但对创作本身并没有什么根本性的影响。我几乎没有看到哪一个创作者，在创作之前是要先看看大数据的。比如，大数据说先写 so 的歌比较容易火，他就先写 so；大数据说 76 拍一分钟的歌最容易流行，或者 120 拍一分钟的歌最容易流行，他就这么写——我没有看到过这样的创作者。

应该这么说，这个世界上没有全能创作人，在创作这件事上，没有上帝的存在。很多导演会在拍戏前先看大数据，那是因为电影的体量太大了，如果拍出来的电影卖不好，那导演的职业生涯也就完蛋了。但即便是先看过大数据，导演也不能保证拍出来的电影一定能有票房。大数据不会告诉你，拍这样的电影能得戛纳国际电影节金棕榈奖，拍那样的电影能得威尼斯国际电影节金狮奖，或者是柏林国际电影节金熊奖。有一些导演，他们确实很擅长拍摄得奖的电影，他们对于获奖这件事轻车熟路，只要有心，就能拍出获奖电影，可等到他们想要票房的时候，就没有那么容易了。大数据当然会提供一些提高票房的资讯，比如，票房高的电影都满足40个条件，整部电影差不多都有120场戏，但即便你把这40个条件都达到了，也做了120场戏，最后这部电影能不能取得好的票房成绩，依然是谁也不能保证的。

所以，没有全能创作人，即便把最权威的大数据都给你，你也不一定能创作出叫好又叫座的电影。最终我们在埋头开始创作的时候，依靠的依然是自己内心的感觉，在落笔的那一刹那，你心里想的是什么，写出来的东西就是什么样。表演和歌唱也是一样，别说大数据了，小数据对它们都没什么影响，不管今天台下坐着一百个人还是一万个人，歌手唱出来的歌声都是差不多的，好的歌手一张嘴就能唱出最优美的歌声，而有的歌手使出浑身解数也没什么唱功可言。因此，不论是创作还是表演，都不太受大数据的影响。

3. 如何提高创作水平

既然音乐创作是不受大数据影响的，那么该如何提高个人的音乐创作水平，尤其是该如何提高歌词的创作水平呢？就我个人而言，最好的办法就是读诗。比如说，汪峰就是靠读现代诗来提高歌词创作水平的，他的枕头边上永远放着几本当代诗集，有欧美的也有中国的。

小柯老师最初是我发现的，我也是他的第一张专辑的制作人，柯老师的作曲能力太强了，而且他是音乐圈里少见的全能大才子，词、曲、唱、编、弹样样都会。有一次，我打开电台听音乐排行榜，结果听到柯老师通过广播跟大家道歉，说他对不起大家，一个人把大家的活儿都干了，那个排行榜上前十名的歌曲有四首是柯老师作词作曲，剩下的六首里还有三首是柯老师编曲，两首是柯老师弹钢琴伴奏，而在最后一首歌里，柯老师也没闲着，居然唱了个和音。记得当年给黄绮珊做唱片的时候，我对她说，这次我们做一个高级的创新——无伴奏全人声，我给你找三个唱得最好听的男声来当伴奏。最后，我找到了小柯老师、汪峰老师和谷峰老师，由这三位大歌手在后边唱伴奏和声，黄绮珊在前面主唱，那效果真是荡气回肠，好听极了。

柯老师虽然很全才，但也不是样样精通，比如，我觉得他的作词能力就比作曲能力逊色很多。柯老师肯定也意识到了自己的这个短板，于是他发奋努力，通读了宋词。其实宋词本来就是歌，比如《蝶恋花》就是一个曲牌名，它的文字本身就是有旋律的，每一句都带着平仄和韵律，所以读宋词对歌词创作水平的提高有着潜移默化的作用。但并不是所有的古诗词都有这个功效，《诗经》就不行，因为诗经的句子太短了，几乎都是四个字，读完了《诗经》，估计你只能去写儿歌了，因为流行歌曲里没有一首歌从头到尾都是四个字的短句的，除非是 rap，可 rap 也是需要长短句配合的，每一句的字数都一样就不是 rap 了，而是快板。

读完了宋词之后，柯老师的作词能力飞速提升，令我大吃一惊。他后来写出了两首歌，给我带来了巨大的震撼，他发明了一种既不叫顶真，也不叫回文的写法，按照文学理论来总结，我觉得可以称这种写法为"交换能指跟所指"。比如说，柯老师在上一段里写了"是爱情的苦把你带到/寂寞的最深处"，等到了下一段，他就把歌词翻过来变成了"是寂寞的路把你带到/爱情的最深处"，这效果太好了，而且很有深意，不仅仅是文字游戏而已，它让你不知道是爱情让人寂寞了，还是寂寞让人有了爱情，这就是能指跟所指的交换。

柯老师还跟田震对唱了一首歌，叫作《千秋家园梦》，我觉得那是柯老师最好的作品之一，远比他后来作的《北京欢迎你》更好。在《千秋家园梦》里，男声和女声的唱词刚好是相对的，女声先唱"你说吧要我等多久，把一生给你够不够"，然后男声唱"告诉我你要去多久，用一生等你够不够"，其实双方的意思是一样的，只替换了几个字，但一下子就让人非常有感触，看来柯老师的宋词真的没白读。

有一阵子，香港的流行音乐越来越不行了，我们特别困惑，还跑到香港去问那里的音乐人，你们的流行音乐怎么了？为什么连奖都颁不出来了？香港的音乐人特别郁闷地告诉我们，以前香港的流行音乐靠的都是填词，将日本和欧美的旋律买过来，填入粤语歌词，比如香港的四大天王时期的歌曲，几乎全部是填词作品。结果到了1993年，香港开始提倡原创运动，不让翻唱了，流行音乐一下子就衰落了。一开始我还不明白，问他们为什么不自己作曲呢？有一位香港的大音乐人对我说了一句特别耐人寻味的话，他说，世界上好听的曲子不是都已经被披头士写完了吗？我们还做什么曲啊？

我也挺不理解的，干吗非要提倡原创呢？现在是市场经济，消费者就是喜欢听那些日本和欧美的旋律，往里面填词也没什么不好的，当年有多少伟大的唱片，都是填词的旋律，比如谭咏麟的《爱的根源》，整张唱片里的歌都是日本旋律，日本的旋律非常优美，粤语的歌词更是漂亮至极，二者的结合真是天作之合，再比如《千千阙歌》，我觉得用普通话无论如何都填不出那么美好的歌词。

其实创作这个东西是没有止境的，有人觉得好的音乐都被罗大佑写完了，但高晓松努力了一番，居然也写出了两首不错的作品。有人觉得好听的民谣都已经被人写完了，但朴树横空出世，一下子就写出了前人从来没写出过的民谣。朴树的第一张专辑就是我做的，我第一次看到朴树写的歌，也是大吃一惊，因为我没想到还可以这样写歌，他的歌词上来第一句就是"是的，如何如何"，没有人提问，也没有前情，上来就直接说"是的"。等到方文山出现了，大家又傻眼了，谁也没想到歌词还可以写成方文山那样。近期我又发现了几个歌词写得非常好的年轻人，他们每次都能给我带来全新的感受，他们也让我一次次地惊觉，原来汉语是如此博大精深，千变万化，能变幻出如此多美妙的词句。

如果说好的旋律都已经被披头士写尽了，那么好的歌词其实在《诗经》的时代也已经写完了，还有比郑卫之风更靡靡之音的辞藻吗？关于爱情和性，古代的中国人早已写得登峰造极了，然而到了今天，现代人依然能写出很多引人共鸣的好词句。

当然了，我们必须要承认，在创作这件事上，每个人都有天花板，并不是每一个人读完了宋词，都能像柯老师一样一日不见如隔三秋。但在达到个人的天花板之前，我们还是可以通过很多种训练方法，来提高自己的创作水平的。不管是宋词、西洋式还是夸西莫多，哪怕是你只背诵一遍十三韵，这样的努力也绝对不会是无用功，因为你所接触和学习的每一样东西，都会成为你的一部分，潜移默化地影响着你的思维和判断，在不经意的时候，它们会跳跃而出，给予你巨大的创作灵感。每一位创作者，都要先把基础打牢，然后才能开拓出自己的特色和风格。

现在几乎已经没有人夸我的歌词写得好了，但是前两天我遇到了张发财，他突然对我说，别人可能不懂，但是我懂你，你在《万物生》的一句歌词里写了"你说那时屋后面有白茫茫茫雪呀"，你多写了一个"茫"字，这就是你比别人高明的地方。听完了张发财的表扬，我感觉极为受用，因为确实已经有好多年没人夸过我的歌词了。但这句歌词之所以这么写，主要原因是根据旋律，那里必须要多写一个字，但是你也可以写成"白茫茫的雪",而我写成了"白茫茫茫雪",感觉意境上就要深远很多。可见,即便是像我这样已经很多年没有突破的人,也是可以通过坚持不懈的训练,偶尔有一点点小提升的。

但到了今天,我确实是深深地感觉到,自己已经到了天花板。如今我再听到《一块红布》和《花房姑娘》这些歌,都忍不住会长叹一声。老崔的歌词可以写得完全不押韵,但是人家却通过唱法来实现了押韵,老崔把每一句歌词的最后一个字都用同一种嘴型收起来,这个效果和创意是别人学不会的,这就是天赋,是突破,是别人无法取代的风格。写歌、弹琴和唱法,老崔在这三件事上都是顶级的,他的创作都是开创性的,革命性的,是后人难以超越的。

罗大佑要比老崔逊色一点,罗大佑写歌和弹琴都极好,但在唱法上和老崔还是有差距的。所以很多人翻唱罗大佑的歌,反倒比原唱要好听一点,比如周华健翻唱的《家》,就比罗大佑本人唱得好。鲍勃·迪伦跟罗大佑有点类似,很多人翻唱鲍勃·迪伦的歌,都比原唱好听,枪炮与玫瑰乐队唱的《敲开天堂之门》(*knocking on heaven's door*),简直好听到快要变成另外一首歌了。但到了今天,依然没有几个人敢翻唱老崔的歌。有一些胆大的人,我听过他们翻唱的老崔的歌,可惜他们都完全表现不出歌的气场,更唱不出老崔的气势。

创作的乐趣和痛苦是非常微妙的两个东西。有的时候,你觉得自己距离天花板还有很远,创造力特别旺盛,每天都有很多奇思妙想,笔下生花,特别高兴。但总有一天,你会碰见自己的天花板,痛苦也会随之降临,你终于残酷地意识到,自己的最高点就在这里了,不论再怎么努力,也不会再有超越了。不光是我痛苦,老崔也很痛苦,罗大佑也很痛苦,我看很多大导演如今也很痛苦。那些大导演曾经拍出过非常伟大的电影,但如今他们再也无法超越自己了。所有的东西都是双刃剑,你从中可以体会到喜悦,但也要承担它带来的痛苦，这就是作为创作者的宿命。

我从来不觉没有人能超越我的校园民谣，比如《青春无悔》，我觉得朴树的音乐就比我的写得更好。而且我觉得朴树不但写得比我好，他还拓宽了我对音乐的认识，让我意识到，原来歌词还可以这样写，还可以那样写。不过，朴树虽然也是我们一手提拔起来的，但我并不觉得他的音乐是校园民谣，我们在宣传的时候，也没有把他的音乐叫作校园民谣。校园民谣其实是一个商标，它是某一家唱片公司的一次特别成功的行销。

而那一首首的歌曲作品，则是属于一个个的个人的，大家彼此之间其实没有特别多的共性，唯一的共性就是大家都很擅长写八六拍的东西，这主要是深受罗大佑的影响。在罗大佑之前，八六拍是不经常被使用的，而在罗大佑之后，几乎所有人都朝着那个方向走去了。八六拍非常适合将歌词密集地排进去，在民谣音乐里，歌词确实要比旋律更为重要，也更为漂亮，因为民谣就是歌手抱着一把木吉他，通过简单的旋律，将歌词向听众娓娓道来。民谣实际上主要是靠一支笔的功力，然后是一把琴。民谣和爵士乐截然不同，爵士乐的歌词根本不重要，你唱什么都没关系，因为爵士乐最重要的是渲染一种氛围。

笔这个东西是很难形成流派的，每一个创作者写出来的东西都不一样，比如我和沈庆、郁东这些人写的东西都不一样，中国大陆的创作者写的东西和中国台湾的创作者也不一样。中国台湾当年的校园歌曲（或叫校园民歌），在音乐上和中国大陆有很多相似的地方，几乎可以说是一脉相承，都是八六拍，而且都使用木吉他伴奏，但歌词上明显不一样。我们那一代的民谣是深受了中国大陆的诗歌影响的，而没有受到中国台湾歌词的影响。我们的民谣的歌词，要比中国台湾校园民歌时代的作品要沉重得多，哪怕是写自己的一位小小同桌，一个上铺的兄弟，都比中国台湾前辈们的下笔要重得多。大家不妨回忆一下中国台湾的《乡间小路》和《澎湖湾》等歌，歌词都是非常美好的，能令人感受到玫瑰色的浪漫色彩。

不过，罗大佑有相当一部分作品是不能被归类为校园民歌的，他的很多作品都是非常沉重的，当然也是非常好的，令我们崇拜，只是他的下笔还是没有中国大陆这边忧伤和沉重。这跟两岸的氛围有很大的关系，民谣时代，中国大陆的文学也是沉重的，那个时代的文学叫作伤痕文学，大家可以去读那个时代的史铁生、余华、苏童和张贤亮，他们的笔法都是相当沉重的，哪怕是王朔的作品里，也隐藏着很多沉重的东西。中国台湾当然也经历过沉重的历史，但它们释放出的文艺气息和我们并不一样，巨大的沉重之后通常会释放出两种东西：一种是特别特别清新的东西，因为现实和历史真的太沉重了，所以创作者从骨头缝里都释放出清新的气息；另一种就是对沉重的现实进行沉重的反击，罗大佑当年就写出了一系列的反击作品，比如《鹿港小镇》《未来主人翁》和《亚细亚孤儿》等，崔健的摇滚乐，更是对所有这些沉重和忧伤的声嘶力竭的呐喊反击。这两种东西都会在一个很严酷的时代之后迸发出来。

其实不光是中国，其他国家也差不多是这样，每当经历了一段沉重而严酷的历史，都会迸发出这两种截然不同的艺术氛围。后来就再也没有这些东西了，我觉得是因为社会氛围变了，沉重的东西是不会永远存在的。如今已经进入了商品经济时代，跟当年不一样了，现在的社会是一个不断消解精英的社会，上大学越来越容易，上大学的人也越来越多，昔日的精英阶层已经不复存在了，新的精英阶层变成了新贵阶层。

新贵阶层和当年的精英阶层其实已经完全不一样了，所以整个社会氛围也随之改变了。现在的艺术氛围是全民选秀大流行，大家都唱着轻松的歌曲。因为大学扩招了，只要想上，每个人都能上大学，所以也就没有必要去给一个文化类型标注上校园的标签了。如今的歌手都以个人品牌出现，歌迷也越来越追随独立的偶像，偶像也变得越来越有个性，不再有人把明星和作品贴标签和分流派,所以校园民谣这四个字,就渐渐消失在人们的视野中了,其实不是现在的人写不好校园民谣,而是人们不再刻意去提这个事儿了。

回想起当年的校园民谣运动,我觉得其实它起到的作用还是很耐人寻味的。在很长的一段时间里,不论是音乐、电影、文学,还是舞蹈,所有的艺术作品都承载着一个特别可笑的使命,叫作文以载道。文艺创作者必须要文以载道,必须要在自己的作品里放入很大的东西。在后来的时代里,文以载道又被称为寓教于乐,它要求你必须要让别人在自己的作品里学到些什么,领悟到些什么。

可是我干吗非要教你点什么呢?我干吗非要推广一些东西不可呢?带着这样的目的,创作出来的艺术作品都很虚幻,歌词也都很虚幻,因为你必须要让听众在听完这首歌之后,学到些什么,可是你自己都还没活明白呢,就担负起了教育别人的责任,你要让别人自尊、自强、自爱等等。长时间受到这样的制约之后,老百姓就不爱听歌了,于是就导致了一个石破天惊的东西的诞生,那就是摇滚乐。

摇滚乐其实也是写得很大的,它抗议这个社会,呐喊这个时代。在校园民谣之前,中国大陆的流行音乐主要分成两种,一种是歌颂社会的,另一种是警示社会的,反正都得和社会有关系,跟自己的生活没什么关系。

以至于校园民谣刚刚问世的时候,受到了两边的批判。歌颂社会的那边说我们自私自利,歌颂自己的小情小爱,为什么不歌颂伟大的社会和伟大的时代,为什么要写得这么小?批判社会的摇滚乐也批判我们,他们认为社会不需要我们这种骚柔小调,社会需要的呐喊,需要革命。被两边批判得一塌糊涂之后,我们被逼无奈地说,我们就是想写自己,难道不可以吗?就算我们是一颗螺丝钉,难道我们就不能有自己的喜怒哀乐吗?

在全民歌颂社会的时候,所有的艺术作品都教育我们,我们每个人都是一颗螺丝钉，国家和社会需要我们去哪里，我们就要被拧到哪里，在哪里发光发热，为国家和社会做贡献。但螺丝钉也是人啊，螺丝钉也有自己的成长，螺丝钉也可以惆怅，也有泪水和欢笑啊，螺丝钉就不能有自己的梦想了吗？为什么我们不能写写螺丝钉自己的故事呢？这个社会当然需要呐喊，但也不能因此而磨灭每个人的思想啊。

英格玛·伯格曼写过一本书，叫《镜与灯》，他在里面写了一段特别好的话，他说，教堂倒了，其实很多人都看到了，呐喊的一派到处呐喊，告诉人们教堂倒了，一片荒芜。所谓的诗歌和摇滚乐，其实就是这样的呐喊，他们想通过这样的方式，告诉人们教堂倒了。然而教堂的倒下，是轰然而倒，这么巨大的声音，难道别人听不见吗？他们连如此巨大的轰鸣声都听不到，难道能听到你们的呐喊吗？所以很多时候，呐喊是没有意义的。我选择安静地去教堂的废墟上捡砖头，捡起一块是一块，一点点地把教堂垒起来。

我们可能没有英格玛·伯格曼大师那样伟大的情怀，当年我们都还只是二十岁左右的年轻人，我们当时想不到教堂倒了和自己默默垒教堂这样有深度的比喻，我们只是朴素地认为，我们就是想写写自己的故事，写写自己的心事。我们不想把自己看成一颗没有灵魂的螺丝钉，我们珍视自己，觉得自己也是一个有血有肉的人，也有权利生活，也有权利成长，自己的眼泪也是可贵的，而不是一文不值的。我觉得这就是校园民谣给这个社会和人们做出的贡献。

当年的校园民谣歌曲，到了今天依然还在流行。一直到了现在，每年的五六月份，都会有人叫我去大学里，我经常看到年轻人们在大操场上高唱《睡在我上铺的兄弟》，也经常看到男生站在女生的宿舍楼下高唱"谁娶了多愁善感的你"，女生们听到歌声，打开窗户，跟着一起抛洒泪水，看到这样的场景，我依然觉得非常感动。我们写出的歌曲，曾经抚慰过很多人的心灵，这些歌曲至今也没有太过时，没有被遗忘。或许，这些歌曲，就是那教堂的一块一块砖头，就是一个一个人自己的人生。

校园民谣运动，在中国起到的真正作用，就是唤醒了人们歌唱自己的本能，它使得人们终于从歌颂社会和批判社会，回归到了歌颂和批判自我。我们每个人都是一个小小的生命，微不足道，但是也值得被歌唱。中国台湾当年的那一批校园民歌，其实起到的也是同样的作用，因为当时中国台湾的社会环境是解冻时代，拿什么去解冻？是用大锤子砸吗？一大块冰被砸成好多块冰，它们依然是冰，最终还是得用温暖去解冻。

我个人很喜欢中国台湾解冻时代的歌词，创作者们写出了大量温暖的歌，什么夕阳下的背影，什么澎湖湾的外婆，中国台湾的艺术创作者就是靠着这些温暖的东西，解冻了他们冷酷的社会，将之变成了一个温暖的世界，变成了一个温良恭俭让的世界。哪怕每个人的能量都是微小的，微小到只能捡起一块砖头，只能融化一小块冰，但只要做到一点点，都是对这个国家、对这个社会的巨大贡献。

我个人也创作了多年，写了一些小歌，如今还搞了一座杂书馆，其实目的都是一样，就是希望能够多捡几块砖，为国家和社会献出自己的一点小小力量。

四
唱片时代与美国大选

1. 与地面盗版商共存

有网友问我，大陆的音乐市场上为什么一直没有像公告牌（Billboard）这样的排行榜？甚至也没有一个能得到广泛认可的专业音乐奖项？

听到这样的问题，我觉得很惭愧。身为一个有着二十多年从业资历的音乐人，我曾经出席过无数次的音乐颁奖礼，也担任过多次颁奖主席，然而在真正的乐迷眼里，我们做的这些努力原来什么都不是。非常惭愧，非常抱歉，但也不得不跟乐迷朋友们解释一下原因。

首先从主观上来说，我们的音乐确实不够丰富和多元化，我们的音乐创作也不够连续，这就导致音乐本身受到关注的时候很少，以至没能像欧美一样，每一个音乐流派都有很强的持续性，也诞生了很多的音乐大师，即便有些时代没有诞生大师，但也出现了很多亮眼的巨星，这样就能持续性地吸引到社会的关注。

任何一个行业都是如此，首先要得到社会的关注，然后才能设立出受人们尊重的奖项。而我们大陆的音乐行业一直都是有一搭没一搭的，1994年，呼啦一下出现了一大拨人，窦唯、张楚、何勇和郑钧，还有我们的校园民谣，以及南方岭南乐团的林依轮、高林生、杨钰莹和毛宁，再加上稍微晚一点的许巍，等等。因为这些人的出现，流行音乐界也先后冒出了二十多个奖项。

其实奖项是一种缺乏原创性生产力的东西，它永远只能跟着行业走，只有行业兴盛，奖项才能兴盛。如果行业本身不行，那您就算把颁奖礼玩儿出花来，也吸引不到社会的关注。几十年前的中国，大家都不开汽车，那时候如果你搞一个汽车奖出来，肯定没人去看，因为社会大众对这个完全不了解。而今天，随随便便请几个车模来，就能吸引一票人的注意，因为汽车本身变成了一个受到社会大众关注的东西。

在中国大陆的流行音乐最兴盛的时候，一年的时间里，我差不多有三四个月都在全国各地领奖。由于得奖过多，为了不让自己太膨胀，我就老是要表现出一副对此完全不在乎的样子，其实心里肯定是特别在乎的。我记得有一次颁奖的时候，我跟老狼坐在一起。台上正颁着奖呢，我和老狼就在台下偷偷约定，如果这次不给我们颁第一名的奖，我们就不上台领。当时坐在我们俩旁边的那英还在那儿添油加醋地说，你们俩肯定得第一。最后，我们俩果然得了第一名。

当时我家里摆满了奖杯，我经常虚伪地跟别人说，你看这些奖杯，摆在我家多占地方，当烟灰缸太大，当尿盆又太小。老狼也跟我一样，明明很有名利心，嘴上却永远说自己不在乎奖项。有一天我在老狼家玩儿，坐在他的床上，一不小心从床底下踢出一个纸箱子，我打开箱子一看，天哪，里面装着厚厚的剪报本，老狼把有关自己的报道和得奖新闻全都剪下来，一页一页仔仔细细地贴在本子上。可见我们表面上的淡泊名利，都是装出来的。

中国大陆的流行音乐最辉煌的时候,差不多一共有二十多个奖项。领奖的人来来回回也就是那些,时间长了大家就都认识了。中国流行音乐圈子的成立,就是在第一次颁奖礼的时候。第一次参加颁奖典礼时,大家彼此都还不认识,坐在一起都显得挺拘谨的。后来是那英主动站起来说,我们互相认识一下吧,我是中国著名歌唱家那英。然后我们其他人才陆续站起来,进行自我介绍。

颁完奖之后,大家也聚在一起吃喝玩乐。当时的中国乐坛分为南北两派。南派有陈晓奇、毕晓世、解承强和李海英这些大作者,以及许多大歌手;北派基本上都是搞摇滚和民谣的这些人。双方聚在一起,就是斗歌和斗酒。大家先是斗酒,斗完了就拿起乐器上台,临时组成各种奇怪名字的乐队,现场表演。我记得那时候披头士乐队很红,我们就组了一个劈头盖脸四乐队,大家都喝到醉醺醺,然后上台开唱。除了斗唱歌,音乐创作人还斗写歌,规定一个主题,大家就分成 CDEFGAB 的调子去写。

说到当年中国音乐排行榜的盛况,我要给各位读者推荐一份当年的报纸,叫《音乐生活报》(《音乐生活报》是中华人民共和国文化部主管,中国文化艺术有限公司主办的中央级、全国性报纸)。1994—1995 年是我们出道的时候,也是流行音乐最兴盛的时候。每到周末,只要你打开《音乐生活报》,就能看见密密麻麻的榜单,每一个榜单大约只能占据几厘米大小的一个位置。当时麦田音乐的企宣的主要工作就是,每周末在《音乐生活报》上画红线:这个榜单上有我们公司的哪首歌,《青春无悔》这周又排到了第几名等。

《青春无悔》是我当时出版的一张作品辑,那也是我个人最满意的一张音乐专辑,我可以自信地说,那张专辑里的歌,每一首都很好听。当时我还创下了一个纪录,打开一期《音乐生活报》,里面的每一个榜单里都有《青春无悔》这张专辑里的歌，而且每首歌都排在榜单的前十名。排行榜除了能肯定自己的成绩之外，还能帮助我们去了解别人的音乐，比如我看榜单的时候，觉得这首歌的名字很有意思，于是我就找来听一听，学习一下别人的优点，这就是排行榜的一个意义。那个时候的DJ（流行音乐节目主持人）和整个行业是完全融合在一起的，当时商业化还不太严重，没有人花钱去买榜，所有的榜单都非常公平和公正。

但时间过得很快，很迅速地，我感觉前后也就不到两三年的时间，这二十几个奖项就纷纷维持不下去了，最后只剩下了两三个。从此再也没有一张报纸，一打开就是密密麻麻的音乐排行榜了。每一次颁奖典礼都会消耗很多的资源，做一台颁奖晚会也要花很多的钱，但市面上的作品是有限的。很快，就没有那么多的作品了，也没有那么多受人关注的歌手了，于是颁奖典礼也就做不下去了。

接下来就陷入了长达十几年的混乱盗版时期，先是线下盗版。这样一来，唱片的销量就难以统计了，我们总不能去统计盗版商的数据吧？正版的销售数据则没有太大价值，为什么呢？因为有的歌手特别红，刚一推出专辑，版权立刻就被盗了，最后的正版销售数据根本不能体现真实的销量。新人反而比较幸运，因为盗版商一时注意不到他们。所以当时朴树的一张专辑卖了六十二万张。我们简直喜极而泣，幸好朴树是新人，朴树的唱片出来的时候，盗版商都在忙着盗张学友和周杰伦的下一张专辑。等到盗版商意识到朴树的存在的时候，正版专辑已经卖了六十二万张了。在这样的情况下，我们没有办法公正地告诉大众我们的实际销量，正版的销量也完全无法再代表歌手的影响力和水平了。

有人曾经跟我说过，我的《同桌的你》这张专辑，正版和盗版加在一起的话，可能卖了一千五百万张。我不知道这个数字是真是假，因为我没有任何办法去统计这个数字。盗版商盗了我的版权，他们肯定不会来跟我汇报，更不会去跟《音乐生活报》汇报。渐渐地，真实的销量榜就做不起来了，而且只要你不是以单一的数据来做榜单，立刻就会陷入公正性的舆论质疑中。

一切都要慢慢地步入商业化，只有商业化才能使奖项维持得更长久。格莱美奖就是很商业化的奖，包括Billboard排行榜，也是很权威的榜单。Billboard为什么具有权威性？因为它就是单纯的销量榜，只不过分为了单曲销量榜和专辑销量榜。欧美唱片的销售方式是，先以单曲的形式发行主打歌，主打歌卖了一轮钱之后，再发一首单曲，再卖一轮钱，最后再配上几首其他的歌，综合成一张专辑来发行。

Billboard排行榜的后边有一栏特别棒，那就是每首歌在榜单上停留的周数。我记得Pink Floyd（平克·弗洛伊德乐队，是英国摇滚乐队，在全球坐拥超过两亿的唱片销售量）在1973年出版的《月之暗面》（The dark side of the moon），连续17年在Billboard上排名专辑销量前200名。

在欧美，这些老牌的明星拥有着不可超越的数据成绩，自然受到人们的尊重。在中国就没有办法了，而且我们中国又是一个人情社会，你要办一场颁奖，要得到唱片公司的支持，那唱片公司说了，我带着自己的艺人来走你的红地毯，还上台给你们助唱，你又不给我们钱，那就只能把奖颁给我们了。我们的音乐行业本来就弱，唱片公司也就那么几家，你要是不给他们旗下的艺人颁奖，他们就不出席你的典礼。最后，为了能把颁奖晚会的票卖出去，为了让颁奖晚会不那么寒酸，也为了电视台能给你播出，只能对各方做出妥协。于是我们办出来的颁奖礼，最后经常出现很多"双黄蛋"。

在欧美，像格莱美这样的大奖，经常出现一个人拿下七个奖的惊喜场面。而在中国大陆，经常会出现七个人拿一个奖的闹剧。就这样，既没有数据，也没有公正性，更没有权威的机构来管理这件事。最后就导致了不论是谁来办颁奖,目标都是邀请明星来捧场。在音乐行业本身就处于低谷期的时候,音乐奖就办得越来越不行了。

在中国大陆,流行音乐行业经历了十几年的倒霉时期。其实地面盗版还算不错了,至少人民还保持着花钱听音乐的好习惯,只不过正版专辑卖十元钱,盗版只卖三元钱而已。而且在地面盗版的年代,我们的正版专辑好歹还能卖上一周,因为盗版商反应过来至少需要一周。盗版商都是在广东和福建制造盗版卡带,做完了之后再运送到全国各地。这些盗版商不仅不需要在音乐上花一分钱的版权费,连他们的卡带也是通过福建的海上渔船走私进来的,生产线也是走私的。

因为各种错综复杂的利益纠葛,盗版商和正版商之间存在着种种说不清道不明的关系,以至于两者之间逐渐形成了一个奇特的生态平衡圈。在这个圈子里大家相安无事,各赚各的钱,各做各的事,彼此保持着高度的默契。

在这样的环境下,中国的音乐市场还是能够维系下去的,正版商只要有5%的市场,就能生存下去了。也就是说,在推出一张唱片后,正版商卖5万张,盗版商卖95万张,音乐人就能生存下去,不仅能生存,还能签下朴树、小柯和叶蓓这样的潜力股,努力去做一些自己想做的音乐。

当时我们国内的一些音乐人,还集体专程去了杭州,跟盗版商谈判。我们跟盗版商要求,给我们的正版唱片十天的时间,让我们先卖十天,你们再去盗版。一开始,盗版商理直气壮地拒绝了我们提出的十天的请求,只肯给我们五天的时间,新唱片出版五天后,他们就要盗。我们只能低声下气地哀求对方,不要这样啊,你们好歹也得给我们正版商留一口饭吃对不对?如果你们五天就要盗,那我们正版唱片就活不下去了,我们都死了,谁去写歌?谁去唱歌?谁去录音?谁去灌唱片?唱片都没有了,你们去盗谁的版啊？

盗版商最后也被我们说服了，其实道理很简单，如果我们都被逼得活不下去了，盗版商也就没有饭吃了，最后，盗版商答应给我们十天的正版销售时间。不光是正版商和盗版商之间有协议和较量，盗版商和盗版商之间也有竞争，相互之间也掐得厉害。有一些盗版商不遵守默契，没到七天就把盗版专辑上架销售了，为此，天津的盗版商和长春的盗版商还火并过，深更半夜冲进对方的音像一条街，把店铺的玻璃都砸破，特别热闹。

但不管怎么说，在地面盗版的年代，中国的乐坛还是相对有秩序的。第一，人民还是愿意花钱去听音乐的，即便他们买盗版，但也是花了钱的；第二，在和盗版商形成一定的默契之后，我们做音乐的人还能有生存的空间，因为盗版商把我们当成利益共同体，他们愿意给我们一条活路，让我们继续生产音乐。

然而即便是这样的夹缝生活状态，也没能持续多长时间，因为很快地，互联网兴起了。

2. 中国流行音乐的春天

互联网来到了中国，网络的世界里没有一丝一毫的江湖情感。互联网疯狂地盗版音乐版权，他们什么道义也不讲，完全是竭泽而渔。

最令人悲哀的是，网站盗着你的音乐版权，还公然卖着它的广告位，最后一分版权费都不会分给音乐人。全中国最大的盗音乐网站便是如此，在这里我就不说它的名字了。总而言之，互联网兴起之后，音乐被盗得一塌糊涂。

我们这些音乐人再次联合起来，就像之前去找盗版商谈判一样，又去找互联网的大佬谈判。我们诚恳地跟对方说，我们花了大量的人力、物力和财力去做音乐、录唱片，每一张唱片光成本就要几十万，每一个环节里的人员都要吃饭，录音棚的每一样设备和乐器都要用钱去养，你们就这样盗走我们的血汗，还公然拿着我们的血汗去卖广告，这样不太好吧？结果互联网大佬嘲弄地对我们说，你们这些搞音乐的人懂什么叫互联网经济吗？互联网经济就是分享经济，这就是我们的经营哲学。对方完全不在意我们音乐人的死活，所以，谈判也就没有了意义。

一直到现在，我每次在微博上说到音乐版权的话题，那几家大的互联网公司的员工都会在我微博下面骂我，说我是老古董，不懂得分享经济。说到这些，我心里真是五味杂陈。反正自从互联网的时代到来之后，唱片行业就彻底活不下去了。唱片公司做出来的每一张唱片，都完全是一分钱也赚不到，都是在赔钱做唱片，而且还不能缩小生产，因为这样的话，公司签下来的艺人就全都跑了。

艺人也很倒霉，已经有一些名气的艺人还可以靠商演维持生计，年轻的新人就只能眼巴巴地等着，希望有一天公司愿意赔钱给自己出一张专辑，然后自己才能出去接商演、讨生活。唱片公司太为难了，实在没有那么多钱去给艺人出专辑，而公司和艺人之间又有合约在，总不能让新人的青春白白消耗在等待中。所以，我们明知道没有希望，还是一次又一次地去找互联网公司谈判，希望对方能给我们留一点活路。

后来，互联网公司每年居然花费数千万的费用，去雇用公关公司来搪塞我们，堵我们的嘴。对此我特别不理解，因为我们索要的版权费根本达不到几千万，对方为什么宁愿花这么多钱去雇用公关公司来打压我们，也不肯给我们一分钱的版权费呢？那些年，被逼无奈的我们到处去起诉，但这种官司，大多数地方的法院都是不给立案的。就算立案，我们也打不过互联网公司，因为对方太有钱了。

因为申诉无门，我们也曾经跑到政府那里去告状。结果政府却反过来充当互联网公司的说客，劝说我们，现在政府要扶植新经济，互联网经济就是中国的未来，中国要走向未来，在这个过程中总免不了会有所牺牲，你们就忍一忍吧。

我可以毫不客气地说，在中国，第一批获得成功的互联网公司，没有几个是真正凭借的是自己的技术和实力。谷歌和苹果之所以成功，是因为它们有自己的核心技术。而中国的第一批互联网公司，靠的是盗版视频、盗版音乐、盗版图片和盗版新闻，最后，这些网站和公司全都火了，甚至都纷纷在纳斯达克上市了，创业者全都成了大富豪，企业也成为中国的骄傲。

然而在这个过程中，我们这些原创者，忍辱负重地度过了十几年。在这样的大环境之下，乐迷们指责我们，说我们中国大陆的流行音乐没有弄出权威的排行榜，没有弄出权威的颁奖典礼，在惭愧之余，我心里更多的是委屈，是无奈，是伤心。最令我哭笑不得的是，从前几年开始，互联网公司开始搞音乐颁奖礼了，这些靠盗我们的版权发家的人，居然做起了我们没能做成的事，而且还邀请我们去参加和捧场。一开始，我们业内所有的音乐人都决定不参加，不出席，以表达内心的抗议。但最后还是有人去了，因为互联网公司说了，他们这可不是在盗版我们了，而是在反过来帮我们中国流行音乐做推广。我感谢互联网公司今天愿意帮我们做推广，但我还是觉得，这是我们全行业的耻辱。

在那漫长的、严酷的十几年里，全中国做音乐的人都承受着巨大的压力，大家在录唱片的时候几乎都含着泪，鼓励彼此，再弹得仔细一点，再唱得好一点，哪怕最终不过是为了盗版商服务，我们也要做出对得起自己良心的音乐。如今我在这里回忆那些艰难的岁月，各位读者可能会觉得不可思议，但那确实就是真真实实发生过的事情。最令我们音乐人伤感的是，人民群众翻脸的速度也是如此之快，前几年大家还习惯节省下几块钱的早餐费，去买一张盗版卡带或唱片，虽然是听着盗版的音乐，但也觉得花钱听音乐是理所当然的事。但几乎在一夜间，互联网带来了无数的免费音乐，人民大众突然也就心安理得地享用起免费的资源来，甚至觉得，听音乐本来就是一件不需要花钱的事儿，音乐本来就应该是免费的。我们老百姓连居住的房子都买不起了，为什么还要花钱听音乐？很多人还反过来向我们质疑道，难道你们是为了钱在做音乐吗？难道你们是为了钱在搞艺术吗？

我们当然不是为了钱而做音乐，但我们做音乐不能不用钱啊。如果没有钱，我们只能写出一张纸来，我个人可以不要钱，我可以饿死，把歌词和谱子写在一张纸上，提供给各位听众，供你们免费去看。但是你们现在是要听音乐，你们需要我们把歌词和谱子弹出来、唱出来，这就需要大量的人力、物力和财力。就像拍电影一样，没有钱是拍不出电影的。奇怪的是，现在大家能够接受花钱去影院看电影这件事，却依然不能接受花钱来听音乐这件事，这究竟是为什么？

总之，因为这些令人郁闷的原因，音乐颁奖礼中断了很多年。一直到2015年，我们终于看到了希望。政府终于发话了，要求所有的视频网站实行正版化。其实要使中国音乐走出困境，一点儿都不难，就是政府发一句话的事儿。如今，政府看见各大互联网企业都上市了，已经完成了原始积累，终于发出了一纸政策，要求正版化。一夜间，中国的影视行业就崛起了。这两年影视行业之所以蓬勃发展，最重要的原因并不是院线增多了，而是因为视频网站开始了正版化。网站一开始走正版化，就立马掏出大量的资金去购买影视版权，版权一旦能变现成钱，影视剧的收入也就立即实现了飞跃。

甚至各大视频网站之间还有了版权的竞争，一部大热的电视剧，A网站愿意用一百万一集的价钱购买版权，B网站立刻就能开出二百万一集的价格。搜狐视频的大佬张朝阳曾经跟我说过一句特别搞笑的话，他说，你看我们互联网一开始正版化，就制造出一个蝴蝶效应，女明星都不用削尖脑袋嫁豪门了，她们嫁男明星就可以了。因为影视行业水涨船高，明星的身价也飞涨了。张朝阳觉得，视频网站为娱乐圈做出了很大的贡献。我就忍不住在心里暗暗地想，你们今天确实做出贡献了，但你们也不想想，当年你们是怎么摧毁这个行业的？在我看来，他们今天做出的贡献，都是在还当年的债。

身为一个流行音乐人，我这辈子最离奇的一个经历就是，十几年来从来没有人给我付过版税，我几乎一直都是在为盗版商写歌。我们经历过的唱片公司，会计和出纳从来不收钱，只负责花钱，因为根本没有进来过一分钱，所有人都是在靠着梦想和热爱而坚持着。音乐行业里的人才流失特别严重，到了最后，只有两种人能在我们这个行业里坚持下去，第一种是真心热爱音乐的，他们即便饿死也要做音乐。但艺人可以靠商演来维持生计，唱片公司的普通工作人员靠什么生活？他们没法生活，只能转而去其他的行业，他们可以去IT公司打工，可以去房地产公司打工，赚到的钱都很多，没有理由继续留在唱片公司里，因为唱片公司甚至都开不出工资来。另一种人则是没有其他的路可走，只能留在音乐行业里，这就导致整个行业恶性循环，人才越来越少。

宋柯当年是堂堂的唱片公司的总经理，穷到只能骑着自行车去踢球，停车的时候，他连五毛钱停车费都出不起，还得找我们公司做饭的阿姨借钱。很多坚持留在这个行业里的人，都不得不腾出自家的房子开唱片公司，自掏腰包出唱片。记得有一次，我到一家音乐酒吧，看到台上有一群年轻人在演出，我就问身旁听歌的人，这帮年轻人靠什么维持生活啊？一个乐迷很伤感地告诉我，爹妈有钱的就靠爹妈养活，爹妈没钱的就去找有钱的姑娘养活。至此，做音乐已经成了一件完全不赚钱的工作，整个行业都跌到谷底，任谁都可以来欺负欺负音乐人。

直到几年前，政府才终于想起要整顿版权市场了。政府先从视频网站入手，以至影视行业最先崛起。然后政府想到了文学，于是渐渐地，文学网站的版权也越来越正规了。直到最后，政府才想起了音乐行业。我们现在都已经改名了，不叫音乐原创者了，而是被称为内容提供方。为什么政府直到最后才想起我们音乐行业呢？因为电影是有电影局的，上面有一个当时叫作"广播电影电视总局"的部门，包括广播、电影和电视在内的版权，都有这个局为他们做主，可惜这个局就不管音乐，所以音乐行业就像没人要的孩子，到最后才被想起来。

很多年前，有一天刘欢来找我，说让我跟他一起去找政府申诉，因为他们刚推出来的唱片就被网站盗版了，我义不容辞地就跟刘欢一起去申诉了。我们俩首先要解决的一个大问题就是，到底由谁来管我们音乐行业的事儿？我们到当时的广播电影电视总局打听了半天，可惜里面既没有音乐科，也没有音乐处，任何一个部门都说音乐的事儿不归他们管。后来我们俩又跑到文化部去打听，结果文化部也没有专门管理音乐的部门。到最后我俩简直走投无路了，难道全中国就没有一个部门能处理一下我们俩的申诉吗？这时候有人给我们俩出主意说，你们的唱片不是属于出版物吗？那你们俩就去新闻出版总署再打听打听吧。

于是，我跟刘欢又进了当时的新闻出版总署的大门，从大门口就开始打听，我们俩的脸都挺大，加起来估计有一平方米，可惜我们俩这么大的脸，最后也没打听到结果。我们俩就硬着头皮说，我们的唱片出版的时候，版号是你们给的，所以这个事儿你们有责任管。对方这才松口说，那你们把材料留在这儿吧，我们商量一下解决办法。我和刘欢不放心地追问，你们这里最好的解决办法能是什么呢？对方无奈地一摊手说，你们觉得能怎么处理呢？我们新闻出版总署既不是执法部门，也没有执法队，更没有罚款权，根本没有资格处理这种事儿啊。结果这个事儿，在新闻出版总署也不了了之了。我和刘欢的这次申诉，就因申诉无门而惨败。

其实不光是现在，在我们中国的历史上，对音乐就是极为不重视的。我们的历史课本并不厚，但在有限的课本篇幅里，最后还是会提一下每朝每代的书法家和画家，但从来没有哪一个朝代，专门把音乐家写入历史课本。因为在中国，音乐自古以来就被视为伶人才会去做的事，它是青楼的事情，是堂子的事情，是不登大雅之堂的事情。以至从中华人民共和国成立一直到今天，我们国家也没有成立任何部门，来保护流行音乐的版权和音乐人的权益。

我认为流行音乐的影响力是要比电影大的，现如今国内的电影市场非常蓬勃，但在当年电影市场还没有这么红火的时候，一部电影只要有5000万的票房就能保持十几年的票房冠军，而那时候流行音乐靠着一支《一无所有》的呐喊，唤醒了无数麻木的灵魂，《同桌的你》在华人地区也至少有7亿人会唱，这么大的音乐市场，为什么国家就不能像对待影视行业一样，给音乐行业也成立一个专门的部门呢？这么多热爱和从事音乐的人，难道始终都要做没娘的孩子吗？我们遇到委屈和不公正的事的时候，难道就连一个申诉的渠道都没有吗？

终于，在2015年的7月份，国家下达了一纸公文，从2015年11月1日开始，所有的音乐网站和播放器，全部进入正版化。我们做音乐的人苦苦煎熬了十几年，终于等来了春天。我虽然感觉非常高兴，但同时内心深处也充满了感伤，因为十几年来，在我们这个行业里，有无数流失和掉队的同志，他们曾经都是那么的才华横溢，充满了梦想。

老狼曾在《我是歌手》这一节目里演唱过一首歌曲《虎口脱险》，那首歌的作者郁东，就是一位非常有才华的音乐创作者，如果当年国家重视音乐的版权，让这些优秀的创作者能得到不错的收益，他们都不会忍痛离开这个圈子，而如今，这些人都已经不知去向了。还有很多当年跟我一起混高校圈子的大作者，比如北大的杨丹涛，他后来转行去做了股票。音乐跟其他行业一样，是一个拳不离手、曲不离口的行业，你把这个技能放下了十几年，如今就算你再想拿起吉他搞创作，也再找不到那份灵感了，甚至可能连吉他是怎么弹的都忘了。

如今，流失了大量的人才、受到了巨大创伤的音乐行业，终于迎来了正版化，终于盼来了春天。但在民间，依然有一些不满的声音，很多乐迷朋友生气地抱怨，现在大家最少要下载两三个 App，才能把自己想听的歌全都听全。这确实是正版化给听众带来的不方便，如今我们阿里音乐旗下的虾米音乐和天天动听（现已改名为阿里星球）两个播放器上，就都没有我的歌，因为当年拥有我的版权的唱片公司，把我的歌都授权给其他的网站了。其实这对我本人也造成了很大的不方便，但我们依然坚定地维护和执行音乐的正版化。

我个人的角色也很可笑，二十多年来，从来没有人付给过我版税，大家都免费分享和使用着我的版权。现在终于开始正版化了，每一家音乐网站都愿意斥巨资去购买音乐的版权了，甚至相互间也有激烈的竞争，各家每年砸给上游的版权费是各位读者所不能想象的。我等了二十多年，终于等到了我期待的这一天，然而这个时候，我代表着阿里音乐，居然变成了要去购买音乐版权的人。我经常在付钱给音乐版权方的时候，忍不住替自己苦笑两声。该收钱的时候，我一分钱也没收着，等到要付钱的时候，我又变成了付钱的人了。但我心里还是很快乐的，只是偶尔为那些流失掉的人才感到惋惜。

不能要求每一个人都是因为梦想和热爱才去搞音乐。当年大家骂我们的时候，指责我们利欲熏心，指责我们对艺术对音乐的热爱不纯净，仿佛我们只有一辈子免费做音乐、一辈子不赚钱，大家才觉得是理所应当的。然后现在国家要求音乐正版化了，大家突然又愿意为音乐埋单了，有很多乐迷朋友甚至迫不及待地说，只要能在一个App里听到所有想听的歌，多少钱我们都愿意出。再次，我要对广大的乐迷朋友们说，请大家不要着急，再给我们一点时间，让我们慢慢进行整合，相信以后一定会让大家听音乐的时候越来越方便的。

我们很幸运，老一代的音乐人没能赶上的黄金时代，被我们赶上了。如今我们依然留在这个行业里，而且已经是行业里的中坚力量，甚至称得上是行业里的大佬，我们有能力运营得起最大的机构。那些老一辈的音乐人，一生都过着清贫的生活，谷建芬老师一辈子收到的版税，都不够她在北京买几平方米的房子，然而他们所受到的委屈和不公正的待遇，都已经成了历史，如今，正版化的春天将给整个音乐行业带来新生。

在长达二十几年的奋斗和煎熬中，我们深知国家是怎么想的。国家想的无非就是，为了实现经济的快速增长，不得不牺牲一部分人的利益，为了国家的利益，不光是音乐行业，影视行业和文学行业都忍耐了很多年，最终，在我们这些艺术工作者的牺牲之下，成就和扶持起来了一大批光鲜卓越的中国互联网大佬。当然了，并不是所有的互联网大佬都是靠做盗版发家的，其中不乏靠着自己的真本事成功的。不过，但凡从事媒体性质的中国第一批互联网企业，基本上都是靠着侵害艺术工作者的权益而发家的，这一点他们自己也都肯承认。所以，如今互联网在抱怨版权费太贵的时候，我只能说，其实真的已经不贵了，我们如今收取的版权费，其实也就算是把当年的恩怨都扯平了吧。

　　好了，诉苦和抱怨的话就不再写了，把话题重新拉回音乐排行榜和颁奖礼的主题上吧。不管是做排行榜，还是做颁奖礼，首先都必须要有令人信服的数据，而不是分猪肉，谁跟我关系好就让谁排在前头，谁跟我关系好就把奖颁给谁。我可以自豪地告诉各位乐迷朋友，如今我们背靠着阿里的庞大数据库，所有音乐的销量很快就会实现透明和公开化，排行榜和颁奖也会越来越具有权威性。

　　音乐行业一旦进入正版化，销量很容易就能计算出来，因为这很容易统计，只要把所有音乐网站和播放器的播放量加起来就可以了。但播放量也只是一个方面，音乐的影响力也不容小觑。如今，影响力已经不是一个简单的词了，而是一整套强大的数据，包括你的粉丝的影响力，你的个人品牌的影响力，等等，所有的因素，我们都会很详细地进行统计，最终整合出一个公平、公正而翔实的榜单。我相信，大陆的流行音乐很快就能做出像欧美一样既具有权威性又能受到广泛关注的排行榜和颁奖礼。

　　流行音乐进入了春天，我们做出的音乐会越来越好，我们的创作也会越来越好，会有更多优秀的人才投身这个行业。如今，一档音乐选秀节目，都已经能吸引到十个亿的广告费了。我感觉特别幸运，我今年才四十几岁，我还年轻，而且我熬过了最艰难的岁月，在这个行业里坚持到了今天，未来，我和我的同行们会继续努力地做下去，不辜负乐迷朋友们的支持，更不辜负我们当初进入这个行业时的理想和初衷。

3. 美国大选

很多网友问我对希拉里（希拉里·戴安·罗德姆·克林顿）和川普（唐纳德·特朗普）的看法，我觉得如果要谈这个话题，应该还要加上另外一个人，那就是伯尼·桑德斯。

希拉里基本上就是一位传统的美国精英政客，她的履历相当完整，当过参议员，当过国务卿，在白宫住过八年。但她居然跟一个凭空出现的桑德斯打得势均力敌，在很多州，希拉里的选票还输给了桑德斯。

桑德斯跟川普一样，都是美国所谓的民主政治之下，出现的极端的非主流人士。欧洲现在也出现了很多极端的右翼分子和极端的左翼分子。桑德斯是极端的左，左到他扬言一旦自己上台，就要向富人征收70%~80%的税，然后让所有人都能免费上大学。桑德斯其实就是一个社会主义者，他想把美国改造成丹麦。这太让人傻眼了，丹麦只有500万人口，而美国是如此庞大的一个国家，双方有着这么多的地域差别、层次差别和文化差别，美国是根本不可能变成丹麦的，而且桑德斯的思想要比丹麦当政者的思想更激进。

但是桑德斯居然受到了很多美国年轻人的支持，年轻人的想法通常都是比较激进的，对社会充满了质疑，为什么富人那么有钱？为什么我们这么辛苦？为什么我们上大学要背负七八万美金的贷款？我们拒绝背贷款。因为桑德斯上台就会取消贷款上大学，所以年轻人都选桑德斯。

类似这种极端的政策，其实已经在全世界范围内被实践过很多次了，但从来没有成功过。欧洲就是免费上大学的，但是欧洲的福利政策已经成为整个社会的拖累。而且欧洲的民族很单一，地方也小，有各种各样能够动员起来的民族凝聚力。美国不是靠着民族凝聚力而凝聚在一起的国家，美国靠的是"这是一片自由的土地"和"每个人都有奋斗的阶梯"这种理念。所谓的美国梦，就是每个人都有通过奋斗而成为富人的机会。结果桑德斯说，你成了富人，那我就要收你80%的税，因为我要让所有不工作的、懒惰的穷人都能上大学，这就完全违背了美国梦的基础。

美国是所有西方发达国家里，唯一一个没有实行全民医保的国家。从前几年，奥巴马开始在美国推行所谓的全民医保，但这完全不是欧洲式的全民医保，而是强制性地让人们去购买私人公司的商业医保，这会直接导致私人医保公司中饱私囊，造成巨大的浪费、巨大的不公平。我特别反对奥马巴推行的这套全民医保，因为大家的保险费都涨了很多。过去，大家都是自由选择，市场经济，我可以选择买你的保险，也可以选择不买你的保险。为了推销自己的保险，保险公司会推出很多的优惠，比如家庭优惠、年龄优惠和打折优惠等。结果现在变成了强制购买，你若是不购买，政府就要起诉你，当你纳税的时候就要缴纳罚款，如果你还是不肯买，那就要把你抓起来坐牢。这样一来，所有的优惠自然都取消了。

当然，奥巴马也规定了，如果你是低保人群，那国家可以让你免费享受医保，但这只是10%的人才能享受到的权利，而在低保收入以上的90%的美国人，最终都要眼睁睁地看着自己的保险费越来越高，而且大家完全享受不到更好的医疗服务。美国的医疗服务本身就存在着很大的问题。我们中国现在有很多医闹，患者居然敢去杀医生，如果把中国的这些医闹人士送到美国去看病，估计他们能直接拿着原子弹把美国的医院全都炸了。在美国看病太难了，就算你的胳膊断了，吊着绷带去看急诊，也完全有可能让你在急诊室里一等就是七八个小时，除非你有生命危险，否则看不上医生是太正常的事情了。

在中国的大学里，大学生随时到校医室都能看到医生，开到药。在美国的大学，你想约一位校医给你看病，起码要等两个月。人能等两个月，病可等不了那么长时间，最后只能护士想办法帮你解决问题。但护士不能给病人开方子，她没有行医执照，她只能给你打开一个网站，让你自己看，她也不能告诉你开什么药，总之你自己看完了网站，就踏踏实实买点药回家吃就好了。这就是消耗了美国五分之一国力的医疗系统，目前我还不知道它要朝什么方向走。

桑德斯曾扬言上台后要改革医疗体系，我觉得这基本上就是痴人说梦。美国从前是没有左派党的，没有欧洲那样的工党或社会党，或者叫社会民主党。按照欧洲的情况来看，美国的两党都是右派党，都是奉行市场经济、没有一丝社会主义气息的党。只不过一个倾向于工会，另一个倾向于资本家。如今终于出现了桑德斯这样的人，而且受到了极大程度的支持。桑德斯的这种社会主义思潮，通常都是在一个国家走下坡路的时候才会受到追捧。比如一战德国战败的时候，社会主义的红旗就打上了街头；俄国在前线打败仗的时候，十月革命成功了；日本战败的时候，日本共产党空前强大。意大利和法国战败的时候，法共和意共也很强大。当一个国家昂扬向上的时候，通常很少出现社会主义思潮。因为大家都觉得自己有机会发财，有机会实现梦想，没人有想要平等，大家都想着向上爬。

有一则关于桑德斯的选民的新闻，把我乐坏了。有一个支持桑德斯的人，挂出了一个支持桑德斯的大牌子，然后有一个过路的人把牌子砍了一半拿走了，还留下一句话，因为我没有牌子，所以我分走了你的一半。这就是桑德斯说过的话，也是桑德斯想要去做的事。

因为川普被大家讨论得比较多，所以我在这里先不说他。反而是关于桑德斯的异军突起，包括欧洲的极端右翼的崛起，让我很想跟大家先来分享一下我的惊愕之情。我觉得这件事对美国这个国家来说，其实还是有意义的。那段时间，在美国的很多家庭里，父亲和儿子都撕破了脸，因为年轻人肯定都是支持桑德斯的，而父亲无法理解。父辈们努力奋斗了一辈子，辛辛苦苦赚来的家业，现在儿子要搞社会主义，要斗地主，要分家产，要分田地？年轻人高呼着要平等，老一辈则坚持要自由，要自由的美国，自由的竞争，自由的发财。平等和自由，到底应该选择哪一个？

一个国家的主流是左派还是右派，其实通过一件事就能看出来，那就是每当自由和平等进行博弈的时候，通常选择自由的那一方，就是右派国家，通常选择平等的那一方，就是左派国家。美国一直是一个右派国家，欧洲则基本上都是左派国家。虽然欧洲也有右派党和左派党，但欧洲经常执政的右派党，其实也执行大量的社会主义政策，而且始终把公平和平等放在第一位。美国则始终把自由放在第一位，只要自由跟平等发生冲突，美国的最高法院多数时候都是判自由优先的。

在这样的情况下，桑德斯提出让大家平等，让富人交税，让穷人免税，这种思想立即得到了年轻人的热捧。我跟很多美国人聊过这次大选，有一位美国的父亲对我说的话让我很有感触，他说桑德斯的出现还是有一个好处的，过去年轻人根本不投票，他们也不关心政治，而现在年轻人踊跃地参与政治，去支持桑德斯代表的左派的、社会主义的思想。虽然年轻人十分激进，但至少他们开始关心这个国家了。民主这件事就是这样，需要对年轻一代慢慢地进行教育，需要付出代价。之后年轻人就会明白，激进的政策是行不通的，于是才会心甘情愿地自我纠正。

美国的禁酒令也是通过民主投票选出来的，那个时候妇女刚刚拥有选举权。政客们为了得到妇女手中的选票，就要迎合妇女们的需求，妇女们最想要的事情就是老公不喝酒，这样既能节省家里的开支，还能避免家暴。于是美国就开始执行禁酒令，结果禁酒令彻底打垮了美国社会。正是因为禁酒令,才有了私酒贩卖,导致黑社会横行。美国的黑社会最怕的就是政府开放毒品,如果便利商店就能买到毒品,黑社会靠什么赚钱呢?黑社会恨不得美国政府把面包都禁了。禁酒令导致黑社会卖酒,黑社会卖酒就会产生暴力,暴力则腐蚀政府,导致警匪一家,包括《美国往事》在内的大量电影,讲的都是这个时期的故事,这也就是民主的代价。

妇女们非但没能节省家里的开支,丈夫们去买私酒用的钱反而比之前更多了,经济压力一大,家暴问题也更严重了。最后,妇女们终于明白了,民主不是谁能满足我的诉求,我就给谁投票,民主没有那么简单。为了恢复被禁酒令摧毁的社会,美国至少用了二十多年的时间,一直到FDR(富兰克林·德拉诺·罗斯福)上台,强制废除禁酒令,并要求肃清政府部门的贪腐,打击黑社会,被撕裂的社会才慢慢地恢复起来。这就是一个激进的政策导致的恶果。然而这些历史,年轻人都没有经历过,他们根本不懂上一代人的忧伤,他们现在去支持桑德斯,就是在引导美国再一次走向撕裂。

我个人还是更支持希拉里这个老政客的,虽然我不知道她好在哪儿,但至少比激进派要好得多。即便她不作为,美国也能一如既往地经营下去。因为美国这个国家,政府的权力没有那么大,政府也不需要做出那么多的创意。我们中国则相反,政府的创意性特别强,民间的创意特别少。中国古代有科举制度,有能力的人都通过科举去政府里当官了,政府享受着各种政策的便利,以科举的方式,把民间的人才一网打尽。最后民间仅仅剩下像李白和唐伯虎这样的人,要么就是不让参加科举的,要么就是没考上的。

西方没有科举制度,所以西方的上层社会始终是世袭的。人才没有上升渠道,民间就诞生出了巨大的力量,从文艺复兴到工业革命,西方的民间始终保持着强大的创意和活力。所以美国总统和美国政府不需要做什么,只要按照以往的方式去经营,美国就能继续走下去。

因为很多人对川普感兴趣，所以我最后还是浅谈一下川普吧。一开始我特别讨厌川普这个人，我的美国朋友们也纷纷说，因为川普参选第四十五任美国总统，他们身为美国人感到羞愧。当然说这样的话的，都是美国的精英阶层，都是些很体面的人。没想到最后川普居然成功了。

川普一直都用小学三四年级的词汇说话，他从来不使用高级的词汇，也不使用各种大词，他嘴里说出来的都是最通俗的语言。但川普可不是一个土鳖，他家里非常有钱，自己也是沃顿商学院毕业的，一直身处精英阶层。川普当过主持人，语言能力非常好。川普之所以坚持用小学三四年纪的词汇说话，那是因为他和他的竞选团队想得很清楚，他们的打击目标就是美国的那些传统的、虚伪的精英政客。川普就是要和精英们不一样，他要做红脖子，就算他穿着几千美金的衬衫，头上依然会戴着一顶破旧的棒球帽。

戴棒球帽的，通常就是美国最普通的底层人民。川普要表达的思想就是，他和平民站在一起。在一群西装革履的人中间，只有川普会把西装敞开，因为老百姓喜欢敞着穿西装，所以川普就敞着穿。老百姓想要什么？老百姓当然是想说真话、听真话，即便是被批评政治不正确，老百姓也想如此。

美国的民主已经推进了那么多年，以至大家为了政治正确，什么话都不敢说，种族歧视不敢说，反同性恋不敢说，如此一来，民主又怎么实现呢？美国不是倡导"这是一片自由的土地"和理念吗，大家在这里可以畅所欲言，结果现在限制这么多，大家都噤若寒蝉，什么也不敢说了。可是嘴上虽然是不敢说了，难道心里就没有意见了吗？种族歧视就真的能不存在了吗？歧视当然是一直存在的，否则美国怎么会分成富人区和穷人区，怎么会分成黑人区和白人区，怎么会分成华人区和韩国人区？

我认识的一些白人精英经常跟我说，他们现在也是少数民族，他们也很想起诉其他种族的人歧视他们。曾就有一个白人女孩儿，起诉洛杉矶最好的博物馆——保罗盖蒂博物馆。白人女孩儿去博物馆申请实习，结果被告知没有她的名额了，因为名额要留给有色人种。白人女孩儿愤而起诉，认为博物馆剥夺了她平等实习的机会。白人也很生气啊，白人谁也不能骂，但其他人种却可以自由地骂白人，白人不能排挤其他人种，其他人种却可以排斥白人。很多白人公开宣布，他们也是美国的一个少数民族，叫作"愤怒的白人"。

川普就是看准了这一点，并充分地利用了这一点。白人现在不是不敢说真话吗？川普站出来替他们说。所以反对川普的人，都是自认为是精英的人。欧洲的那些领袖就更不喜欢川普了，因为欧洲的领袖都是白左圣母，他们坚决反对种族歧视，欧洲欢迎全世界的难民去避难。全欧洲的领袖里只有一个人支持川普，那就是普京。川普当上了美国总统，普京很高兴。

其实川普的政策没有什么稀奇之处，我觉得听起来都是美国保守派的政策，就是孤立主义，美国不想花钱保护任何国家。有一天我一边锻炼一边看电视，看到CNN（美国有线电视新闻网）采访川普，记者直接问他，你支不支持日韩两国用核武器？川普居然没有否定的回答，当然他也没敢说支持，他只是说，我支持他们自己保卫自己，我支持美国纳税人不要花那么多钱保护他们。听到这样的话，普京肯定很高兴。本来美国充当着世界警察，像一个老大一样管着其他国家，有人管着，大家自然就慢慢懈怠了，无所作为了。如果美国开始实施孤立主义，很多国家就不得不振作起来，开始有所作为。既然有所作为，那可能就会出现一个全新的世界。、

除了普京，其他欧洲国家都无法接受川普，首先从价值观上就无法接受，白左圣母怎么能接受一个种族歧视的人当美国总统呢？川普居然公开声称，如果他当上了美国总统，就要禁止穆斯林踏入美国。结果川普话音还没落，伦敦人民就选出了一位穆斯林当市长。欧洲确实是比美国要平等得多，当时这种平等是以限制自由为前提的。一听说伦敦市长是穆斯林了，川普又改口了，说如果他当上美国总统，也可以破例允许伦敦新当选的穆斯林市

长来美国，结果惨被伦敦市长无情拒绝。这条新闻看得我哈哈大笑，整个世界正在朝多元化的方向走去，我觉得还是很有意思的。

川普的政策就是很保守的共和党的政策，甚至他比共和党还要保守。共和党起码还不敢说禁止穆斯林来美国，川普可倒好，他说如果他能当选，就要给富人减税，因为他自己就是富人，所以他知道富人把多少钱隐藏在海外，如果富人能把那些钱都拿回美国，肯定能极大地带动美国的经济。现在美国的富人要想把钱拿回美国，至少要交40%的税，川普表示他只征收10%的税，以此来吸引富人带着钱回美国来投资，给美国人制造就业的机会。其实这就是共和党的基本国策，只不过川普走得更激进了一点。

川普的孤立主义外交政策，和保守的、极端的经济政策，得到了越来越多人的支持。大家都觉得，如果川普上台，美国将有新的气象。川普自己也说，我才是真正要搞民主的人，我说的都是人民想要说的话，我替人民发声，这难道不就是民主吗？你们共和党内的精英，居然要阻击我？你们这样做就是违背了民族，因为只有人民才能阻击我。党内的大佬阻击川普，难道不就是否认美国是个真正的民主国家吗？

民主本身就存在着这样的悖论，那就是民主到底是由谁来规定的？其实这就是一个鸡生蛋还是蛋孵鸡的问题。美国最开始的时候规定，白人男性有产者才有投票资格。民主制度一开始肯定不是由全民投票建立的。英国的大宪章也不是由人民投票建立的，也是国王和一些贵族决定的。民主制度的确立永远不是通过民主的方式得来的，这就是民主制度的最大悖论。没有任何一个国家的民主，是真正由全民投票决定的，都是由精英阶层去规定民主制度，然后人民去接受它。

美国人民这么多年来习惯和接受的两党制民主，也不是由美国人民自己选举决定的，而是美国人民接受到的一个制度。日本的民主制度，则是由一位名叫麦克阿瑟的五星上将推行的，日本人民也渐渐地接受了这个民主。就在这个时候，川普跳了出来，说自己要代表人民说话，你们这些精英如果阻击我，那就说明你们反对人民。这样一来，大家就想起了民主的根源。

总而言之，我觉得希拉里和川普这一次的美国大选，比之前那些平庸的、为了政治正确而不得不说些虚伪场面话的选举，要有意思得多。大家相互触碰一下边界，探测一下底线，才知道这个国家的韧性有多强，才知道这个国家真正的理想在哪里，以及将来该如何走下去。

晓松奇谈
·情怀卷·

五 好莱坞精英

1. 毁誉参半的哈维

今天跟各位读者分享一下美国精英，尤其是好莱坞精英的故事。

我曾经在多篇文章里，跟大家分享过美国的精英阶层的故事。美国最高的精英阶层就是总统。美国的精英跟中国的精英最大的不同，就是精英是集中在统治阶层，还是集中在民间。在这一点上，欧洲刚好介于中国和美国之间。欧洲的精英阶层当然就是贵族了，虽然贵族中也有很多弱智，但至少欧洲有相当长时期的贵族传统，所以欧洲的贵族里面有一部分的精英，民间也有一部分的精英。

而美国没有贵族，更没有中国那样的科举制度能将民间的精英都选拔到统治阶层中去。美国立国的时间也很晚，来到美国的这些人，都是在欧洲混不下去的人。所以美国跟中国完全相反，它的精英大量地集中在民间。也正是因为如此，美国的民间充满了创意，这个国家才立国没多少年，就连番地掀起了各种革命。工业革命虽然是从英国开始的，但是最高潮时期却是在美国，蒸汽机带来的革命美国没有赶上，但是电力革命美国赶上了。从电力革命开始，美国开始有了各种各样的发明，经济、科技、工业和社会，全都充满了创意的、奔放的、蓬勃的气息。

一直到今天，美国虽然已经有点跑不动了，步伐有点沉重了，但它依然还有硅谷，还有华尔街，还有好莱坞，这三样东西，实际上就是今天的整个人类社会最重要的几个核心产业。

但是我为什么将重点放在好莱坞精英上，而不是硅谷精英或华尔街精英呢？首先，硅谷的精英，大家都太耳熟能详了，而对这些硅谷精英，我本人不是特别了解。我长期住在洛杉矶，压根儿也不认识几个硅谷精英。对硅谷精英们的了解程度，我跟各位读者可能差不多，都是从报纸上和网络上看到的，比如乔布斯如何了不起，扎克伯格又如何厉害，我没有什么新鲜有趣的资讯能分享给大家，所以就不在此浪费笔墨了。其次是华尔街精英，现在华尔街精英几乎已经臭大街了，导致美国差点儿掀起了一场小革命。许多美国人集体到华尔街去抗议资本主义，华尔街精英已经成了过街老鼠。著名的雷曼兄弟在健身房里健身的时候，居然被同样去健身的纽约人民痛殴了一顿，并痛斥他们是贪婪的吸血鬼。所以，华尔街精英我也不想聊了。

那么，今天就集中精力和笔墨，跟各位读者分享一下美国最重要的三个创意重镇之一的好莱坞，也就是好莱坞的精英们的故事。

说到好莱坞精英，我颇为伤了一番脑筋，该怎么跟大家分享好莱坞精英们的故事呢？如果我从历史的角度入手，大家可能会觉得比较枯燥和无聊，因为那样就变成好莱坞编年史了，我不得不用大量的笔墨去写华纳兄弟当年扛着小机器跑到这儿来开拓，也不得不长篇累牍地介绍东欧的犹太人怎么在这里创业，等等，但这些事情跟现在距离太远了，没什么意思。

想来想去，最后我决定干脆就从作为个体的人来入手。

我选了两位我认识的好莱坞精英，给大家分享一下他们的故事，这样估计会非常有意思。这也相当于一次口述历史，虽然好莱坞的历史很短。但我挑选的人物，都是今天在好莱坞依然能够叱咤风云的，或者曾经叱咤风云过，但现在有点衰落的，而且他们都是我认识的人。

这两个人是两位老板，一个名叫哈维·韦恩斯坦，他是米拉麦克斯的创始人，也是韦恩斯坦公司的老板。好莱坞的精英一共就分为三层，老板，半老板和高级打工者。

现在来讲这两位老板。哈维·韦恩斯坦和杰弗瑞·卡森伯格。到2016年5月份为止，这两位还是好莱坞仅剩的两大老板。如今好莱坞的绝大多数公司，实际上已经没有老板了，大家也不知道大老板是谁。所谓的大老板，都是上面的那个集团公司，比如时代华纳，但是时代华纳的大老板是谁？很少有人知道，因为那已经是一家上市公司了。大家光听公司的名字就能知道，真正的华纳兄弟，早已经去了天堂很多很多年了。派拉蒙和米高梅等这些好莱坞大公司的创办者，也都已经离开人世很多年了。

如今的好莱坞，已经是一家有着一百多年历史的老店了。所以好莱坞和硅谷有很大的不同，硅谷的英豪们，除了极个别的不幸仙逝了，比如乔布斯，绝大多数的创办者和老板都还健在。而好莱坞的大公司的创办者，几乎都已经不在人世了。尤其是现在好莱坞的六大电影公司，都已经没有大老板了，它们都已经是上市公司了，领导公司的都是高级打工仔。包括环球、索尼和华纳在内的三大唱片公司也是一样。华纳音乐可能还有一位老板，不过那是一个俄国人，而且华纳已经是辗转了二百道之后才到他那儿的，绝大多数人都不认识这位俄国老板，甚至也没什么人见过他，我有幸见过这位神秘的老板一面，但他肯定不能算是好莱坞的精英了，所以在这里我就把他排除在外了。

总之，如今好莱坞硕果仅存的、一提名字大家就都知道是何许人也的，而且也拥有许多耳熟能详的作品的老板，就剩下我今天要讲的这两位了。在好莱坞，你只要说这两个人的名字，甚至不用提他们的姓，大家就都知道你说的是谁。也就是说，你只要提到哈维，大家就都知道你说的是哈维·韦恩斯坦，虽然在美国叫哈维的人很多，但在好莱坞，大家肯定不会把哈维理解成其他人。在美国叫杰弗瑞的人也很多，但在好莱坞，你只要提到杰弗瑞，大家就能知道你说的是杰弗瑞·卡森伯格。

拥有如此响亮名号的人，在好莱坞是不多的。导演里应该能有几位如此重量级的，比如你说史蒂芬，大家立刻就能心领神会，知道你说的是史蒂芬·斯皮尔伯格。这和过去中国影视圈里的情况也很像，当年，你如果提到张导演，大家立刻就知道你说的是张艺谋，肯定没有人误解成张一白，对不起张一白，把你当例子了。张艺谋在中国的电影圈里拥有多么高的地位呢？曾经有一段时间，在中国的电影行业里，只要你说导演如何如何，那大家就自动明白了，你说的是张艺谋，因为整个中国的电影行业里只有张艺谋一位大导演，别说名字了，你连姓都不用提。后来，渐渐也有了其他的大导演，但在不同的圈子里，大家还是能迅速理解各种简称，比如在以华谊兄弟为中心的电影圈子里，大家口中的导演就是冯小刚，另一个圈子里的导演就是陈凯歌。在好莱坞这样超大规模的娱乐圈子里，实在已经没有几个人，光凭名字就能让所有人都知道他是谁了。

哈维·韦恩斯坦真的是一个非常有意思的人。不光是好莱坞，甚至一直到中国的电影圈里，只要你提到哈维，每个人好像都有一肚子的话想要骂他。每当聚在一起聊到哈维的时候，大家的第一反应都是，这是一个浑蛋，这是一个很难交往的人，这是一个奸诈狡猾的人。你若是要跟哈维做生意，一定要打起一百倍的精神。总之，大家对哈维的印象都非常的不好。

冯小刚导演就曾经在某电影节上，公开对哈维破口大骂，他说："我得和你们说说哈维这个人，他经常和中国的电影人打交道。哈维的惯用伎俩就是来买我们电影的北美发行版权。他一开始出价800万美金，别人一看哈维要买，就不敢跟他抢了，而哈维也确实给了我们20万美金的定金。等到最后我们把电影拍完了，哈维又说，这电影我不想要了，20万定金他也愿意牺牲掉。但到了这个时候我们想把版权卖给别人，已经来不及了。等到我们走投无路的时候，哈维才又来找我们，说他可以用100万美金的价格买我们的版权。大家可以去问问中国的制片人，有多少人曾经把哈维当成救世主？但之后你再跟大家提哈维，大家的第一反应都是，哦，那是一个骗子。"

当冯导公开炮轰哈维的时候，坐在一旁的IMAX公司投资总裁理查德·盖尔方德附和道："其实哈维在我们那边的名声也不太好，但是我想让冯小刚知道，外国的电影制作人不都是像哈维这样的。"由此可见，哈维在国内外的口碑都不怎么样。

我曾经在香港某电影节后台的一间VIP室里，遇到哈维。那一年我是带着电影《大武生》去电影节参赛的，哈维特意跑过来问我，你这部电影的动作导演是Sammo Hung吗？Sammo Hung就是洪金宝的英文名，我也不知道他为什么要给自己取这样一个英文名，谐音有点像三毛。我赶紧回答哈维，没错，洪金宝是我这部电影的动作导演。哈维就说，他想认识一下洪金宝。哈维是一个动作片迷，他最近一次投资拍摄的动作片，就是票房惨淡的《卧虎藏龙2》。哈维和昆汀·塔伦蒂诺的关系也非常好，因为他们两个都是功夫片迷。

听到哈维说要认识一下洪金宝，我赶紧跑去跟洪金宝大哥说，大哥，这位就是著名的哈维·韦恩斯坦,他很想认识认识您。洪金宝大哥是电影圈里的老人了,在香港电影圈,大家还是很给同行面子的,没想到那天洪金宝大哥居然完全没有给我面子。哈维就站在我身旁,洪金宝大哥坐在我面前,居然连站都没站起来,半侧着脸对我说,我不想认识他。洪金宝大哥的回答让我措手不及,当时的气氛尴尬极了。

总之,哈维在电影圈里给人的印象的确不太好,每个人一提起他都要先摇头。但如果把人品放在一边,单以一个电影从业人员的贡献来考虑哈维这个人,我猜大家肯定就不会摇头了,百分之百的人都会觉得哈维很厉害。就算是那些张口闭口骂哈维的人,也不得不承认,好莱坞亏欠了哈维很多,大量伟大的好莱坞电影,都出自哈维之手。由哈维制作的电影,累积拿下了三百多座奥斯卡提名,这个记录太了不起了。

哈维最近几年制作的电影少了一点,不过大家稍微往前看一看,就会看到大量由哈维制作的好电影,比如《国王的演讲》《艺术家》《芝加哥》《朗读者》《指环王》《英国病人》和《低俗小说》。《芝加哥》虽然是音乐戏,但也是音乐戏里做得非常好的。《朗读者》是我特别喜欢的电影,也是好莱坞少有的特别深刻的电影。可能因为我们是来自社会主义国家的人,所以在看《朗读者》的时候,对电影里的气氛特别感同身受。《朗读者》也是凯特·温丝莱特最重要的一部得奖电影,在这之前,凯特·温丝莱特出演的都是性感尤物一类的角色,直到《朗读者》这部戏,她才有了发挥更深层次演技的机会。《指环王》的最有趣之处在于,它不是好莱坞的大电影公司拍的,算是一部独立电影。因为《指环王》在一开始,是不符合大电影公司对剧本的要求的。《指环王》系列里评价最高的就是第二部,是由哈维担任制片人拍摄的。还有昆汀·塔伦蒂诺的电影,以及《英国病人》和《低俗小说》,等等,大家光听名字就知道,哈维制作的都是什么级别的电影。

如今我们回过头，去看过去二三十年间的好莱坞，如果要书写这段好莱坞历史的话，可以毫不夸张地说，这段历史有相当的一部分都是由哈维谱写出的。如果以单独的人和公司来算的话，哈维对近二三十年的好莱坞的贡献，是绝对要排在第一位的。因此在好莱坞也有一种调侃的说法，上台去领奖的那些人，总是要说一些感谢的话，比如感谢MTV等，而上台去领奥斯卡奖杯的人有30%要感谢哈维，感谢上帝的人占7%。

美国人好像时间都比较多，他们还专门做了一个统计，把奥斯卡领奖者的感谢对象排了一个榜单。排名第一的是史蒂芬·斯皮尔伯格，但感谢斯皮尔伯格的多半都是技术奖的获奖者，因为在好莱坞，斯皮尔伯格是使用新技术最多的人，比如《侏罗纪公园》等，他拍的大片也最多，所以包括最佳特效奖、最佳录音奖，以及最佳摄影奖等在内，这些领奖者上台都要感谢斯皮尔伯格给了他们工作的机会。在这个感谢榜的前十位里，有八位都是导演。而除了斯皮尔伯格和导演之外，获得感谢最多的人是哈维，我们之后要介绍的另一位老板杰弗瑞·卡森伯格排在哈维后面。如果光看最重要的五个奖项，就是最佳男主角、最佳女主角、最佳男配角、最佳女配角和最佳导演奖的话，那么这些领奖者感谢最多的就是哈维。

这就是哈维，好莱坞仅剩的两个老板之一，也是一个毁誉参半的有趣的人。

2. 好莱坞的幕后英雄

肯定会有人问，哈维这么厉害，他搞不搞潜规则？

应该这么说，潜规则肯定是有的，但即便是潜规则，也必须要有一个前提，那就是你拍出来的确实得是一部好电影，然后你才能去施展手段。如果你拍出来的是一部烂电影，比如你拿高晓松拍的电影去参赛，那使用什么规则都没有用。给大家举个例子，大家说国际足球到底有没有黑幕？肯定是有黑幕的，但是如果你说，因为这个黑幕的存在，就导致了中国足球拿不到世界杯冠军，那就太夸张了，就算没有黑幕，中国足球也得不到世界杯冠军。

在好莱坞，首先大家都得拍出好电影，然后再各自施展手段，比拼一下各自的威望和人脉。实力和潜规则这二者绝对是相辅相成的，缺一不可。同样的潜规则，哈维去玩儿就奏效，换一家中国的电影公司去玩儿，就玩儿不转。中国的每一家电影公司都渴望能拿到奥斯卡奖，我们每年都送去电影冲奥，但没有一次冲成功的。难道中国的电影公司傻吗？他们不知道好莱坞有所谓的游说公司吗？只要愿意支付四五百万美金的费用，这些公司就愿意去帮你玩儿潜规则。中国的电影人当然不傻，四五百万美金我们也不是拿不起，问题的关键是，我们拍出来的电影确实不行，而且我们能找到的那些游说的人，在好莱坞的威望也不够。

哈维当然会搞潜规则，而且他非常精通此道。但哈维玩儿潜规则的一个最重要的前提是，他的电影眼光确实好。我可以毫不夸张地说，这二十多年来，在好莱坞，没有一个人敢说他的电影眼光比哈维还好。华纳虽然得过不计其数的奥斯卡奖，总数加起来要比哈维的多，但华纳得的奖太多太杂了，华纳拍出来的电影也多。华纳一年能做好几十部电影，而哈维所在的是一家独立的电影公司，哈维一年也做不出几部电影，所以单纯从电影的选择眼光来看，哈维得奥斯卡的比例是最高的，而且哈维做出来的电影，不论是质量还是口碑，各方面都非常出色。

哈维刚开始涉足电影行业的时候，当然是要搞一搞潜规则的，但慢慢地，他也不用刻意去玩儿潜规则了，而是只凭借个人的威望就足矣。而且哈维深谙好莱坞的所有潜规则，他在开始运作一部电影之前，就已经计算好了，奥卡斯评审团的那6000个老头和老太太，有多少人会投票给他的这部电影，他会在潜移默化中，在每一个环节中都运作着这件事，从一开始要把电影拍到什么程度，以及后期怎么剪切，他都有着精打细算的考量。

奥斯卡最佳影片是由6000人投票决定，如果要一个个去游说这6000人，还真挺不容易的，私人观影是2000美金一次，每次只能给两个人看，而且美国还有游说法，所以操作奥斯卡奖相对比较困难一点。实际上哈维最能操作的是金球奖，因为金球奖是由全世界的各大主要媒体驻好莱坞的记者来投票，一共就那么几十个人。对于金球奖的这几十位评委，哈维绝对不小气，他真的会去给每一个人送一块劳力士手表。但在这里，我还是要不厌其烦地再说一次大前提，那就是哈维拍出来的电影确实不错，不然你送什么礼物都没有用。

金球奖又被称作奥斯卡奖的风向标，金球奖比奥斯卡奖先颁，能极大程度地影响到奥斯卡的投票。所以，奥斯卡的6000位评委中，很多人其实连提名电影都没有看过，只看了看金球奖的颁奖结果，就盲从地投了票。

那么哈维在好莱坞到底拥有多么强大的号召力呢？我可以这么说，哈维一个人的号召力，就能超过好莱坞的六大电影公司。这可不是我空口说说而已，而是有真实的事件能够充分说明。大概就在一年前，美国有一位老兄突然想出了一个发财的办法，他想要拍一部电影，男主人公的原型就是哈维·韦恩斯坦。这位老兄觉得，这部电影如果拍出来，肯定会大火，因为电影里面肯定充斥着哈维和女明星的各种绯闻与潜规则，而且那些女明星都赫赫有名，是每天都高高站在领奖台上的女明星。当然了，对于和哈维之间的绯闻，很多女明星根本就不在乎，珍妮弗·劳伦斯在上台领奖的时候，就公开说，她感谢哈维把她的竞争对手都打跑了。

还有《莎翁情史》中的女主角格温妮丝·帕特洛，她又被誉为奥斯卡影后有史以来最水的一位最佳女主角。格温的情史也非常复杂，我记了好长时间才记住。格温先是跟布拉德·皮特谈了三年恋爱，后来布拉德·皮特向她求婚，她居然拒绝了。之后又跟本·阿弗莱克恋爱了，本·阿弗莱克能当上导演，哈维起了很大的提携之功。而且就是在跟本·阿弗莱克在一起的时候，格温被哈维力捧，打败了梅丽尔·斯特里普和凯特·布兰切特，以及各种优秀的女演员，凭借《莎翁情史》坐上了奥斯卡影后的宝座。后来格温跟哈维分手了，嫁给了Coldplay（酷玩乐队）的主唱马丁，Coldplay是我非常热爱的乐队。

格温跟马丁结婚期间，哈维又跟珍妮弗·劳伦斯传出各种绯闻，不久之后格温又跟马丁离婚了。随后马丁居然跟珍妮弗·劳伦斯在一起了，这件事就有点意思了，马丁怎么专门从哈维手里抢女人呢？我估计可能是因为哈维手里的女人太多了，大家在圈里找女朋友，一不小心就能和哈维扯上关系。哈维还曾经追求过中国女演员郑佩佩的女儿，郑佩佩的女儿是一位大美女，当时哈维去北京看《无极》的片花，弄了一架私人飞机，上面搭乘的乘客就是郑佩佩的女儿。

插播了一大段哈维的花边新闻，重新把话题拉回哈维在好莱坞的号召力上。一位美国的老兄要拍一部有关哈维的电影，而且还打算在里面加入各种香艳和爆料的桥段。美国是一个自由的社会，你想要拍电影，肯定没有政府部门来管你，但是哈维会管。哈维接到这个消息之后，立即传檄好莱坞的六大电影公司说，谁要是敢去参加这部电影的拍摄，我哈维就要封杀谁。哈维的这一手太厉害了，也太有胆量了，放眼好莱坞，别说是个人，就是以六大电影公司的名义，也没人敢发出这样的通知，说如果你要做某某事，我就封杀你。结果，到最后这部电影就真的没人敢去投资，也没人敢出演，也就没拍成。

我还专门去问了一家电影公司里的高层，问他们真的害怕哈维吗？对方毫不掩饰地回答我，对呀，我们真的很怕哈维，但我们不是在票房上害怕他，而是在参赛的时候害怕他。以哈维的能力，如果他想要封杀谁，他就是有本事在奖项上黑你两下，让你永远也翻不了身。

哈维对奖项的运作能力有多强？大家不妨回想一下，哈维虽然制作过很多伟大的电影，但《莎翁情史》真的算是一部好电影吗？甚至我个人觉得，《艺术家》也称不上是一部伟大的电影，但《艺术家》参奖的那一年，恰逢奥斯卡的小年，《国王的演讲》参奖的时候，也刚好是奥斯卡的小年，所谓的小年，就是竞争对手都不是很强，所以哈维制作的电影才得了奖。但是《莎翁情史》参奖那年，竞争对手可是《拯救大兵瑞恩》。

虽然在好莱坞，哈维的名字如雷贯耳，但《拯救大兵瑞恩》背后的大腕能量也不小啊，是史蒂芬·斯皮尔伯格。在好莱坞，史蒂芬的名号也同样是让人如雷贯耳的。而且《拯救大兵瑞恩》是斯皮尔伯格的大戏，感动了千百万观众，主演汤姆·汉克斯也是好莱坞的顶级大腕儿，汤姆·汉克斯的经纪人也是我今天要跟大家分享的六人之一——理查德·罗贝克。斯蒂芬动用了这么强大的阵容，拍出这么伟大的电影，最后居然被《莎翁情史》打败了。可见，别看哈维的独立电影公司不大，但好莱坞的六大电影公司都真的挺怕他的。

哈维是在二十几岁的时候，和他的弟弟一起成立的米拉麦克斯公司，米拉麦克斯是哈维的父母的名字，当时那只是一家很小的纽约电影公司。纽约的小电影公司小到什么程度？一间小办公室里就有四家电影公司，大家共用一台电话，每当电话铃声响起，大家谁也不敢接听，因为不知道电话是要找谁的，每一个人都竖起耳朵听答录机的留言，确定了电话是找谁的，谁才敢上前接听。米拉麦克斯公司就是从这么小的一家独立电影公司，做成了今天这样极具影响力的品牌。

在我个人有限的观影印象中，纽约这个地方，Focus（焦点电影公司）都属于后起之秀，第一个有巨大品牌价值的公司，就是米拉麦克斯。年轻的时候，只要我看到米拉麦克斯这个品牌推出的电影，立刻就觉得那肯定是一部好电影。因为我本人是个文艺青年，所以我喜欢看文艺电影。如果我看到代表华纳电影公司的字母 WB 出来，或者象征着哥伦比亚的举着火炬的姐们儿出来，或者代表着二十世纪福克斯的探照灯出来，我都不能判断这是不是一部好电影。

我觉得哈维之所以能成功，最大的原因就是他的电影眼光非常精准。哈维第一次展示他独到的电影眼光，就是他看中了史蒂文·索德伯格导演的《性、谎言和录像带》。当年的索德伯格还不是好莱坞的大导演，而是一个初出茅庐、一点名望都没有的新人导演，他拍出了《性、谎言和录像带》这部电影，然后到处去找人卖，四处碰壁。最后，哈维看上了这部电影，哈维决定帮索德伯格运营这部电影，但是他有一个条件，一旦索德伯格跟哈维签了合约，那接下来的运作事宜就由哈维全权负责，索德伯格不能有任何意见，这也是哈维一直以来的行事风格。

哈维·韦恩斯坦和索德伯格都是犹太人，犹太人的名字很容易辨识，凡是名字后缀里带"斯坦"和"伯格"的，都是犹太人，但名叫"伯格"的犹太人远没有名叫"斯坦"的犹太人厉害。当时索德伯格只是一个新人，有人愿意帮他运作电影，他已经求之不得了，所以只能一咬牙，跟哈维签了合约。等到最后电影一公映，索德伯格自己都傻眼了。最后公映的《性、谎言和录像带》完全被哈维重新剪辑过了，几乎变成了一部全新的电影。而且宣传海报也做得极为夸张，如果没看电影光看海报的话，所有人都以为这是一部三级片。

没想到，在哈维如此大刀阔斧地操作之下，《性、谎言和录像带》居然大获成功，不仅票房卖座，还得了奖。这正是哈维的实力所在，大家别看他总是不按常理出牌，好像不负责任地去乱剪了导演辛辛苦苦拍出来的电影，事实上哈维那可不是乱剪，他剪下去的每一刀，都是有着深刻的考量的。索德伯格毕竟是一个导演，导演通常都是以自我为中心去剪辑一部电影的，他们追求的永远都是自己心中的世界，是自己的梦想。而哈维在剪辑电影的时候，心里想的是坐在评委席上的大老爷们，是特意跑进艺术院线里去看艺术电影的观众们，评委和观众想要看到的世界，才是哈维追求的目标。

因为《性、谎言和录像带》，索德伯格一炮走红，哈维也成功了。但哈维也因此而落下一个不太好的名声，叫"哈维的凯撒之手"，其中"凯撒"的谐音也有剪刀的意思。所以凯撒之手也可以理解为剪刀手。哈维喜欢自己动手去剪辑电影，这是他一贯的风格，虽然大部分电影经过他的剪辑都获得了成功，但是也有少部分被剪得一塌糊涂。

很多知名的大导演，都是因为剪辑的原因，跟哈维之间产生过矛盾和不愉快，于是也发生了一件特别有意思的小故事。大家肯定都知道日本的动画大师宫崎骏，当年哈维想要在美国发行宫崎骏的《幽灵公主》。宫崎骏对哈维的"剪刀手"早有所闻，他生怕哈维乱剪自己的电影，于是特意给哈维寄了一个包裹，包裹里赫然是一把日本武士刀，还有一张纸条，纸条上只有两个单词: No cut(不许剪)。宫崎骏用一种很幽默的方式告诉哈维，如果你敢剪我的电影,我就用日本武士刀跟你拼命。

在哈维剪辑的所有电影中,我觉得最成功的一部,就是托纳多雷大导演的《天堂电影院》。托纳雷夫是我最热爱的大导演,他导演的《天堂电影院》《海上钢琴师》和《西西里的美丽传说》,都是我心目中最伟大的电影的标签符号。每一次有人问我什么是伟大的电影,我都会回答这三部。所以虽然哈维在电影圈里有各种各样不好的风评,但我心中对哈维始终是充满了敬意的。哈维虽然坑了很多人,但是他毕竟从来没坑过我,当然主要原因是我还没有强大到能被他坑的地步。

当年拍《天堂电影院》的时候,托纳多雷也还是一个年轻的小导演,他也是拿着电影,经历了四处碰壁之后,才找到了哈维。《天堂电影院》有很多版本,其中我最喜欢的就是哈维剪辑的版本,也是后来拿下了无数奖杯的版本。我曾经怀着对托纳多雷大导演的崇敬之心,想要去看一看导演剪辑版,结果看到一半我就睡着了,实在是看不下去。

各位读者如果看过哈维的《天堂电影院》,肯定就能明白我的意思了。哈维把整部电影剪辑得非常干净,有关主人公的恋爱,他只保留了一天的戏份。因为哈维知道,所有人都觉得这是一部有关电影伴随着你成长的电影,所以主人公怎么跟人谈恋爱,又怎么受到爱情的伤害,这都和这部戏的主题无关,也不是观众真正想要看的东西。所以,哈维只保留了电影中那些真正打动人心的部分。而托纳多雷导演本人认为,这部电影讲述的就是他自己的青春故事,他的爱情是其中非常重要的环节,所以导演剪了一个超级长的版本,保留了大量的初恋故事,比如最后男主人公回到小镇参加葬礼,居然在一个雨夜,跟当年那个美到不可方物,而现在已经变成一个肥胖的中年妇女的女主人公,在车里聊了半个多小时的天,两人在那里聊天,雨刷器就在一旁唰唰唰地响,实在是无聊至极。

我们的姜文导演也很喜欢《天堂电影院》,他在自己导演的《阳光灿烂的日子》里，借鉴了很多类似的手法，所以这部戏也获得了成功。总而言之，哈维的艺术感觉是相当过硬的，他不仅能够利用自己精准的电影嗅觉，去把一部电影剪辑成功，更是好莱坞最大的伯乐。大家可以回想一下，索德伯格大导演是哈维发现的，托纳多雷大导演也是哈维发现的，连阿莫多瓦也是哈维发现的，《捆着我，绑着我》是阿莫多瓦最重要的作品之一，这也是哈维一手打造出来的。

一开始，《捆着我，绑着我》在电影评级的时候，被评为了 X 级。如今已经没有 X 级了，但在当年，被评为 X 级的电影是禁止公映的。这下子哈维可不乐意了，立即开始抗议。哈维这个人特别厉害，他是会光着膀子骂粗话的人，也可以跟各种各样的人对着犯浑、耍无赖，无所不用其极。其实哈维从小就是这样一个人，他出生在纽约皇后区的法拉盛。皇后区是纽约的一个穷人区，法拉盛则是最穷最穷的地区，后来法拉盛变成了唐人街，不是纽约曼哈顿的唐人街，而是纽约皇后区的唐人街。所以，哈维是出生自纽约最底层的犹太人，他从小就对各种不公平充满了不服的劲儿，靠着这股不服输的劲儿和犹太人的智慧，才终于有了今天的成绩，所以哈维要是闹起来，那是非常具有杀伤力的。

虽然我不敢说美国的分级制度改革是哈维闹出来的，但确实是在哈维闹过了之后，MPAA（美国电影分级制度）才把整个分级制度进行了改革。把完全禁止公映的 X 级电影，改成了 NC-17，这已经是最严厉的级别了，但还是可以公映的，只是未满 17 周岁的人不允许进入影院观看。所以，哈维不仅帮助了阿莫多瓦导演，还间接挽救了很多无法公映的电影。

还有被全世界所有文艺青年奉为《圣经》级别的大导演——昆汀·塔伦蒂诺。昆汀在遇到哈维之前，为了卖出自己的电影《低俗小说》，至少碰壁过五百次，至少在六百个场合里给人讲过《低俗小说》的剧情，昆汀的嘴皮子都要磨破了，舌头都快讲烂了，依然没有人被这个故事打动，最后昆汀实在讲不下去了，还特意雇了一个人，先替自己讲一遍电影剧情，然后他再跟人推销这部电影，可惜，还是没有人愿意买这部电影。

说句心里话，如果昆汀后来不是真的把《低俗小说》这部电影拍出来了，而是光凭嘴来给你讲一遍这个故事，估计绝大多数人都会觉得这是一个相当无趣的故事。大家不妨想一想，该怎么把《低俗小说》这个故事讲出来？一开始，有两个人坐在一家饭馆里，然后就讲不下去了，因为他就跑到别处去了，没法继续讲了。

幸好，后来昆汀遇到了哈维，哈维听懂了昆汀的故事和想法。于是，在哈维的一手运作之下，昆汀也变成了一位伟大的导演。昆汀日后的很多伟大电影，都是跟哈维合作完成的，我就不一一列举了。

总而言之，哈维对好莱坞电影做出的贡献，的确是非常巨大的。而且这些伟大的电影，都不是哈维导演的，他只是充当幕后推手，努力地把这些导演一个个捧红，努力地让这些电影一部部地得奖，这一点是非常值得敬佩的。

3. 著名红沙发

哈维·韦恩斯坦的人品确实有点堪忧，为了运作电影，他会使出各种各样的阴谋诡计，并且，哈维也是好莱坞最著名的红沙发。每当哈维晚上在办公室里进行选角，所有的演员都要穿着睡衣进出。当然哈维也曾因此而吃过亏，有一个女模特进了哈维的办公室，出来之后就公开指控哈维对她进行性骚扰，让哈维赔钱给她。

但是有关潜规则这件事，其实我有着不同的想法，我一直在思考，到底有多少女演员是被迫接受哈维的潜规则的？又有多少女演员是迫不及待地想要接受哈维的潜规则？

好莱坞历史上最盛大的一次选角，就是当年选电影《飘》的女主角斯嘉丽。所有的好莱坞女演员全都疯了，甚至有一个女演员把自己脱光了装进木箱里，自己把自己寄到制片人家里，那么在这种情况下，究竟是制片人潜规则女演员，还是女演员潜规则制片人呢？

我有一个哥们儿，他是在纽约拍 MV 的小导演，他告诉我，有一次他接了一支 MV 的拍摄工作，有很多女演员来试镜，他基本上只问对方一个问题，我给你三十秒的时间，你告诉我为什么你能担任这个角色？结果，有一半以上的女演员当场就把衣服脱了。我这位哥们儿都傻眼了，他根本也没想潜规则她们啊，她们自己就主动送上来了。我认为潜规则是这样一件事，如果女演员不同意，你还非要霸王硬上弓，那就是你的不对，否则，那就是双方你情我愿的事儿，谈不上什么对与错的道德审判。

有一位我认识的女演员，她跟我讲过一个小故事，当年她在纽约发展的时候，曾经有制片人邀请她去制片人家里试镜。女演员本来觉得这样挺危险的，但选角导演主动对她说，别怕，我陪你去，于是女演员就放下心来。在好莱坞，我见到的大部分选角导演都是女性。我估计好莱坞可能也挺同情这些女演员的，为了得到一个角色，先要被制片人潜规则，然后还得被导演潜规则，所以在选角导演这个环节，还是让她们休息休息吧，所以选角导演通常都是女性，这样一来就让人比较信任。于是，女演员当天晚上就高高兴兴地跟着选角导演一起去制片人家里了，结果选角导演把她送到地方就走了，把她自己扔在了制片人家里。好在这位女演员当年只有21岁，英文水平也很有限，那位制片人对她提出了很多要求，但她都没听懂，最后她就幸免于难，没有被潜规则，但是直到今天，她也没能红起来。

红沙发这个传统并不是哈维发明的，而是从有了好莱坞那天起就存在了，是延续了一百多年的传统。而且红沙发也不是灵丹妙药，也有很多演员接受了潜规则，但对方后来也没有捧红他们。在中国也是一样，很多女演员对制片人和导演献了身，最后也没能在电影里露脸。反正如果对方想要反悔，总会有各种各样的理由去搪塞你，如果你接受的是制片人的潜规则，人家就会说导演不同意，如果你接受了导演的潜规则，人家就会说制片人不同意。

这个行业里有很多的骗子，而哈维绝对不是，他会真心真意地把一个个演员捧红。很多女演员几乎是在一夜间就拔地而起，成为炙手可热的领奖台宠儿，她们的幕后推手就是哈维。而且，哈维捧红的女演员都有一个特点，她们走红地毯的时候，一定要穿上哈维的老婆亲手设计的礼服。

哈维有一阵子特别喜欢一位男演员，为了捧红这名男演员，他提着一百万美金的现金，去了某著名艺术片导演的家。当时，这位艺术片导演正在拍一部很不错的电影，哈维看了电影剧本，非常喜欢。哈维开门见山地对艺术片导演说，你把你现在正在用的那位男主角换掉，用我给你推荐的这个人来演，如果你这么做的话，这一百万现金就是你的了。可惜这一次哈维的算盘打错了，艺术片导演都是非常有个性的人，他们不受糖衣炮弹的诱惑，这位导演当场就翻脸了，愤怒地对哈维说，不要跟我来这套，你赶紧拿着你的钱，从我们家滚出去！哈维只好拿着钱悻悻地滚蛋了。

哈维用钱诱惑导演，想让导演把男主角换掉，这种行为确实不太光明磊落。但如果你是哈维想要捧红的那位男演员，你会觉得哈维坏吗？你肯定不会，你还会觉得哈维真是我的好大哥，大哥看到一个好的剧本、好的项目和好的导演，就立刻想到了我，为了我，他甘愿去被羞辱。

之前我拍电影《大武生》的时候，制片方是一位来自美国的独立制片人。电影拍到一半的时候，大S突然想要结婚，美国的制片人毫不犹豫地拒绝了大S的请求，不仅如此，他还闹得鸡飞狗跳，要写律师函让大S赔钱。

汪小菲是我的好哥们儿，大S也是我的好姐们儿，我夹在中间觉得特别尴尬，但我也没办法，身为导演，我必须得听制片人的。但最后我也跟这位美国的制片人急了，我跟他说，电影虽然重要，但是电影永远没有人生重要，一个演员一生中可以拍很多部电影，但结婚可能只有一次，无论如何我们要给大S放假。我好说歹说了半天，这位美国制片人总算松了口，给大S放了一天的假，让她赶紧跑去登了个记，当然了，我们剧组也买了一个蛋糕，给大S庆祝了一下。

同样的事情，若是发生在哈维拍的戏里，情况就大大不同了。当年，正拍着戏，裘德·洛的老婆突然要生孩子了，哈维立刻让整个剧组停下，派飞机给裘德·洛去守护老婆生孩子，宁可赔钱也要等着演员去经历自己的人生大事。哈维就是这样的一个人，他可能对外面的商业伙伴很不讲人情，还经常耍阴谋手段，但他对自己手底下的人，还是非常肝胆相照、义不容辞的。

不论是在好莱坞，还是在中国电影圈，好多人都声称自己被哈维骗过，但在我看来，大部分事情都算不上是骗。而且说句公道话，哈维其实对中国电影做出了很大的贡献，中国电影第一次在美国获得票房冠军，其幕后推手就是哈维。

说到在美国获得巨大成功的中国风电影，第一部就要提到《卧虎藏龙》。《卧虎藏龙》在北美票房过亿。但实际上《卧虎藏龙》不能算是中国电影，它是由哥伦比亚电影公司投拍的，导演李安也算不上中国导演，而应该是美国导演。

真正在美国上映并获得票房第一名的电影，应该是哈维帮忙发行的《英雄》。其实美国人看不懂《英雄》，一开始的时候，哈维的运作效果很不好，后来他想到了一个办法，他去找了自己一手捧红的昆汀·塔伦蒂诺。哈维对昆汀说，你不是跟我一样很喜欢功夫片吗？那你帮我一个忙，把你的名字署到《英雄》这部电影上吧。昆汀确实喜欢功夫片，但昆汀喜欢的是日本的功夫片，他喜欢的是黑泽明拍的那种武士片。但哈维不管那么多，他坚持把《英雄》打成了昆汀·塔伦蒂诺作品。

哈维不是那种没有办法就硬上的人，他一定要想尽各种办法解决问题。最后，《英雄》在美国上映，打出的旗号是"昆汀·塔伦蒂诺作品"，电影导演当然是张艺谋，但昆汀署了一个监制的头衔。昆汀在美国拥有不计其数的影迷，于是《英雄》一上映，昆汀迷就蜂拥前去电影院观影。最终，《英雄》的票房是5000多万美金，其他各项加起来大概共有8000多万美金。中国有史以来，除了《英雄》，其他所有电影票房加起来都没有超过8000万美金。

所以，哈维其实为中国电影做了很大的贡献，可大家为什么还要骂他呢？哈维确实做了一些不太地道的事儿，但问题是有些电影的确是卖不动，哈维也没有办法，他总不能砸了自己的招牌去推一些烂电影吧？《英雄》本身的质量确实是不错，所以哈维就尽自己所能地把它营销成功了。

我记得《英雄》夺得美国票房冠军的那一周，刚好是张艺谋导演特别倒霉的时候。因为张艺谋导演在希腊雅典奥运会的闭幕式上，安排了四个穿着超短裙的美女拉二胡，结果遭到了网友的挞伐，大家都认为张艺谋安排的节目有伤风化，让四个露着大腿的姑娘表演中国的传统艺术，是糟蹋了传统文化。其实张艺谋也挺委屈的，如果他安排四个穿着大长袍的美女，估计网友又会说他思想保守，不开化。比如张艺谋早期拍的一些影片，就有很多人骂他，把中国女人裹小脚的事宣扬给外国人看，是自曝家丑，是不要脸。反正不管张艺谋怎么做，大家都觉得不对，不行。就在张艺谋被人骂得一塌糊涂的时候，突然传来消息，说《英雄》在美国夺得了当周的票房冠军。我记得特别清楚，那一天张导特别高兴地说，虽然全国人民都在骂我，但我还是得了全美的票房冠军，给中国电影争了光。

有了《英雄》做先例，后来陈凯歌导演拍《无极》，也自然而然地找到了哈维。陈凯歌导演的英文说得非常棒，他和哈维两个人相谈甚欢。哈维看过了《无极》的片花之后，表示非常喜欢这部电影，要用一百万美金买下《无极》的美国发行权，陈凯歌导演也十分高兴地答应了。我记得那一年《无极》去戛纳，陈凯歌导演真是大手笔，在海边弄了一块超大屏幕，播放《无极》的片花，还搞了一场盛大的游艇派对，非常热闹。

结果，等陈凯歌导演终于把《无极》拍完了，交给了哈维，哈维一看到电影就傻眼了。哈维肯定觉得，这和我当初看到的那个片花，好像根本不是一回事儿啊，那怎么办？哈维跟好莱坞的那些大电影公司不一样，大电影公司如果遇到这种情况，通常就认倒霉了，比如李安的《与魔鬼共骑》，大电影公司就认了，给了李安3800万美金让他去拍，大不了之后让李安再还一部《绿巨人》回来。哈维从来不认这种倒霉，他一直是低成本运作的独立电影公司，他也从来不去拍那种商业片，更不去拍纯挣票房的超级英雄片，他不屑于做这种事，哈维是属于燃点和沸点都非常高的人，他只做有艺术价值的、真正的好电影。

所以哈维其实也没有多少钱，他在米拉麦克斯年代，就一直没有多少钱，一直都是艰难地用小成本的方式运转着。虽然哈维制作的电影得了很多的大奖，但奖项只是看着好看，又不能换成钱。这一届的奥斯卡最佳影片《聚焦》，在得奖之前一共才只有一百多万美金的票房，得奖之后票房才暴涨到几千万美金。所以哈维虽然是好莱坞的大亨，但他的钱都来之不易，他没有那么多钱去认倒霉，更不愿意把钱花在推销烂片上。

面对着《无极》这部片子，哈维的第一反应肯定是，这部戏肯定是赚不到钱的，得奖也不太可能。最后哈维使出的手段就是耍赖，他先付了一点钱，把电影的版权转嫁给了Netflix（近年崛起的美国网络流媒体服务商）。当时的Netflix还没有现在这么大，如果现在哈维把电影版权转给Netflix，陈凯歌导演应该会很高兴，而当时的 Netflix 只是一家名不见经传的录像带发行商。转完了版权之后，哈维就对《无极》不闻不问了。

陈凯歌导演万般无奈，只能重新跑到好莱坞找发行商。好莱坞虽然是一个庞大的电影工业机构，但电影圈子其实很小，好莱坞也不是特别巨大，好一点的电影公司一共就那么几家。如果你要推销自己拍的电影，第一轮洽谈是不困难的，大的电影公司都会愿意派人来跟你谈，相互之间竞竞价也是很正常的，因为这毕竟是一次商机。但是如果第一轮谈判之后，有比较大的电影公司拿下了电影版权，然而等到电影拍完之后，人家又退出来了，那这件事对电影的伤害就太大了。因为这会直接给其他电影公司留下不好的印象，大家心中基本就都有了共识，那就是这部电影不怎么样。所以你要再找人谈发行，就非常困难了。

总之，哈维的行为给陈凯歌导演和《无极》造成了巨大的伤害，以致后来陈凯歌导演只要一提到哈维，就会破口大骂对方是个骗子。冯小刚导演估计也是遇到了和陈凯歌导演一样的事，所以冯导最后也公开炮轰哈维。但大家想一想事情的缘由和经过，我们真的能因此就说哈维是个浑蛋吗？其实他之所以这么做，主要还是因为他对电影的品质有最基本的追求，只不过他在拒绝的时候，使用了一些乱七八糟的小手段，他既不想要你的电影，也不想赔偿违约金。

反正哈维一直都是以独立的小公司的形势维持着运营，后来他把米拉麦克斯这个品牌卖给了迪士尼，之后自己又做了一家独立的小公司，也就是现在的韦恩斯坦电影公司。像哈维这样重量级别的好莱坞大腕儿，他如果想要去运作一家大的电影公司，也是绝对没问题的，他的地位、他的能力和他的眼光，其实远比那些每年拿着三百万美金薪资的电影公司高层要强得多。但是哈维不愿意那么做，因为他觉得自己一旦当了大电影公司的领导者，就不得不去经营瀑布模式了。

所谓的瀑布模式，就是指那些大电影公司，为了维持自身高昂的线上成本和宣发费用，以及分散风险，而去利用大量的片子，像瀑布一样进行冲量的操作。只有那种在全球各地都有发行能力的大电影公司和大的电影工作室，才拥有大量的媒体资源，才可以每年运作几十部电影。这种方式对小公司来说，是非常有压力的。

而哈尔坚持做独立的小公司，他不喜欢瀑布模式，他只喜欢电影艺术。哈维现在的新公司投拍了很多艺术片，也投拍了一些中国的功夫片，《十月围城》就是韦恩斯坦公司投的。像哈维这种一直以独立电影公司的形象、以独立电影人的形象称霸好莱坞的人，我内心对他们是非常敬佩的。如果将来我能做出一点成绩，被哈维坑一次的话，不知道我能不能承受得起。

在好莱坞，即使是那些讨厌哈维的人，他们在骂了哈维半天之后，也不得不充满敬意地补充一句：好莱坞确实亏欠了哈维太多。

哈维本人一辈子都没有发财，他一辈子都在自掏腰包，去拍那些无人问津的伟大电影，通过那些电影，导演和演员们全都住上了各种各样的豪宅，甚至连拍超级英雄电影的人都成了富豪，而哈维依然在孜孜不倦地追寻着他的电影艺术之梦。抛开人品不谈，大家对哈维还是心存感激的。

现在哈维混得稍微有点惨，因为这些年的好莱坞电影，越来越趋向于系列化了。大部分的电影都拍成了系列电影，导致我每年看票房的前十名榜单，都会觉得非常震惊。有一年的票房排行榜上，前十名有九部都是续集，而且基本上都是超级英雄电影。市场留给独立电影的空间越来越少了，独立电影也越来越难赚钱了。不要说像哈维这样的独立电影公司，就连大电影公司的情况也好不到哪儿去，它们自己的其他电影的空间，也被超级英雄系列电影挤得一塌糊涂。

哈维现在的经济状况不太乐观，最近他正在中国融资。其实除了硅谷精英之外，基本上所有的人都跑来中国融资了。但我听说，哈维来中国融资的目标，居然只有区区 5000 万美金，这个数字连我听起来都觉得有点心酸。5000 万美金，如果拿到好莱坞的六大电影公司去，连半部电影都拍不出来。而哈维就想要 5000 万美金，去拍一系列他想要去做的那种独立的、艺术的电影。

  在这里，我忍不住要替哈维拉拉票，跟各种中国的金融大鳄呼吁一下，你们与其把那么多的钱投给各种各样的烂戏，白白打了水漂，还不如投给哈维。中国现在正处于投资影视剧的热潮，想要投资拍影视剧的有钱人多如牛毛，甚至已经到了投资还要给人家回扣的地步，以前是我投资给你拍戏，你得给我回扣，现在变成了我求你让我投资你，只要你愿意让我投资，我愿意给你回扣。中国在 2015 年之内投拍的电影数量接近 800 部，其中只有 300 多部能上院线，其他的就白白浪费了。我真心觉得，大家可以去学习一下好莱坞的独立电影，跟哈维建立一下关系，向他学习学习。大家不用担心会被哈维骗，因为现在中国的骗子也满大街都是。

  最后再补充一点题外话。我觉得，哈维这样的人能在好莱坞生存下去，并且能够这么多年来一直跟六大电影公司抗衡，除了靠他本人的电影品味和绝不服输的劲头，还要仰仗于两样更加重要的东西，一个是美国的电影分级制，另一个是院线分开制。分级制太有名了，大家都知道是怎么回事儿，我就不多浪费笔墨了。

  这里主要跟各位读者介绍一下美国的院线分开制。美国是有专门的艺术院线的，这件事可是太重要了。如果没有专门的艺术院线，哈维制作的电影要想在院线排上片，他就只能像《百鸟朝凤》的情况一样，一次次地跟六大电影公司下跪了。因为六大电影公司以瀑布模式的方式，控制了绝大多数院线的发行和档期。但是哈维从来没有给任何人下跪过，因为他不需要下跪，美国有艺术院线，美国的艺术青年会自动地去艺术院线，看哈维制作的电影，这个制度给了哈维这样的人以巨大的生存空间和土壤。

我总是忍不住暗暗期待，我们中国什么时候能建立起自己的艺术院线呢？中国有 13 亿的人口，中国的文艺青年不计其数，难道不该专门给他们建立一个院线系统吗？每当到了周末，文艺青年们想要去电影院看艺术电影，结果排片全都是超级英雄系列，而且我们国内的院线又不是分级的。美国专门有 PG-13 的电影，如果是 13 岁以下的儿童，需要在家长的陪同下观影。文艺青年想看他们喜欢的文艺电影，他们不愿意跟儿童一起看片子，但是院线不肯排这样的电影，还得让他们跟小孩子一起看电影。所以中国的文艺青年也很可怜，他们只能早晨八点就起来去看电影，因为艺术电影都排在那种上座率最低的时间段。

在美国，我去艺术院线看电影，事先根本不用查排片，因为我到了现场东看看、西看看，总会找到喜欢的片子。如果未来的中国也能像美国一样，有独立的艺术院线，我相信中国也是能诞生出哈维这样的牛人的。可惜今天的中国是肯定出不了哈维这样的牛人了，因为今天的中国电影，追求的东西就是票房。

对此我还是很乐观的，因为一个大国在未来不断向前发展，终究是会慢慢走向多元的，我也相信未来的中国会有自己的艺术院线，我也相信所有像方励先生一样的人，不用再去下跪了。

4. 没落的好莱坞大亨

接下来要分享的这位好莱坞精英，也是一位犹太人老板——杰弗瑞·卡森伯格，梦工厂动画公司的创始人。

杰弗瑞在好莱坞也是响当当的人物，而且也不用提姓，只要你说杰弗瑞，大家就都知道你说的是杰弗瑞·卡森伯格。截止到2016年5月份，哈维依然是韦恩斯坦公司的老板。韦恩斯坦公司即便是在好莱坞的大年，推出的电影也经常能挤进票房的前几名。但杰弗瑞现在已经不是老板了，不久前他已经把梦工厂卖给环球电影公司了。

在很长的时间里，梦工厂其实都可以算作好莱坞的第七大电影公司，但是后来梦工厂的三位联合创始人分家了。梦工厂的三巨头简称SKG，S就是史蒂芬·斯皮尔伯格，K就是杰弗瑞·卡森伯格，G则是大卫·格芬（美国商业巨头，著名制片人，曾创立格芬唱片公司，发行过音速青年、枪炮与玫瑰和涅槃等乐队的专辑）。大卫·格芬这个老头儿在做梦工厂之前，是做独立音乐的，也是一个非常有性格的人，他还专门用自己的名字，创办了一家独立的音乐唱片公司，格芬唱片公司在很长一段时间内，都是有品质保证的音乐品牌，大家只要一看到唱片上写着"格芬出品"，就知道这肯定是一张不错的摇滚乐专辑。

梦工厂分家，其实在很大程度上就是斯皮尔伯格和杰弗瑞两个人分开了，因为格芬的年龄本来也已经很大了，要退休了。分家之后，斯皮尔伯格继续在环球电影公司做他的真人电影，杰弗瑞则转而去做了梦工厂的动画电影。到今天为止，我都觉得梦工厂的动画片是非常有品质的，只要大家在电影片头看到一个小孩儿坐在月亮上钓鱼的LOGO（标志），心里大概就能知道，这是一部质量不错的动画片。

当然了，在梦工厂之后又冒出了一个做动画片的后起之秀，那就是皮克斯（PIXAR）。皮克斯在某种程度上要比梦工厂做得更好，我觉得梦工厂和皮克斯之所以能保证每一部片子的质量，最大的原因在于他们对品质的追求，以及极底的产量。皮克斯比梦工厂的产量更小，梦工厂平均每年能推出两部半的动画片，而皮克斯一年就推出一部。总之，皮克斯和梦工厂都是非常有质量保证的动画片品牌。

杰弗瑞为什么会选择去做动画片呢？因为他曾经就是迪士尼的总裁，杰弗瑞在1984—1994年，担任迪士尼电影公司的主席。杰弗瑞在迪士尼期间，把迪士尼电影推上了一个很高的台阶，所以当年杰弗瑞离开迪士尼的时候也非常轰动，因为他拿到了一大笔 golden parachute。

Golden parachute 是美国的一项非常好的制度，我们可以把它翻译成感谢金，或补偿金，或封口费，或竞业费。总而言之，如果一个人在职期间做得非常不错，那么当他离职的时候，公司就要付给他一大笔钱。感谢金只是表面上的说法，这种钱更多的用意是竞业费，也就是你在离开我们这家公司之后的很长一段时间内，不能再做这一行，因为你在我们公司期间，对公司内部的所有商业机密都了如指掌，如果你加入了我们的竞争对手，那将给我们带来很大的损失。

杰弗瑞的 golden parachute 金额是商业机密，但据说有两亿五千万美金。那可是二十多年前的两亿五千万，绝对是好莱坞有史以来最大的一笔 golden parachute，我好像没有听说过更高的了。华纳曾经给出过一笔高达四千多万美金的 golden parachute，大家觉得那已经是非常吓人的天价了。因为 golden parachute 的数额不是靠拍脑门儿来决定的，迪士尼和华纳都是上市公司，当这个人经营公司的时候，公司的股价是多少，等他走的时候，股价涨了多少，都是可以清楚计算出来的数字。大家可以推算一下，杰弗瑞在迪士尼期间，把迪士尼的市值提高了多少。

虽然杰弗瑞很会赚钱，但他也是真心地热爱电影。这二十多年来，杰弗瑞就坚持着做他的独立品牌梦工厂。按理说，以杰弗瑞的威望，好莱坞的六大电影公司他可以随便挑，不论是环球还是华纳，只要杰弗瑞愿意去，他都可以直接去当老大。但是杰弗瑞没有那么做，他就兢兢业业地经营着梦工厂，每年推出两部半的动画电影。杰弗瑞一直都有一个目标，他想把梦工厂做成一个跟迪士尼不一样的动画品牌。杰弗瑞在迪士尼的时候，主要做的都是合家欢电影，所以到了梦工厂之后，他就老想做欢乐电影。

我跟杰弗瑞很熟，经常跟他一起聊天，我很喜欢这个人。杰弗瑞跟哈维很不一样，他一直跟原配夫人过着那种非常传统的犹太人的生活，没有什么花边新闻。当然也有可能是因为，杰弗瑞做的是动画片，里面没有真人，所以没有机会去沾染绯闻。我们国内的影视圈里有一个关于潜规则的笑话，说晚上的时候，有一个人自称是导演，于是就有一个女演员主动来献身，让导演潜规则自己，结果早晨起来的时候才知道，对方是个动画片导演。但这件事应该换一个角度来看，不是拍动画片的人就没有机会去搞潜规则，而首先是这个人对潜规则没有兴趣，所以他才会去做动画片。如果一个人天天想跟漂亮的女演员卿卿我我，那他肯定不会去做动画片。

以杰弗瑞的地位和能力，他其实可以选择做任何类型的电影，但是他就是喜欢动画片，他也非常喜欢小孩子，更喜欢他自己的孩子。杰弗瑞真的是一个非常传统的犹太人，他的生活非常地节俭，赚到的大部分钱都拿去捐给了慈善事业。杰弗瑞是好莱坞著名的慈善家，每年的奥斯卡颁奖礼之前的礼拜六晚上，杰弗瑞都会举办一场名为"卡森伯格派对"的盛会，地点就在他位于比弗利山的家（比弗利山位于美国洛杉矶，有着"全世界最尊贵住宅区"的称号），届时所有的好莱坞明星都会出席盛会，进行慈善募捐。杰弗瑞的家也是比弗利山里较大的一块地，面积有七英亩，差不多有四十多亩地。

我曾经陪着杰弗瑞会见过很多中国的超级大亨，每一次杰弗瑞都会热情主动地说，他这里正好有某某慈善项目，请对方来捐一点钱。杰弗瑞手里有很多很多的慈善项目，与此同时，他还是政治捐款数额最高的好莱坞大腕之一。奥巴马到好莱坞的时候，就住在杰弗瑞家，希拉里·克林顿到好莱坞去，也住在杰弗瑞家。哈维和杰弗瑞两个人都是希拉里的支持者，他们坚定地支持希拉里，义无反顾地给希拉里捐钱。但哈维和杰弗瑞的性格截然不同，哈维会直接对川普破口大骂，杰弗瑞则是非常低调内敛的人，他从来不会公开去骂别人，但他却是好莱坞民主党的募款召集人。好莱坞本来就是民主党的大本营，共和党在整个加州都没有什么势力，而杰弗瑞坚定地支持民主党。

然而，即便是像杰弗瑞这么高地位的、这么热爱电影事业的、这么坚持做高质量电影的、一年只做两部半电影的好莱坞大亨，如今也是越来越不行了。好莱坞从前是靠创造力取胜的，而如今却变得越来越依赖高科技了。高科技是很贵的，大家不敢拿普通的电影去尝试高科技，只能去不断尝试IP很贵的电影，比如《蜘蛛侠》和《蝙蝠侠》，这就导致近些年的好莱坞，不断朝着超级英雄系列电影的方向走去。

不论是哈维还是杰弗瑞，这种坚持做自己喜欢的独立电影的人，都运作得越来越艰难了，再加上他们的产量都极低，一年也推出不了几部电影，没有大瀑布模式的电影来冲量赚钱。大概从两年前开始，梦工厂的股票就掉得一塌糊涂了，如今市值只剩下大概十几亿美金了。如今中国随便一家新开的公司，市值都能达到十几亿美金。我们阿里旗下的阿里音乐，才刚成立半年，市值就已经比梦工厂高两倍了，梦工厂可是坚持了二十年的经典品牌啊，居然衰落到这种地步。当然阿里音乐的市值之所以这么高，首要的原因是我们中国的市场大，整个阿里巴巴开拓的局面也很大，大帝国加上大生态，服务的人也多，这都是好莱坞不能比的。

阿里音乐的市值高，我当然是很高兴的。但是我看到杰弗瑞如今过得这么艰难，也很心酸，特别想帮帮他。我也确实给杰弗瑞帮了不少的忙。有一天，杰弗瑞突然来问我，他听说中国有一位大亨，不知道我认不认识。我一听这位大亨的名字，确实认识。我也不知道是怎么回事儿，这些年我本人虽然没赚到几个钱，但可能是因为我半知识分子、半狂生、半名士的形象吧，居然歪打正着地认识了很多国内的大亨，这些年每当年度富豪榜出炉，我就发现榜单上前十名的富豪里，居然有五个跟我的关系都还不错。

我赶紧告诉杰弗瑞，你说的这位大亨我认识。杰弗瑞十分诚恳地对我说，那你介绍我们认识一下吧？因为我现在过得很艰难。于是我就邀请了杰弗瑞到北京来，又约了那位国内的大亨，安排两人在大亨的豪华会所里见了面。

杰弗瑞在生活中是一个特别温和的人，他见到所有人都会面带微笑，很喜欢捐款做慈善，而且总是谦谦有礼，一本正经。之前流行冰桶挑战的时候，杰弗瑞也参加了，他居然穿着一身笔挺的西装走到梦工厂的院子里，对着摄影机说，我的朋友斯皮尔伯格点名让我浇冰桶，所以我现在要浇了，于是他就往一身西装革履的自己身上浇了一桶冰。而在生意场合，杰弗瑞也是一个非常典型的好莱坞犹太人，能够一丝不苟地跟对方进行谈判。

上个月，杰弗瑞成功地把梦工厂动画卖给了 NBC 环球电影公司，而且卖了 38.7 亿美金。我真的特别替杰弗瑞高兴，因为在把梦工厂卖给环球之前，杰弗瑞先后接触过许多大亨，我本人非常荣幸地参与了他与诸位中国大亨接触的全过程，我知道谈判中间的价钱，也知道杰弗瑞的种种立场和原则。但是之前我一直守口如瓶，因为在他没正式将梦工厂卖掉之前，这些都是商业机密，我不能到处说。

一开始，杰弗瑞真的没有要到这么高的价。但是不管你要多高的价，只要你跟中国人谈判，中国人通常都会先问你一个问题。这个问题就是，你说你这个公司挺好，品牌也有质量保证，那你为什么不自己好好经营，而要把公司卖给我啊？这种问题美国人通常是不会问的，因为美国人习惯先看一看你这家公司的财务、品牌和评估报表。但中国人总会使用这样很中式的开场提问法，对于这种问题，美国人会觉得很难回答，因为他总不能直接说，都怪我没本事，没把这家公司经营好，所以现在只能卖给你了。

我安排第一位中国大亨与杰弗瑞在北京见面的时候，这位大亨一上来也问了这样的问题，他问杰弗瑞，你的梦工厂是这么好的品牌，你旗下拥有这么多 IP，为什么要卖给我啊？毕竟咱们俩的关系也不是很熟。

幸好杰弗瑞是一个非常会谈判的人，我现在也当上了董事长了，确实跟着杰弗瑞学到了很多。杰弗瑞非常诚恳地对中国大亨说，我是一个有着伟大理想的人，我在迪士尼当总裁的时候，主持修建了很多的迪士尼主题公园（迪士尼主题公园就是杰弗瑞·卡森伯格一手做起来的项目），但是一直以来，我都深知迪士尼主题公园有一个致命的弱点，那就是它无法开到北方去，上海的迪士尼在地理位置上已经很靠北了，再往北就绝对不行了。迪士尼乐园没有办法开到纽约、北京或莫斯科，因为这些地方的气候太寒冷了，九月份之后就没人去玩儿了，长达半年的时间，公园都要处于停业的状态。但环球影城就能开到北方去，那是因为环球影城是有顶的室内主题公园。我的理想就是让梦工厂打造出有顶的主题公园。

关于自己的理想，杰弗瑞可不是用嘴巴说说而已，他当场就拿出了有顶的主题公园的设计图，我有幸看到了设计图，非常漂亮。而且杰弗瑞邀请的设计师，就是他当年在迪士尼当总裁的时候，帮他设计迪士尼主题公园的大设计师莱恩·吉布森。莱恩·吉布森也有同样的理想，希望有一天能设计出有顶的主题公园。这样一来，大型的主题乐园就能开到纽约去，开到北京去，开到莫斯科去，这将是一个非常伟大的项目。

介绍到这里，杰弗瑞又用更加诚恳的态度说，可惜这么好的项目，华尔街的大鳄们却都不肯给我投钱。华尔街的大鳄们认为，梦工厂既然是一家上市的动画电影公司，那就应该好好集中精力做动画电影，如果你不专心做主营业务，公司的股票就会降价。而且修建室内主题公园太费钱了，一座两三英亩的带顶主题公园，至少要花费两三亿美金，而且这两三亿美金无法立即收回成本，公园也不是一下子就能盖好的，起码要花个三年五年，公园才能开始卖票收钱。你又不能靠第一座公园的卖票收入去盖第二座公园，迪士尼用了一百多年时间才修建出几座公园，现在杰弗瑞计划同时盖六座有顶主题公园，也就是说，投资方一下子就要投入十几亿美金，而且无法迅速收回成本，而梦工厂现在的市值也不过才十几亿美金，这笔买卖实在是太不划算了。

杰弗瑞对中国大亨说，我希望梦工厂能变成一家私有化的公司，私有化之后，就不用像上市公司一样，非要去做主营业务了，我希望您帮助我实现私有化。中国大亨就问，那你希望我花多少钱给你进行私有化呢？杰弗瑞立刻回答，梦工厂现在的股价是每股23美金，我希望你用每股35美金完成私有化。杰弗瑞话音一落，中国大亨的脸色就变了，我也十分傻眼。杰弗瑞这是什么意思？每股23美金的股价，他居然开到35美金，这等于是溢价了50%。

通常情况下，如果是谈私有化，那么溢价到20%~30%也就差不多了，比如梦工厂今天的股价是23美金，对方愿意出到28或29美金，那么公司内的几乎所有股东就都会同意了，因为他们转眼间就坐收了20%~30%的收入，何乐而不为呢？但你一下子开到50%，就未免有点狮子大开口，让对方失去继续谈下去的兴趣了。

于是，这次谈判也就不欢而散了。

5. 中国大亨 VS 好莱坞大腕儿

其实在杰弗瑞跟中国大亨洽谈之前，我就给过他善意的提醒。

我对他说，你千万不要以为我们中国人手里的钱，是阿拉伯石油大亨手里的钱，或者是日本富三代手里的钱。其实这样的话，我不光跟杰弗瑞说过，也跟我认识的各种好莱坞大腕儿都说过。

因为好莱坞大腕儿们的心态都是这样的，他们觉得世界上总会有人发财，这些人发了财之后就想要到处投资，让钱再继续生钱，电影业就是他们投资的重镇。于是，好莱坞的大腕儿们习惯了突然从中东来了一批石油大亨，给了他们一大笔钱拍电影，让他们高高兴兴地大赚一笔，然后又从日本跑来一批富三代，又给了他们一大笔钱，继续让他们赚得盆满钵满。

针对好莱坞大腕儿们的这种心态，我给杰弗瑞提供了一些数据。在日本，排名前二十位的企业主，平均年龄已经达到了90岁，大量的企业是从明治维新时期开始就存在了，如今已经到了第三代进行管理的时候，既然到了第三代，里面肯定会出现一些纨绔子弟，不学无术的也大有其人。所以索尼当年才会来买哥伦比亚电影公司，买了之后到处乱花一通钱，拍了一部《未来水世界》，砸了几亿美金的场景就白白扔了不要了。

但我们中国的大亨和日本人不一样。第一，我们中国大亨手里的钱，不是卖地底下冒出来的石油换来的；第二，我们中国企业里的所有创业者都还活着呢。我们中国排名前二十的民营大企业，企业的平均年龄才只有十几岁，我们阿里巴巴也才十八岁而已。这些大企业如今的家业，全都是大老板们骑着自行车一分一毛积攒出来的。能在短时间内创下这么大家业的这些大老板都不是傻子，他们的精明程度不亚于你们的哈维和杰弗瑞。虽然杰弗瑞是靠自己的双手一点一点奋斗起来的，但是如今好莱坞里的高层领导者，没有几个是自己白手起家的，都是从上一代的手中继承下来的衣钵，或者是从上一届董事会手里接下的电影公司。放眼整个好莱坞，能有几个人可以跟马云比？能有几个人可以跟王健林比？你们千万别把这些骑着自行车赚来每一分钱的中国大亨当傻子，更不要把中国大亨们手里的钱当成傻钱。

怎奈，即便我苦口婆心地说破了嘴皮子，好莱坞大腕儿们依然没能改变自己的态度，他们早已经习惯了好莱坞的高高在上，虽然他们手里没有钱，但是全世界的钱理所当然都应该送到他们手里，让他们去拍戏，让他们去实现他们的梦想，甚至让他们去胡闹。

经历过第一次与中国大亨的失败洽谈之后，杰弗瑞并不死心，没隔多久，他又跟我说，你还认识什么中国大亨吗？再帮我介绍两个如何？这次我不去北京了，我要邀请中国大亨们到美国来，我要带他们参观一下我们的梦工厂。

杰弗瑞的这个想法确实是很靠谱的，因为梦工厂的园区，真的是我在好莱坞的电影公司里见过的最好看的一座。梦工厂的园区特别漂亮，而且就坐落在大洛杉矶地区成长最快，也是最现代化的城市 Glendale（格兰岱尔市）旁边，于是不光是园区本身，那块地的价格也"成长"得非常快，当然了，那块地也已经被梦工厂买下。好多中国的大亨来看过梦工厂之后，比起园区，他们的兴趣点都更落在那块地上，这可能也是中国商人的一个特点。

于是我又帮杰弗瑞联络了一些中国的大亨。大亨们每天都是乘坐着私人飞机往来的，一个个全都忙极了，恨不得留给每一场商务会面的时间只有半个小时。但是有一位中国大亨特别给我面子，居然给了一整天的时间。等到大亨抵达了美国，杰弗瑞就按照他的计划，带着大亨参观了梦工厂的园区，我以翻译的身份全程陪同。我们一行人走在园区美丽的花园里，一路上杰弗瑞热情地做着介绍，我们路上还遇到了一位蹲在那儿吃饭的女导演——《功夫熊猫2》的韩裔美国女导演余仁英，余仁英导演还特别高兴地跑过来跟我们打了招呼。

除了参观园区，杰弗瑞还给中国大亨展示了他手中所有的核心技术和未来想法，除了带顶的主题公园之外，最吸引我注意的就是一项连迪士尼都没有的高新科技，叫作实时渲染。

在好莱坞，一部电影的制作周期如果达到五年，那就已经是非常非常地慢了。如今一部中国电影，恨不得在半年的时间内就能制作完成了。我曾经参与过一部名叫《何以笙箫默》的电影的创作，那个速度简直令我咋舌——11月份的时候决定开拍，一个月时间就迅速写完了剧本，12月开机拍摄，隔年2月已经开始做后期了，等到通知我来作曲的时候，距离上映日期仅剩下了28天，结果我刚要开始制作音乐，制片人又通知我，上映日期又提前了10天，也就是说，我只有不到20天的时间，就要完成写词作曲录音等工作，这样的速度，在好莱坞是无法想象也无法实现的。

但好莱坞制作一部电影的速度再慢，一部真人电影用三年的时间还是基本能做下来的。然而好莱坞制作一部动画电影，却至少需要五年的时间。其实在剧本创作阶段，动画电影和真人电影的流程基本上是差不多的，起码都要开发个一年到两年。但等到剧本角色完全敲定了之后，真人电影的拍摄就很快了，一部大电影再配上后期的电脑制作，顶多一年的时间就能完成了。可是，动画电影真正耗时的，正是它的制作过程，其中最花时间的就是后期渲染，影片里的每一个动画角色，连换一身衣服都要渲染很久很久。

漫长的制作和渲染过程，导致每一部动画电影都要耗费至少五年的时间才能完成。以至于梦工厂推出的动画电影，产生了一个比产量低下更大的问题，那就是跟不上时代。这种情况在过去还不是很显著，因为过去的时代变化得很慢，五年前写出来的剧本，放到五年后去放映，观众们依然能理解电影里说的是什么东西，电影中使用的俚语也不会显得很落后和突兀。但是今天的这个时代变化得太快了，互联网的兴起导致人们的生活节奏变得飞快，五年前的剧本拿到今天来上映，观众一下子就能感受到这是一部过时的电影，这是一个非常严峻的问题。

于是，梦工厂发明了一个非常了不起的技术，叫作实时渲染。这种技术不但能实时渲染出所有角色的衣服、材质、颜色，以及背景中的桌子和椅子，连角色的口型都可以随着后期配音而进行改变。这简直太厉害了，过去为电影配音的时候，配音演员总会感觉特别痛苦，因为他们必须按照影片中角色的口型去发音，嘴型不能有丝毫的改变，所以我们在看译制片的时候，经常会听到那种很奇怪的配音腔，动画电影也有同样的烦恼。实时渲染技术彻底结束了配音腔的时代，现在是影片里的角色在根据配音演员的口型来对嘴，配音演员的口型怎么动，影片中角色的口型就跟着动，真是太神奇了。

我当时忍不住脑筋大动，问杰弗瑞，你有了这么强大的实时渲染技术，还做什么动画电影？这多累啊，投入和产出严重不成正比，你为什么不用这个技术去做时尚业？时尚业是多么庞大的一个产业，因为世界上的每一个人每天都要穿衣服，仅仅在阿里巴巴旗下的天猫商城里，每年卖出的衣服就数以亿计，这是要比电影产业大得多的行业。而杰弗瑞的这项实时渲染技术，如果用到时尚业去，绝对能彻底解放了时尚业。时尚业的痛点在哪里？我们姑且不去想那些名不见经传的小设计师，因为他们设计出的东西连做成样品的可能性都很小。就算是那些功成名就的大设计师，他们亲手画出了一百幅设计图稿，大家挑来选去，最后能做成样品的也为数不多，其中能开始批量生产、上架销售的更是屈指可数。

不是所有的设计图稿最终都能变成橱窗里的时装，这样一来，消费者进行购买的时候就经常面临着一个困扰，那就是他们很难追求个性化。如果消费者想要购买一些大品牌的商品，又想要穿得与众不同，那就只能去挑选样品，然后等待商家进行制作。而商家制作这些小批量的打样商品也很冒险，尤其是那些高端商品，为了做一个样品包，商家要去费力地制作皮子和缝制等，最重要的是不知道打出来的样品消费者会不会喜欢，因此每年白白花在制作样品上的成本是非常高昂的。如果有了实时渲染技术，时尚业就再也不需要制作样品了，因为可以通过电脑来实时渲染时尚品的材质、颜色和各种各样的形状，供追求个性的消费者去挑选。

如果杰弗瑞把实时渲染技术带到时尚业，不仅能解放这个行业，说不定连那些大设计师和大品牌都会被消解掉，因为任何一个人只要拥有一台电脑，就可以摇身一变成设计师了。大家只要通过一个简单的程序和几个操作按钮，就能渲染出一件衣服，放到网上供人选购，效果跟真人实物一模一样。如今的很多动画电影里画出的东西，也都几乎达到了以假乱真的地步。所以我就激动地问杰弗瑞，这么了不起的技术发明，你为什么揣在自己兜里非得拿来做动画片呢？为什么不去做时尚业，那样能让你发更大的财呀！

听到我的这番疑问，杰弗瑞也愣了半天，最后他诚恳地对我说，这样的技术，我不拿来做动画电影，还能做什么呢？我是一个电影人啊，我的梦想就是做出更好的动画电影啊。我不要把技术卖给什么时尚业，因为那只是为了赚钱而已，我又不缺钱，梦工厂就是我，我就是梦工厂，我要把所有最好的技术都用来做动画电影。

不过，看到我这么喜欢实时渲染技术，杰弗瑞还是非常高兴的，他雀跃地说，很高兴你喜欢我们的技术，我也对此特别自豪，因为这个技术是我们梦工厂独有的，连迪士尼都没有。当谈起动画电影的时候，杰弗瑞脸上露出了孩子一般的快乐神情，我完全能够感受得到，他内心深处对动画电影那种深沉的热爱。对杰弗瑞这样的人来说，发财只是他人生中极其不重要的一件小事，梦想才是这个世界上最重要的东西。

领略了梦工厂的核心技术之后，杰弗瑞把中国大亨和我请到了他的办公室，其他的陪同人员全都退出去了，办公室里只剩下了我们三个人，我能留下来，主要是充当翻译的角色。而接下来的这场一对一的洽谈，显然将是今天这场会面的重头戏。

其实在这次会面之前,中国大亨曾经特意问过我,你觉得除了那块地之外,梦工厂的最大的价值是什么?我诚恳地回答道,如果您让我来说,我认为杰弗瑞和梦工厂是不匹配的,用我们中国人的说法就是,一条大龙在一座小池子里游泳。在好莱坞,杰弗瑞跟哈维是同样重量级别的人物,是硕果仅存的好莱坞大腕儿,非此池中物。所以,您买下梦工厂的最大价值,就在于您从此和杰弗瑞·卡森伯格之间建立了伙伴关系。杰弗瑞能帮您做的事情太多了,您在美国所有的娱乐产业,他都能帮忙布局和规划,而且在您买下的所有公司里,如果您让美国员工跟杰弗瑞汇报工作,大家绝对心服口服,但如果您空降一个中国人来管理美国的公司,美国员工尽管表面上尊敬您,但心里肯定不服气。

现在越来越多的中国大亨开始收购美国的公司,因为中国崛起了,中国人越来越有钱了。所以如今好莱坞有了一句略带讽刺的名言:只要您能给我两亿美金以上的投资,我可以向一个十二岁的中国女孩儿汇报工作。但如果中国大亨能拥有一个像杰弗瑞这样的商业伙伴,替他管理收购过来的美国公司,以杰弗瑞在好莱坞的地位和威望,一定能起到事半功倍的效果。

听完我的回答,中国大亨点点头,似乎觉得我说得很有道理。但我毕竟不太懂得商业的运作,更不懂怎样去运作一家大型的公司,我只是粗浅地说了一些个人的想法而已。等到真正坐在一旁聆听中国大亨和杰弗瑞的谈判时,我才学习到了很多更深层次的东西。

于是,在杰弗瑞的办公室里,中国大亨和杰弗瑞开始了正式的商业谈判。一开始,杰弗瑞又把他之前的那一套私有化的设想说了一遍。这次这位中国大亨没有当场变脸,而是耐心地听杰弗瑞说完,然后才慢条斯理地开口道,你的想法很好,但是我不打算对你进行私有化。然后,中国大亨说出了自己的方案,既然梦工厂是上市公司,那么杰弗瑞也不用搞什么溢价,而是由中国大亨直接到股市上去购买梦工厂的股票,不管梦工厂的股票涨到多少钱,中国大亨都愿意购买,并且一直买到超过你手里拥有的股份为止。

说到股份,我要在这里说一句题外话,杰弗瑞在梦工厂里拥有的股份并不多,只有12%,但是他拥有梦工厂60%的投票权。因为杰弗瑞在梦工厂里具有极高的威望,所以股东们纷纷把投票权交给了杰弗瑞。这和马云在阿里巴巴的情况很像,马老板在阿里巴巴的股权并不大,但是他的投票权是最大的,因为像软银和雅虎这些大投资方,都自动放弃了投票权,全权交给了马云,这代表了大家对马云的信任。

中国大亨的意思是,他去股市上购买到超过杰弗瑞的股票,然后变成梦工厂的第一大股东,而杰弗瑞则变成梦工厂的第二大股东,中国大亨还不允许杰弗瑞卖掉自己的股份。这就是典型的中国人的聪明之处,因为杰弗瑞一旦卖掉了自己的股份,那么承担风险的人就变成了中国大亨。之后,中国大亨和杰弗瑞共同用手中的股份,在梦工厂之上成立一家控股公司,而这家控股公司旗下的第一家娱乐公司就是梦工厂,中国大亨日后在美国收购的娱乐产业都归靠到这家控股公司之下,由杰弗瑞来全权管理整个庞大的娱乐产业帝国。

听完了这个方案,我不禁深深地被中国大亨的智慧折服了,心中同时也充满了好奇,对于这个充满吸引力的合作方案,杰弗瑞会如何回答呢?

6. 比弗利山豪宅的由来

说完了自己的方案,中国大亨充满期待地看着杰弗瑞,等待着他的回答。

杰弗瑞非常认真地思考了一会儿，然后斩钉截铁地回答，我不接受这个方案，你给我多大的权力我都不能接受。因为我已经经营了梦工厂十九年，它就像是我的孩子，我必须要把它做好，只有把它做好了，我才能去做别的。

杰弗瑞紧接着又说了一句令我无比傻眼的话，他说，除了我提出的私有化方案，我不想接受任何其他的方案，而且我现在还想告诉您一件事，目前还有一家比您更有钱的企业正在跟我洽谈，所以我希望您能在明天下午五点以前给我答复。

我当时夹在中间倍觉尴尬，这么直接的话，我能翻译给说一不二的中国大亨吗？其实这就是典型的中美文化差异，美国人，尤其是美国的犹太大商人，他们说话的方式经常这么简单粗暴，但在我们有着礼仪之邦美誉的中国，尤其是在商务谈判中，如果一个人敢这么不客气，那这谈判肯定就进行不下去了。思前想后，最后我还是没敢把这句话直接翻译给中国大亨，而是含蓄地翻译道，不好意思，杰弗瑞还是坚持他原来的方案，但是他希望您能在明天下午五点之前给他一个答复。仅仅是听我这么翻译，中国大亨就已经很不高兴了，明明是杰弗瑞想管中国大亨要钱，他居然还摆这么大的架子，给中国大亨规定期限，这确实是挺没有礼貌的。

于是谈判再次不欢而散。事后杰弗瑞居然还像没事儿人一样跟我打听，中国大亨能不能同意他的私有化方案？我非常傻眼，显然杰弗瑞完全没意识到自己险些就激怒了中国大亨。于是我只好坦诚地告诉杰弗瑞，你既然想让对方出资帮助你，就不应该给人家规定期限，这不符合我们中国人的礼仪。杰弗瑞这才陷入了沉思，沉思了一会儿之后，杰弗瑞使出了他的撒手锏，他对我说，你看这样如何？我邀请那位中国大亨到我家里来，我请他吃早餐。

我见杰弗瑞确实挺有诚意的，只好再次硬着头皮去找那位中国大亨。隔天早晨，中国大亨本来已经要动身离开美国了，我及时拦住了他，对他说，您再去一次杰弗瑞家，跟他聊聊吧，杰弗瑞真的很有跟您合作的诚意。

幸好中国大亨往返都是乘坐私人飞机而不是民航机，时间上比较自由，在我的再三恳请下，大亨再次接受了杰弗瑞的邀请，去了杰弗瑞家里吃早餐。

这一次，我又跟杰弗瑞学了一招，在办公场合，双方坐下来当然就是开门见山地聊生意了，但是在家里，大家就先不要谈生意了，而是谈谈私人情感。我陪着中国大亨来到了杰弗瑞位于比弗利山的豪宅，杰弗瑞完全没有一点生意人的架子，非常热情主动地对我们说，我带你们参观一下我这座有7英亩的豪宅吧。

杰弗瑞的这座豪宅实在是太不得了了，各位读者可能不知道，在美国，你想给自己盖一座房子，不是只要你有钱，就可以想盖多大就盖多大的。美国的每一座城市都有着严格的制度，这个制度是由所有市民自下而上地自主投票生成的。比弗利山所在的城市就规定，每一所私人住宅的面积都不能超过1.5英亩。所以我一直很好奇，为什么杰弗瑞的房子能拥有7英亩的占地面积呢？而且这块地不仅大，位置也极佳，距离市中心很近，不用走很远的山路，里面还有一座断崖，站在崖顶上放眼看去，从大海边的圣莫尼卡到市中心的高楼大厦，能尽收眼底。

之前我提到的杰弗瑞的撒手锏，其实就是他位于比弗利山的这座超级豪宅，每当杰弗瑞和他的生意伙伴遇到解决不了的问题，他就会邀请对方来自己的家里，给人家讲他买下这座豪宅的故事。当年，杰弗瑞从迪士尼离职，迪士尼开给了他一张巨额的 golden parachute 支票。拿到了这笔钱之后，杰弗瑞租了一架直升机，飞到了比弗利山的上空，他从高空向下俯瞰，想看看这里的风景，结果无意中看到了这块面积超大的地。

杰弗瑞当场就让直升机就地降落，当年的杰弗瑞只有三十几岁，正是年轻气盛、意气风发的年纪。其实那些特别成功的人，都是在很年轻的时候就功成名就了，哈维·韦恩斯坦在二十七岁的时候就成立了米拉麦克斯公司，三十岁出头就制作出了《性、谎言和录像带》这部伟大的电影，在好莱坞一炮打响了知名度。杰弗瑞从直升机上下来，自信昂扬地就敲响了这块地当时的主人的大门，开门见山地对对方说，你这块地多少钱？我想要买下来。

刚才我介绍过了，这块地其实是不符合市议会对私人住宅面积的规定的，但它是比弗利山最大的开发商给自己留的一块地，所以不在市议会管辖的范围内，而且这块地已经卖给了一位名叫西蒙·拉莫的科学家（西蒙·拉莫，出生于1913年，美国工程师，洲际弹道导弹之父）。那时候西蒙·拉莫老先生已经八十多岁了，和他的夫人两人生活在这里，正是安度晚年的岁数，他们的儿女也都长大在外面生活了，对于卖房子发一笔财这件事，老夫妻没有任何兴趣，所以老先生毫不犹豫地拒绝了杰弗瑞。

但杰弗瑞真是太喜欢这块地了，从那天以后，他每个季度都到西蒙·拉莫家敲门拜访。一开始，老夫妻俩特别讨厌杰弗瑞，但是杰弗瑞锲而不舍地主动跟老夫妻俩攀谈，而且对于买这块地这件事，他绝口不再提，只跟老夫妻俩聊私人情感。渐渐地，老夫妻俩喜欢上了这个三十几岁的小伙子，双方成了朋友。在接下来长达十年的时间里，杰弗瑞每个季度都会抽一个周六的时间，来陪伴这对老夫妻吃饭、聊天。

一直到了第十年的某个周六，杰弗瑞在陪老夫妻俩吃饭的时候，才终于再次诚恳地开口道，两位，我已经来这里十年了，十年来我从来没有提过那件事，但今天我想向两位提一个方案，如今二老都已经是九十多岁的高龄了，我想请你们开个价，让我把这栋房子和这块地买下来，但是你们二老可以不用搬走，我以每个月一美金的价格把房子租给你们，直到你们百年之后这里才完全归我所有，这样可以吗？

听完这个方案，老夫妻俩当场并没有答应，而是再一次拒绝了杰弗瑞。但不久之后，老科学家突然主动给杰弗瑞打了一个电话，电话里，年迈的老科学家无限悲伤地告诉杰弗瑞，他相濡以沫的太太几天前去世了，他们夫妻在比弗利山的那栋屋子里共同生活了那么多年，那里的每一个角落都充满了回忆，如今太太不在了，老科学家不想一个人留在那里了，他想搬走，所以特意打电话给杰弗瑞，问他是不是还愿意买，如果愿意的话，价钱好商量。其实在老科学家心里，他对于十年来坚持陪自己聊天吃饭的杰弗瑞，是充满了深深的喜欢和感激之情的，老科学家夫妻也早就暗暗决定了，在他们百年之后，要把房子卖给杰弗瑞。

杰弗瑞用了十年的坚持，最终拿下了比弗利山的这块七英亩的地，几十年来，每当谈判进入僵局时，他一定会把这个故事拿出来讲一遍。这就是他的撒手锏。在讲完整个故事之后，杰弗瑞永远都要加上一句总结性的发言——我杰弗瑞·卡森伯格想要做的事情，就一定能做成！

听完了杰弗瑞的讲述，中国大亨也很感动，因为这个故事确实体现出了杰弗瑞那种坚忍不拔的性格，这也是投资人希望在企业家身上看到的品质。每一个投资人都希望自己出钱去投资的那个企业里，有一个具有锲而不舍、不达目的誓不罢休的品质的管理者，只有这样的人，才能把他们共同的事业管理好。但中国大亨在感动之余，也没忘了自己此行的目的，于是他问杰弗瑞，那么，对于我之前提出的方案，你有什么想法吗？

这个时候我特别紧张，因为我很担心杰弗瑞又像昨天一样，毫不客气地对大亨说，因为我杰弗瑞要做的事情就一定能做成，所以我依然坚持我的私有化方案。没想到杰弗瑞居然一改昨天的态度，非常谦虚地对中国大亨说，我相信"术业有专攻"这件事，我是一个电影人，我只精通拍电影这件事，而做生意做投资，您才是行家，您懂得的肯定要比我多得多，所以我愿意接受您的指教。

我在一旁都听傻了，不过相隔一天的时间而已，杰弗瑞的态度居然发生了一百八十度的大翻转。但事后我仔细回想了一下，也还是理解了杰弗瑞的无奈，因为他当时的处境确实是非常艰难的，为了争取到更多更好的投资，他不得不做出妥协和让步。可惜后来因为一些其他的原因，杰弗瑞和这位中国大亨的合作最终没能达成，因为这毕竟是一笔超级巨大的买卖，双方之间又存在着巨大的文化差异，所以没有合作成功也可以理解。

但令人高兴的是，《功夫熊猫3》是梦工厂跟中国合作拍摄的。一直以来，杰弗瑞跟中国的合作都很多，很早以前，杰弗瑞就和CMC华人文化产业投资基金一起成立了东方梦工厂，品牌的LOGO是月亮上坐着一只小熊猫在钓鱼，东方梦工厂是一家合资公司，后来杰弗瑞将《功夫熊猫3》的各种收入投进去，于是东方梦工厂如今变成了一家很大的公司。《功夫熊猫3》在中国做得非常成功，票房达到十亿元，这样的票房成绩在动画电影里已经是非常了不起的了，更不可思议的是，这部动画电影还卖出了十二亿元的植入和十亿元的衍生品，仅仅天猫商城就卖出了二亿元衍生品的版权。

杰弗瑞是发自内心地热爱电影，即便是出去找投资，他也是以绝对不能影响他的电影事业为前提。很多时候，我在一旁看着都替他着急，在我看来，谈判期间做出一点让步是很正常的，先把资金吸引过来才是最重要的。但是杰弗瑞在其他方面都好说，只要一谈到电影，他就会表现出极强的保护欲和执着心，坚决要跟对方较真到底。

有一次，我陪杰弗瑞会见另一位中国大亨。谈判过程中，中国大亨自然而然地跟杰弗瑞聊到了电影的话题，大亨都是说一不二的人物，免不了要对杰弗瑞指点一番，滔滔不绝地说，杰弗瑞，你这梦工厂里的电影应该这么样，不应该那么拍，你的某些方法不对，你应该像我说的这样如何如何，你公司里有一千五百名员工啊，一年才只能拍出两部半的电影，你这样是绝对维系不下去的。

杰弗瑞当场就急了，瞪起眼睛，气冲冲地对中国大亨说，您拍过电影吗？您拍过什么电影？如果您拍过电影，我愿意谦虚地聆听您的经验和教训,如果您没拍过电影,那么你凭什么教育我该如何拍电影啊?二十年前我杰弗瑞就是迪士尼的总裁了,我这一辈子都在从事拍电影的事业,我经营了梦工厂十九年,推出了几十部优秀的动画电影,虽然我如今比较艰难,但难道需要您这样的外行来指点我该如何拍电影吗?

好好的谈判气氛,一下子就被杰弗瑞搞得无比尴尬。话聊到这个地步,中国大亨当然也非常不悦了,所以谈判自然也就失败了。其实道理很简单,你要管人家要钱,你就得拉下身段,听人家吹吹牛,发表一下人家自以为很有道理的观点和看法。可杰弗瑞坚决不肯拉下这个身段,天南海北的话题你可以随便聊,但你绝不能触碰对杰弗瑞来说最神圣的电影,更不要摆出高高在上的架势去指点杰弗瑞该如何拍电影。

那位被杰弗瑞当场扫了面子的中国大亨确实没有拍过电影,但他至少有一件事说对了,那就是梦工厂旗下有着多达一千五百人的庞大制作团队,这么大的团队,每年只推出屈屈两部半的电影,就导致制作成本极高。而且大家要知道,好莱坞的薪资酬劳是相当高的,要用两部半的动画电影去养活一千五百人一年的生活,这确实是无法维系下去的。最艰难的时候,梦工厂的公司账面上只剩下二千万美金的可活动资金,这笔钱看起来是挺多,但大家稍微算一下就知道了,这仅仅够一千五百人发一个月的工资而已。没办法,后来杰弗瑞只能卖掉了梦工厂所在的那块地,然后自己再租回来,这是当年他给老科学家西蒙·拉莫提的主意,结果现在他自己反倒沦落到了这一步。

好在杰弗瑞最终还是凭借着他在好莱坞的威望和地位,成功地以38.7亿美金的高价,把梦工厂卖给了环球公司。杰弗瑞这一路走来真的太不容易了,我亲眼见证了他的艰难和挣扎,真的很替他感到高兴。

现在,杰弗瑞也和哈维一样,跑到中国来融资了,我听说他好像已经融到了一部分资金。杰弗瑞来融资的理由也很简单,他就是想让梦工厂旗下的一千五百人平时能有点事情做。其实杰弗瑞自己很清楚，一年两部半的动画电影根本养活不起这么庞大的团队，但是他也不能辞退这些人，因为他深深地热爱电影，也深深地追求着每一部电影的品质，所以他需要这么多人来帮他一同制作出精良的电影。于是，杰弗瑞就必须想办法去解决这一千五百人的吃饭问题。

他用在中国融到的资金，去YouTube（世界上最大的视频网站）上租了十个频道，这些频道不是用来做4K动画的，而是专门做那些在视频网站上播放的动画片。这样，梦工厂的一千五百人，在每年做动画电影之余的时间，就可以去做这些网络视频动画，哪怕一年做出一千个小时的网络视频动画，也总比让一千五百个人闲着好，毕竟他们闲着也是要发薪水的。

有一天，杰弗瑞兴致勃勃地给我展示了将近一万个他刚刚买下来的Ip。我看了半天，只感觉到无比的傻眼，因为这一万个Ip里，我只有一半是眼熟的，剩下的完全都没见过，而且这些Ip显然没有蝙蝠侠和蜘蛛侠那么值钱，一下子买这么多Ip拿来制作电影，是不是太冒险了？杰弗瑞自信满满地对我说，没关系没关系，这些Ip不是用来做电影的，我们梦工厂的电影使用的都是自己原创的Ip，比如《史瑞克》和《功夫熊猫》等，这些小众的Ip，都是用来制作我们在YouTube上播放的低成本网络视频动画的。

听到这样的回答，说句心里话，我感觉有点小辛酸，堂堂的好莱坞大腕儿杰弗瑞，居然已经亲自去做这些低成本的网络动画了。杰弗瑞现在虽然以38.7亿美金的高价卖掉了梦工厂，但我猜环球电影公司的那些大老板，应该是不想让杰弗瑞进入环球的管理层的。因为如今的杰弗瑞已经不再是当年的杰弗瑞了，一旦进入了环球的管理层，大家很难把他摆到一个合适的位置。环球毕竟是一家超级巨大的电影公司，现在它买了梦工厂，让梦工厂的老板来当环球的高层管理者，环球内部的各方势力是接受不了的。

对于当今在大电影公司做高层管理者的那些人，我经常管他们叫 Three million people，也就是"每年拿着300万美金年薪的那些人"，这些人不是创业者，更不是公司的老板，他们只是高级打工者，不仅在地位和威望上不能跟杰弗瑞比，在财富实力上也无法跟杰弗瑞比。杰弗瑞就算落魄了，依然是住在比弗利山里七英亩豪宅里的好莱坞大腕儿，如果让杰弗瑞去低声下气地跟这些高级打工者汇报工作，也是不现实的。总之，既不能让杰弗瑞当老大，又无法让他屈尊当老二。最后没有办法，只能让杰弗瑞离开梦工厂了。

杰弗瑞曾经在各种场合说过这样的话，他创办并经营了梦工厂二十来年，梦工厂就像是他的孩子，如今他为了一生挚爱的电影事业，不得不忍痛卖掉了自己的孩子，自己也不得不离开。但离开梦工厂，并不代表杰弗瑞就中止了他热爱的电影事业，他如今在中国融资，转而去做网络视频动画，依然觉得非常快乐。

我之所以敬佩杰弗瑞，就是因为他内心对于电影事业的那份有如赤子之心般的热爱。杰弗瑞一生都热爱电影，热爱动画片，从迪士尼到梦工厂，现在又去做视频网站的动画，他始终没有背离自己的梦想之路，始终在孜孜不倦地经营着自己的梦想。但凡成功的人，最重要的一样品质，就是他们终其一生都在从事着自己最热爱的事情。

2015年，杰弗瑞刚好65岁。65岁正好是美国规定的退休年龄，只要到了65岁，就可以开始享受各种退休和养老福利了。而在杰弗瑞的心目中，自己还并不老，他依然有充足的精力和热情去做心爱的动画电影，而且他也不再缺钱了。

杰弗瑞一生中发过两次大财，第一次是他离开迪士尼时拿到的那笔巨额 golden parachute，他靠着那笔钱买下了比弗利山的七英亩豪宅。第二次就是他卖掉了经营了二十来年的梦工厂，虽然卖出的38.7亿美金并不都属于杰弗瑞，但他有着梦工厂12%的股份，大家可以自己计算一下，这38.7亿美金里有多少是属于杰弗瑞的。总而言之，杰弗瑞绝对是亿万富翁。

当然，杰弗瑞曾经也落魄过。记得在他最艰难的时候，有一次我乘坐民航飞机从北京飞往洛杉矶，结果我一走进机舱，就在乘客里看见了一个令我难以置信的熟悉面孔——杰弗瑞。我当时矛盾极了，因为以我们俩的熟悉程度，我无论如何都要去跟他打个招呼，但是在这样的情景下，我真的不好意思去打招呼。杰弗瑞跟哈维不一样，不论在任何场合，你看见哈维都可以很自然而然地走上前去打招呼，因为哈维不在乎那些。但杰弗瑞是非常体面的犹太人，他永远穿着笔挺的西装，永远都要保持着绅士而得体的姿态，我猜想，像杰弗瑞这样身份和地位的人，他是绝对不愿意被熟人看见，自己居然沦落到要乘坐民航飞机的地步的，毕竟他曾经也是一位乘坐着私人飞机去谈生意的大腕儿啊。

一直到飞机起飞，我也没好意思上前跟杰弗瑞打招呼。在随后飞机从北京飞往洛杉矶的一路上，我都在进行激烈的心理斗争，不知道要不要去跟杰弗瑞打招呼。一直到飞机抵达洛杉矶，乘客都开始下机了，杰弗瑞也随着人流走过来，我实在躲不过去了，才只好迎了上去，杰弗瑞也看见了我，我们就非常尴尬地打了个招呼。但不管昔日如何落魄，如今的杰弗瑞依然是一位亿万级别的富翁，依然是好莱坞备受尊敬的重量级大佬。

至此，有关好莱坞硕果仅存的两位老板的故事，我就全部分享完了。说起来，哈维·韦恩斯坦和杰弗瑞·卡森伯格之间还有一个非常有意思的交集。当年，杰弗瑞在离开迪士尼之前，曾经做了一件非常重要的事情，那就是把米拉麦克斯买进了迪士尼。米拉麦克斯被迪士尼买下之后，马上就制作出了《低俗小说》这部伟大的电影。虽然之前米拉麦克斯凭借《性、谎言和录像带》已经取得了不错的成绩，但是是凭借着《低俗小说》，哈维才成了拥有今天这样地位的哈维。

有关好莱坞精英的老板的故事，就分享到这里，如今哈维·韦恩斯坦依然还是老板，但杰弗瑞已经不是了。无论如何，我希望这两位好莱坞大腕在未来能拍出更多让观众喜欢的电影。

六
格莱美与奥斯卡

1. 格莱美的小年

每一年关于美国的颁奖季，我都会有一些感想想跟各位读者分享。每一届的奥斯卡颁奖典礼，都会是当年的压轴大戏。关于 2016 年美国的颁奖季，我在此跟大家做一些轻松的分享。

2016 年，我去了格莱美的现场，Super Bowl（超级碗，美国国家美式足球联盟的年度冠军赛）我也去了。这两个典礼我每年都会去，因为我不但喜欢足球，还很喜欢 Super Bowl 的中场秀。Super Bowl 的中场秀是世界级的无与伦比的大秀，所有的演员恨不得都要自己交钱才能登上 Super Bowl 中场秀的舞台。

我们中国的春晚也很火，但是好像还没有到需要演员自掏腰包上台的地步，所有的演员演出完毕后好歹还能拿一个几百到几千块人民币不等的劳务费，据说早期好像是几十块人民币。我曾经去看过春晚的彩排，侯耀文在那儿逗乐地说，一定要六十块钱，少了六十块钱坚决不上台。而 NFL（美国国家橄榄球联盟）曾经公开讨论过，让艺人倒贴钱才能上台。Super Bowl 中场秀的制作都相当的辉煌，在台上演出的艺人肯定自己也要投入不少。反正 NFL 认为，不管怎样，我这个 Super Bowl 的舞台就是美国的收视第一，每年就是有一亿几千万的人会收看。

美国收视率第二名的是奥斯卡颁奖礼，2015 年的收视人数为 3600 多万，2014 年是 4300 多万，再往前的几年都是在 4000 万人左右徘徊。收视率第三名的是格莱美，但是最近几年格莱美的收视人数一直在下滑，2013 年的时候还有 4000 多万，之后就只有 2000 多万了，2016 年只有 2400 多万，这已经非常低了。总之，把后面排名第二、三、四、五、六、七、八、九、十的节目的收视人数全都加起来，也没有收看 Super Bowl 的观众数量多。如此庞大的收视规模，广告费都是惊人的，每 19 秒的广告费就要近 200 万美金。

一个明星如果能单独登上 Super Bowl 中场秀的舞台，那就证明他／她是本年度最火的明星。如果不是本年度最火的明星，就不能一个人独场演出，得和其他人同台。在从前的巨星时代，Super Bowl 中场秀上都是一个人演出，迈克尔·杰克逊和麦当娜，都是一个人上场献唱，后来的碧昂丝也是一个人演唱。到了再后来，就开始几个人一起登台了，比如布鲁斯·马尔斯就是和 Red hot chili peppers（红辣椒乐队）一起上台的。2016 年是三组歌手一起登台的，其中有我很热爱的 Coldplay，但是美国人对 Coldplay 不太感冒，因为美国人不喜欢那种穿着 T 恤就上台的英范儿摇滚，他们喜欢华丽的服装和有气势的表演，所以主办方在三组歌手之后又安排了碧昂丝和布鲁诺·马尔斯一起上台，总之，这场中场秀做得还是相当漂亮的。

我们阿里巴巴现在已经拿下了 NFL 三年的转播权，这里面还是有很多值得分享的趣事的。最有趣的是，我问 NFL 的人，你们为什么不公开收四百美金才让明星登台呢？是不是因为这里面还有什么其他的猫腻？ Super

Bowl 中场秀的舞台，每一个明星都想登上，官方既然不公开收钱，那肯定在底下还有一些非公开的活动，这就跟每一个国家都想举办世界杯一样，既然官方不让大家公开掏钱，那大家只能就去台面下跟 FIFA（国际足球联合会）的成员进行交易，所以 FIFA 里面充满了各种各样腐败的内幕。

我问的是一位 NFL 的高层，他很无奈地回答我，哎呀，我们 NFL 里面有一些很强势的大人物，他们严格禁止收钱。但是即便官方不收钱，那些大的经纪公司也就会进行相关的操作。于是 Super Bowl 中场秀的登台明星阵容，就是一个很微妙的存在。大家可以回想一下，每一年登台的艺人都隶属于哪家公司，基本上以 CAA 公司代理的艺人居多。

因为我是 Super Bowl 的 VIP 会员，所以我每年都会去内场，就是到场边上，站在边线附近转来转去，在那里我经常会遇到一些大明星。我曾经遇到过飞鱼菲尔普斯，那是在新奥尔良举办的那场 Super Bowl，菲尔普斯是巴尔的摩人，所以他特意去支持巴尔的摩乌鸦队。2016 年这场 Super Bowl 的双方主力都是美国的超级大明星——曼宁和牛顿。

曼宁代表的是 WASP，就是传统的美国白人，盎格鲁-撒克逊血统，新教徒，也就是标准的美国的最好阶级出身的四分卫，2014 年在新泽西举办的那场 Super Bowl，曼宁被打得找不着北，2016 年虽然也不太好看，但也算一雪前耻，光荣退役了。牛顿代表的则是新生代的全能四分卫，既能传球，也能冲球，还能鱼跃，什么都能干，近些年来，黑人的四分卫越来越多了，黑人甚至都当上美国总统了，当年那个由 WASP 统治美国的时代早就过去了。

但是这两位大主力的分量加在一块儿，也没有我 2016 年遇到的这位明星大——库里。我还跟库里拍了一张照片，他的脸比我小很多。库里当时刚刚拿了 NBA 总冠军的戒指，他是在俄亥俄州出生，在北卡州长大的，所以他身上穿的是北卡州的 The pandas 的运动服，当然衣服上印的是他自己的号码。当时库里正在场边乐，被我发现了，我一看居然是大名鼎鼎的库里，也顾不得自己的脸大不大了，赶紧上前跟他拍了一张合照。

每年的 Super Bowl 都是一场非常欢乐的大派对，Super Bowl 结束之后，紧接着就是格莱美颁奖礼。2016 年的格莱美还算正常，没有什么特别大的惊喜，也没有什么特别大的缺憾。主持人也是全程都在对着提词器主持，我今年在格莱美坐的位置，刚好能看见提词器，所以我也就有意无意地扫一眼提词器上的内容，结果我发现，这位主持人从头到尾没有一个自己创造的词汇，完全都是在念提词器上的台词，这也从一个侧面反映出这场颁奖礼不够精彩，没有什么爆点，主持人仅是照本宣科地念一遍台词就可以了。

大家都知道，美国人是一个特别喜欢起哄的民族，所以美国的各种典礼也特别喜欢搞大惊喜，比如经常会把七项大奖都颁给同一个人，诺拉·琼斯横空出世那一年，一个人横扫了一堆奖项。美国的颁奖礼跟中国的特别不一样，中国人喜欢搞平均化，像分猪肉一样，经常把一个奖同时颁给七个人，而美国则喜欢造英雄，造巨星，让一个人同时拿七个奖。

但是 2016 年的格莱美奖很分散，没有人横扫性地一个人夺取多个奖杯，这样一来，颁奖礼也就显得非常正常，没有大的惊喜，也没有给观众带来刺激。如果一个人频繁地登台领奖，拿着奖杯又是哭又是笑的话，那气氛是非常有意思的，也意味着一位巨星诞生了。不过今年的奖项虽然比较平均，但美国媒体是很替肯德里克·拉马尔·达克沃斯抱不平的。

关于奖项颁发得是否公平，我现在就不发表什么个人的观点了，因为今天的我跟过去不一样了，过去我是一个音乐创作人，我可以桀骜不驯，谁的音乐好，谁的音乐差，我可以自由自在地发表自己的态度，但现在我是阿里音乐的董事长，我最好能站在一个中立的立场上。而且如今阿里音乐跟美国方面也有了大量的合作和洽谈，会和很多美国的艺人合作。比如泰勒·斯威夫特，我们阿里音乐已经跟她洽谈了很长时间了，泰勒·斯威夫特在上海演出结束后，我还跟她一道搭乘飞机回洛杉矶，长谈了一路。还有碧昂丝·吉赛尔·诺斯和布鲁诺·马尔斯，他们都在跟阿里音乐进行着很多的合作洽谈。阿里音乐，包括阿里整个大娱乐，未来会在好莱坞有很多深入的发展。

在格莱美的舞台上，格莱美大奖的主席兼首席执行官，也就是他们的CEO尼尔极力地呼吁大众，要花钱来听音乐，因为音乐人需要生存。美国尚且如此，中国的音乐则更需要听众的拯救。阿里音乐也希望能对现状做一些改变。

总之，对于格莱美奖的公平性，我个人就不评论了，我只是给大家转述一下美国媒体的评论。肯德里克·拉马尔·达克沃斯现在在中国已经有绰号了，就像泰勒·斯威夫特的中文绰号是小霉霉，布鲁诺·马尔斯的中文绰号叫火星哥一样。我发现，外国明星一旦有了中文的绰号，就说明这个人在中国已经火了，肯德里克·拉马尔·达克沃斯的中文绰号叫"喇嘛"，估计就是从他的名字"Lamer"里谐音过来的，这个绰号太有记忆度了。

不光是音乐媒体，美国的各类媒体都认为肯德里克·拉马尔·达克沃斯是2016年最好的歌手，他的专辑也被公认为是最好的。我记得之前我去看格莱美颁奖礼的现场，那年正值诺拉·琼斯横空出世，但在那一年，我就预言说肯德里克·拉马尔·达克沃斯将来一定会成为超级巨星，虽然当年的肯德里克·拉马尔·达克沃斯在舞台上的表演还很生涩，我还是感受到了他身体内外散发出的巨星潜力。到了2016年，肯德里克·拉马尔·达克沃斯已经完全表露出了超级巨星的风范，他的表演堪称是全场最好的。肯德里克·拉马尔·达克沃斯的表演，不论是从作品的质量，还是从表演的质量，以及整个舞台的设计，都是非常好的。当然了，格莱美也愿意给肯德里克·拉马尔·达克沃斯提供巨大的舞台，格莱美的舞台是很有意思的，大部分人都只能在半个舞台上表演，只有特别大的腕儿才能享有一整个舞台的待遇，更小一点的腕儿就只能在舞台前面表演。

可惜肯德里克·拉马尔·达克沃斯并没有横扫多个奖项，这很令人遗憾，但是我们也不能责怪谁。因为一直以来，格莱美对HIP-POP音乐都是有歧视的。其实不光是格莱美奖，整个的严肃流行音乐节，对HIP-POP都是有成见的。流行音乐也是有着严肃和不严肃的分类的，比如今天大家还是比较认可摇滚，认为摇滚才是正宗的流行音乐，爵士乐则是高雅的音乐，而HIP-POP则是一种街头的流行音乐，虽然它在民间特别火，但是HIP-POP类的专辑很少能得到大奖，HIP-POP歌手也是一样。

在2016年的格莱美奖一开场，我看到将最佳HIP-POP专辑的奖项颁给了肯德里克·拉马尔·达克沃斯，我就知道这场颁奖礼后面的部分都没有他什么事儿了，事实也果然如此。各位读者如果看了2016年的格莱美颁奖礼转播，就知道奖项的归属并没有什么大惊喜和大意外，大奖都颁给了传统的巨星，也没有什么新人横空出世。唯一让我觉得比较惊讶的事就是，诺拉·琼斯也下降得太快了，两年前她以新人之姿横空出世，独扫多项大将，那是多么辉煌灿烂的场景，而到了2016年，这个人就像从格莱美的舞台上消失了一样，甚至她本人都没来参加颁奖礼。

不仅是诺拉·琼斯，老一代巨星的时代都已经过去了，麦当娜这些人的身影都已经不再出现在格莱美的舞台上了。如今风头最劲的是泰勒·斯威夫特、布鲁诺·马尔斯和碧昂丝这几位最炙手可热的大腕儿，大奖也基本上都是被这几位包揽，对此我也没有什么可说的，因为他们实在是太火了，他们的音乐大家也都很熟悉。

但是在现场看格莱美，感觉还是很不错的。美国不像中国，在中国，几乎每一场晚会上都会有十几位明星登台献唱，而在美国，大牌明星都开个人演唱会，自己唱自己的个场，很少去搞拼盘演出。2015年泰勒·斯威夫特一个人就开了近百场个唱，美国几乎没有出现过商业性的拼盘演出。

只有大型的颁奖典礼或者发生大型的事件时，才会有很多明星在同一个舞台上演出。比如 LIVE AID（由著名歌手 Bob geldof，即鲍勃·盖尔多夫创办，旨在消除全球贫困的慈善演唱会组织），又比如 WOOD STOCK（目前世界上最著名的系列性摇滚音乐节）。但即便是大型的音乐节，也不会同时出现十几、二十几个明星的阵仗，因为美国明星的出场费太贵了，要是同时邀请这么多的明星，那音乐节的主办方估计要赔死了。所以在美国，你要想一次性看到众多的明星大腕儿，只有在格莱美和奥斯卡这样的大型颁奖典礼上才可以，而且出席这些场合的全都是一线的巨星，一个跟着一个地登台，让观众大饱眼福。

格莱美的舞台上除了云集的巨星之外，也是不乏新面孔的，2016 年的格莱美上就出现了一对乡村音乐新人（James Bay 和 Toyi Kelly），两个人弹着吉他在小舞台上认认真真地唱歌，唱得非常不错，令我很感动。

2016 年的格莱美颁奖典礼是非常中规中矩的，但整场典礼也不能说是一点儿惊喜也没有，在表演这一块儿，就有一个令我既惊喜又感动的环节，那就是纪念几位去世的大师的表演。2016 年，有许多的音乐大师过世，而且包括了几位特别大牌的巨星，比如 B.B.King（美国歌手）。B.B.King 不仅在美国有名，在全世界都极负盛名，是举世瞩目的爵士乐大师。说起爵士乐大师，大家可能更熟悉阿姆斯特朗，但阿姆斯特朗是吹小号的。我个人认为，爵士乐里传播最广泛的、最受大众欢迎的乐器应该是吉他。而 B.B.King 是爵士吉他界里举世无双的世界级大师，他的吉他演奏影响了太多的人，所以他的去世是音乐界的一件大事。

大卫·鲍伊（David Bowie）也是 2016 年去世的，David Bowie 的歌太有名了，我们从小就是听着他的歌长大的，他的音乐充满了迷幻的、妖魅的气息，在我们那个年代的少年人心目中，David Bowie 的音乐就代表着西方，David Bowie 和迈克尔·杰克逊一起，已经成为那一代中国少年心目中的西方符号，我们就是听着这样的西方音乐、怀揣着对西方的幻想长大的。David Bowie 的去世，也代表着一个时代的逝去。

纪念老鹰乐队的表演我倒觉得还好，因为老鹰乐队只是主唱去世了，其他的乐手还在，整个乐队也还在。就像 Beyond 乐队，只是主唱黄家驹去世了，但是 Beyond 乐队和 Beyond 精神还在。

总体来看，2016 年，格莱美的纪念表演做得特别好，令我特别受感动。而且 Lady Gaga 编的一整套纪念 David Bowie 的表演，我认为是全场演出的高潮。Lady Gaga 在表演中动用了大量的高科技，比如英特尔开发的 3D 和 AR 技术，现场就在她的脸上进行了化妆，真是太震撼了，太好看了，也太厉害了。最重要的是，Lady Gaga 的表演态度极为认真，一丝不苟，她的一举一动，都惟妙惟肖地模仿出了 David Bowie 的风范。熟悉 David Bowie 的朋友都知道，David Bowie 的台风是非常容易辨识的，他的举手投足的风格和特色，不亚于猫王的招牌抖腿。Lady Gaga 表演得太精彩了，最后全场都站了起来，一边看她表演，一边为她鼓掌，充满了向大师致敬的情怀，气氛非常感人。当然，肯德里克·拉马尔·达克沃斯的表演也非常棒，和 Lady Gaga 的表演不分伯仲。

虽然我觉得 2016 年的格莱美在颁奖这一块儿没有什么惊喜，但向已逝大师致敬的表演环节，还是做得相当成功的。在播放 2015 年去世的演艺界明星的大屏幕上，我看到了自己的一位老朋友的名字——鲍比，鲍比也是格莱美的重要成员之一，是一位特别特别可爱的美国南方老太太。鲍比在世的时候经常跟我说，她们南方人不像北方的纽约人那么冷漠，南方是热情的，奔放的，她也多次邀请我去她家做客，每一次我都因为时间的关系没能应约。我对鲍比说了很多次，等我以后有机会一定去看望你，可惜现在即使我有时间，也没有这样的机会了，鲍比在 2015 年去世了。

总体看下来，2016 年的格莱美颁奖季算是一个正常的小年，不论是音乐、颁奖还是表演，都中规中矩，但中间有那么一两个小小的精彩表演环节，有兴趣的朋友们可以去看一看。

2. 好莱坞的灾年

接下来跟各位读者聊一聊奥斯卡，2016年的奥斯卡入围影片我基本上都看过，看完之后的整体感觉不太好。

我记得在2015年和2014年，我在写奥斯卡颁奖季的文章里评价过，2015年和2014年都是奥斯卡的小年，所谓的小年，就是中规中矩的一年，所有的参选电影水平都很平均，没有什么大的惊喜，但也没有什么大的缺憾。而关于2016年的奥斯卡，几乎整个好莱坞的媒体都做出了这样的评价——2016年的奥斯卡是个灾年。

我周围的很多朋友，包括很多大的电影工作室的高层、大VP和大CEO都纷纷说，哎哟，今年真的挺对不起观众的，我们公司完全没拍出好电影，友公司也没拍出什么好电影。但就算参选的电影都很对不起观众，奖项肯定都是不会空缺的，所以我还是有必要来聊一聊。

格莱美和奥斯卡都是工会奖，也就相当于是行业奖，这跟媒体奖和投票奖不一样，电影工会每一年肯定要肯定业内工作者们的付出和成绩，每一个奖肯定都会名花有主。老百姓投票的奖也不会空缺，因为谁票数最多就由谁来拿奖，但媒体奖就经常出现空缺。总之，关于2016年的奥斯卡提名电影，我还是照例来写一些自己的个人感受吧。

首先要写的肯定就是头号大热片《荒野猎人》（*Revenant*）。我在美国的各种媒体上，看到了无数对这部电影的讽刺。有一次我问我一个在华纳当副总裁的朋友，你看《荒野猎人》了吗？他说，我没看。我特别好奇地问他，身为一个业内人士，这么热门的电影你为什么不看呢？他诚实地回答我，因为我看到影评里都在写，这是一部拥有杰出表演的电影，我就知道这部电影肯定不好看了，因为没有任何一篇影评说这是一部好看的电影。在行业内，如果大多数影评都说这部电影的表演很棒，那就代表这部电影本身不好看。

应该这么说，在这部长达两个半小时的漫长电影里，基本上就只向观众传达出了一个信息，那就是——哥们儿都拼了，奥斯卡你怎么还不给我颁一座小金人儿？小李子（《荒野猎人》的主演莱昂纳多·迪卡普里奥的中文绰号）为了出演这部电影，足足把自己吃胖了四十斤。我认真地看完了这部电影，之后最大的感受就是，这不是一部电影，而是一个电子游戏，游戏的名字就叫——大家都来揍小李子，看谁揍得狠。

小李子在《荒野猎人》里面简直是拼了，完全豁出去了。谁让他辛辛苦苦演了这么多年电影，别管是演白领还是演贵族，奥斯卡就是不肯颁给他一座小金人？最后小李子被奥斯卡彻底逼疯了，在电影里完全解放了自己，让所有人都来想方设法地揍他。于是，观众就看到，小李子被熊揍，被印第安人揍，被叛徒揍，被气候揍，被从瀑布上扔下去，从山上掉下去，又吃土，吃泥，吃沙子，吃树叶，甚至还活生生用双手把马肚子剖开，从里面掏出热腾腾的内脏生吃，那一段我完全没敢仔细看，因为实在是太恶心了，吃完了内脏，他又钻进了马肚子里，因为冬天太冷了，他想到马肚子里取暖睡一觉。总而言之，整部电影我从头看到尾，几乎就没有感觉到里面有什么电影的氛围和电影的成分，完全就是一场行为艺术。小李子就差直接把脑袋从大屏幕里伸出来说一句，我都拼成这样了，奥斯卡你应该颁给我一座小金人了！

《荒野猎人》里的硬伤也不计其数。为了表现主人公的顽强，电影中的很多情节已经快要接近科幻的地步了。主人公在严寒酷冬里频繁地跳水，在现实生活中，一个人要是这么折腾肯定必死无疑。已经被打得在地上只能爬行的人，下了冰河之后再上来，居然就又能走路了，还走得步履生风，而且游泳爬上岸后，披在身上湿漉漉的熊皮居然也神奇地变干了。刨除这些硬伤，小李子的演技当然是值得肯定的，为了角色增重四十斤，也吃了很多的苦。但是在一部电影中，一个主人公历尽了千辛万苦之后，按理说应该越演越瘦才对吧，遗憾的是小李子没有做到这一点，在经历了长期苦行僧般的残酷野外生存之后，在影片终了时，小李子脱去衣服的身体上依然有明显的脂肪。

大家可以去对比一下马修·麦康纳在《达拉斯买家俱乐部》里的专业表现，跟马修·麦康纳的敬业精神相比，小李子的表演还是有可上升的空间的。除此之外，《荒野猎人》在剧作上也存在很多的硬伤，比如剧中的大反派跟小李子饰演的主角，全程几乎没有发生什么大冲突，甚至两个人基本上都没碰过面，一个人只顾着走自己的路，另一个人就一直在挨打，直到最后两个人才碰面，大打一通。这样的人物设计和冲突，完全不符合老西部片的原则，更不符合今天的电影的原则。

不过《荒野猎人》的导演很大牌，就是在2015年的奥斯卡上凭借着《鸟人》摘下了最佳影片和最佳导演两个奖项的大导演——亚利桑德罗·冈萨雷斯·伊纳里多。但是这位导演可能跟一般的导演不太一样，他想事情的角度比较奇怪，一般的观众也许感受不到他到底想要表达什么。

总而言之，我曾猜测《荒野猎人》这部电影肯定是得不到最佳影片奖了，但是小李子2016年应该有九成的把握，能拿到奥斯卡影帝的小金人。小李子本人绝对堪称好莱坞在全世界范围的营销第一人，连中国也遍地都是小李子的粉丝。这么多年来，好莱坞成功地营造出了一个被奥斯卡辜负了多年，终于要众望所归登上影帝宝座的明星形象。我觉得小李子当年在美国版的《无间道》（也就是《无间行者》）里演得非常好，当年就应该颁给他一座小金人。《荒野猎人》的这个角色并不适合小李子，他最适合演的是那种表面浮华，但内心充满了脆弱和挣扎的角色，也就是盖茨比的那种形象。而《荒野猎人》的主人公只是一个糙汉，除了顽强的生命力外，并没有展现出其他的层次和变化。而且小李子在《荒野猎人》里的台词特别少，基本上很少有一句话超过十个字的台词，就只是卖力气和拼体力。

我以前就在文章里写过，不光是好莱坞，如今全世界都处于一个用力过猛的时代。小李子今年拍出了《荒野猎人》这部电影，更加验证了我的这种说法。而且《荒野猎人》这部戏已经不是用力过猛了，而是完全疯了。小李子在营销方面实在是做得太好了，有关《荒野猎人》的电影营销，更是充分利用了小李子的形象，甚至直接打出了"制片方否认巨熊强奸了小李子"这样的标题，这营销策略简直是无所不用其极。但不管怎么说，作为一个在好莱坞打拼了这么多年的演员，我觉得小李子是值得得到这座小金人的。

这座小金人不光是为了奖赏小李子在《荒野猎人》中豁出命的演出，更是肯定他在身为一个演员的黄金年代里，确实出演过的那些值得称颂的好电影。可能是由于小李子个人的性格原因，以及他除了当演员外还做了很多其他领域的事，比如投资之类的，所以在专业的电影人眼中，他可能不符合大家心目中的电影艺术家的形象，于是这么多年，小李子等于是受到了偏见和被低估了。2016年的奥斯卡能把小金人颁给小李子，我觉得是实至名归的。虽然他在《荒野猎人》里是靠着用力过猛而拼出来的，但他毕竟曾经出演过很多优秀的电影，比如《了不起的盖茨比》等。总之，经过这么多年拼命三郎式的奋斗和努力，他终于让广大观众和业内人士看到了自己的付出和演技。祝贺一下小李子。

2016年的提名影片里，我个人觉得最好的一部应该是《房间》(room)，这部电影拍得非常好，几乎符合一部优秀电影应该具有的所有特质，包括人与环境的矛盾，人与人的矛盾，人与自己内心的矛盾，种种矛盾和冲突都展现得淋漓尽致。总之，在2016年的八部最佳影片提名影片里，《房间》远远超越了另外七部，我可以毫不客气地说，《房间》在2016年的提名电影里一枝独秀。

　　但是我当时不敢肯定《房间》能拿到最佳影片奖，因为通常情况下，一部电影里的女主角如果不是一线大腕儿，而最后奥斯卡又把最佳女主角奖颁给了她，那么整部电影应该就得不到最佳影片奖了。而且《房间》是一部制作成本极低的小电影，它的开画才一百多块屏幕，好莱坞正常的电影首周开画至少也要三千块屏幕以上。

　　《房间》虽然是一部低成本的小电影，但是这部电影真的是太好看了，演员也演得特别棒。而且我忍不住要为这部电影里的男主角，也就是饰演小男孩儿的小演员叫叫屈。在2016年的所有提名电影里，我认为演得最好的男演员应该就是《房间》里的这个小男孩儿。这个小孩儿演得实在是太好了，我简直无法想象，一个小孩子怎么能有这么多层次的表演。在影片中，小男孩儿的生活经历发生了很多的改变，所以他不是简单的在一个层次里进行表演，而是至少在三个层次表演。一开始，他演的是一个和母亲一起被关在一间小屋里的孩子，从出生那天开始，他从来没有见过外面的世界，后来他逃了出去，渐渐又对外面的世界感到厌烦，然后再自己慢慢地坚强起来，反过头来去拯救自己的母亲。像这种复杂和多层次的表演，连专业的成年男演员都很难达到，然而这个小男孩儿不仅完成了，还完成得非常出色。可惜奥斯卡并没有给他提名，因为如果给他提名的话，那最佳男主角肯定非他莫属，但2016年还是把小金人颁给了拼了命的小李子。

　　其实可以换个角度想，大家既然都是出来混的，欠下的东西总归是要还的，属于你的东西也迟早会属于你。小李子也是从童星开始演起来的，小李子在年少的时候，就已经出演过无数的影视作品了。年轻时的小李子曾经有很多部叫好又叫座的作品，却都遗憾地和奥斯卡小金人失之交臂，如今他已经到了这样的年龄，也是时候把亏欠他的东西还给他了。至于《房间》里的这个小男孩儿，如果他能保持这样的表演热情和水准，将来一定前途无量。大家可以持续关注一下这个小孩儿今后的表现，我预测这个孩子将来应该能成大器。

除了小男孩儿之外，《房间》里还有一位女主角，也就是小男孩儿的母亲，其实这部戏基本上就是由这两位演员的表演支撑起来的。我曾经预测饰演这位母亲的女主角能拿下2016年奥斯卡的最佳女主角奖。当然了，我也不是说这位女演员演得有多好，她演得固然是不错，但更重要的是这部戏本身好，给了她巨大的发挥空间。大家不妨拿《房间》和《荒野猎人》做一下对比。小李子在《荒野猎人》里已经完全拼了，但即便他受了那么多的苦，拼了那么大的命，他的表演本身却不是十分有层次的，更谈不上深刻，因为《荒野猎人》这部戏没有多少支点可供他去展现和发挥演技，除了吃苦受难之外，除了顽强地活下去之外，整部影片就没有表达出其他的深刻内涵了。

在看完了《荒野猎人》之后，我几乎第一时间就想起了好莱坞曾经最辉煌和伟大的时代，其实在那个时代，就有过和《荒野猎人》几乎一模一样的电影，那就是《与狼共舞》。《荒野猎人》不就是用力过猛版的《与狼共舞》吗？《与狼共舞》讲的也是一个差不多的故事，但是《与狼共舞》的讲述非常地优美、舒缓、有层次且大气。故事的主人公也是一个白人，这个白人一开始是一个掠夺者，随后跟印第安人建立了感情，并且跟印第安人的女人在一起了，然后又被其他的白人出卖，整个故事线跟《荒野猎人》几乎一样。拍摄《与狼共舞》那个时代的好莱坞，正处在鼎盛时期，所有电影人的创造力都无比旺盛,富有激情,和如今这个已经沦落到靠用力过猛来博取眼球的好莱坞,形成了鲜明的对比。

另外,在《荒野猎人》里饰演男配角的汤姆·哈迪,没有拿下2016年最佳男配角奖,因为最佳男主角奖颁给了这部戏里的小李子,大家就都应该觉得差不多了。奥斯卡毕竟是电影工会奖,每一个人的心里都有一把尺子,但令人意外的是,最佳导演奖居然也颁给了《荒野猎人》。

我个人当时非常希望《房间》能拿下最佳影片奖,因为它实至名归,如果它能拿下最佳影片奖,我认为这是好莱坞的光荣。可惜好莱坞不是一个崇尚光荣的地方,好莱坞是一个崇尚商业和利益的机构。

在《房间》之后,我个人觉得能排在第二位的影片,就是大导演斯皮尔伯格的《间谍之桥》(*Bridge of Spies*)。其实在斯皮尔伯格拍摄的所有电影里,这一部应该是排不上前列的,因为斯皮尔伯格实在是拍过太多太多的好电影了。我看完《间谍之桥》之后一直在思考一个问题,为什么现在大家看斯皮尔伯格的电影,越来越觉得没有风格了呢?后来我想到了答案,其实今天好莱坞这些受到人们推崇的电影风格,包括零度剪辑、分镜头的方式、讲故事的方式、赋比兴的方式,以及凤头猪尾豹肚的结构,这都是由斯皮尔伯格创造的。

斯皮尔伯格奠定了好莱坞电影的标准范本,在他之后,所有的好莱坞电影都是这么拍的。所以如今大家再去看斯皮尔伯格的电影,就会产生一种没有风格和特色的感觉。什么是风格呢?风格来自不完美,不完美的东西才能具有风格。如果我们评价一个人长得有风格,那就说明他不够完美,太完美的人必然没有风格。斯皮尔伯格如今拍的电影,最大的问题就是过于完美了,尽管这就是他自己创造的风格,但在多如牛毛的同风格好莱坞电影中,很难做到一枝独秀,要想取胜,只能依靠故事本身。

如今,好莱坞电影人的创造力呈现整体下降的趋势,这种趋势最大的体现就是，大量的电影都在拍摄真事，从现实生活中取材。《房间》就是发生在现实生活中的真事儿，《间谍之桥》更是一个完全真实发生的历史事件。而且《间谍之桥》里讲的这个历史事件还提起了我的兴趣，因为我很喜欢历史，只要是历史电影，不管拍得好不好，我都能看得津津有味。当然了，以斯皮尔伯格能调动的资源拍摄而成的电影，本身也不会差到哪儿去。

《间谍之桥》里展示出来的冷战时期的柏林，和那个时代的气氛，都是相当好的。因为斯皮尔伯格本身就很会画画，构图和布景能力极强，所以即便电影本身并没有太吸引人的噱头，气氛和画面也肯定都是一流的，再加上他极其擅长的那一套好莱坞经典式的故事推进方式，身为一名普通的观众，要把这部电影从头看到尾，应该是没有问题的。对于2016年的八部奥斯卡提名电影，我个人的排列名单的后几位，那简直就令人不堪卒读，而《间谍之桥》的可看性还是很高的，而且我是以一种非常舒服的状态流畅地从头看到尾的。

我很喜欢《间谍之桥》里的多诺万这个人，这也是一个真实存在的人。多诺万的人生经历非常有意思，他是无意中卷入事件中的，没想到最后促成了冷战期间美苏之间最著名的一次交换，就是因为他在其中做出的努力，美国抓起来的苏联间谍和苏联抓起来的美国间谍飞行员居然被进行了交换，一个美国的大学生也顺便被换了回来。事后，美国政府觉得多诺万真是太能干了，索性决定，以后就把美国政府不方便出面做的事情，都交给多诺万去做吧！

大家都知道，政府是永远不能承认某某某是我国的间谍的。没有一个政府承认过间谍，包括中国政府也是一样。所有从事间谍工作的人，从入行的那一天起就要做好充足的心理准备，就算他将来被捕了，祖国也不会公开去营救他。因为哪一个国家都不会承认自己派出了间谍，去别的国家从事不能见光的事儿了,这种事一旦承认,必然就会引来战争。但其实大家都知道这是你们国家的间谍,那是我们国家的间谍,所以,如果操作得当,其实是可以通过民间的方式来把双方国家的被捕间谍交换回去的。至少在整个冷战期间,美国和苏联双方就是这么处理被抓捕的间谍的。各位观众要先知道这些历史大背景,才能看懂这部电影。

多诺万后来就更厉害了,在古巴革命中,卡斯特罗和切·格瓦拉等人,又扣押了许多美国人。美国政府还是不方便出面,于是又把多诺万派到古巴去了。这一回,多诺万不仅再次成功地救回了成百上千名美国人,而且还跟卡斯特罗交上了朋友。两个人还留下了一张珍贵的合影,合影中两个人谈笑风生,卡斯特罗的手腕上还戴着多诺万赠送的手表。我也不知道卡斯特罗怎么会那么喜欢资本主义的产品,这位著名的共产党人,一个手腕上居然戴了两块手表,他本来就有一块自己的手表,多诺万送给他的是一块潜水表。

卡斯特罗的儿子当时有十几岁,多诺万的儿子刚好也十几岁。为了表达友好和诚意,多诺万去古巴的时候,就把自己唯一的儿子一起带到了哈瓦那。这就像我们春秋的时候,秦国为了表达诚意,把年幼的秦庄襄王送到了赵国的邯郸做质子,所谓的质子也就是人质的意思。卡斯特罗和多诺万父子俩相处得非常愉快,还专门带他们父子二人去猪湾钓鱼。猪湾是古巴的一个很著名的地方,古巴的反政府武装曾经冲上猪湾的滩头,打败了美国侵略军,所谓的反政府武装,其实主要就是流亡的古巴人的雇佣军。

总之,《间谍之桥》这部电影非常"斯皮尔伯格",虽然它在斯皮尔伯格的电影里称不上上乘,但它应该能代表斯皮尔伯格的电影的中档线水平。而且在2016年这样的奥斯卡灾年里,矬子里拔将军,《间谍之桥》还是很值得一看的。

3. 好莱坞的转型期

说句心里话，在好莱坞的辉煌年代，比如1994年、1995年和1997年，《间谍之桥》这样的电影是没有资格被提名的，甚至斯皮尔伯格自己都不会让它被提名。

如今，好莱坞的制片方拼命在找中国人谈合作，谈收购，因为古老的、传统的、维系了一百多年没变过的好莱坞模式，已经无法再继续下去，好莱坞正面临着一场巨大的变革。

音乐行业已经经历过了这样的阵痛，当年，传统的音乐行业走投无路，最后传统的唱片被彻底消灭，整个行业经历了巨大的变革。如今，电影行业也开始了同样的阵痛，我们中国的电影行业最近几年正在补课，所以呈现出了大幅度的增长，但在好莱坞，电影行业也和当年的音乐行业一样，正经历着痛苦的转型。而且这种痛苦才刚刚开始，我估计还要痛苦上相当长的时间。大制片厂模式下的僵化创作，使得电影人的创造力受到很大的影响。如今大家都在疯狂地拍摄超级英雄电影，因为大制片厂发现，只有超级英雄电影才叫座，才赚钱。这样一来，大家就更无法去百花齐放地进行创作了。

《间谍之桥》就是一部大制片厂模式的电影，《房间》则是一部低成本的小电影，因为我当时预测《房间》的女主角能拿下今年的最佳女主角奖，所以《房间》拿下最佳影片奖的可能性就微乎其微了。因此，我当时预测2016年能拿下最佳影片奖的电影，是《聚焦》。

为什么我当时会预测《聚焦》能拿下最佳影片奖呢？因为，如果没有《阿甘正传》和《肖申克的救赎》这样纯从电影艺术上就能打败一切的电影，单从工会奖这个角度来思考的话，最佳影片当然就是拍得最好的电影。但如果所有的提名影片里，都没有拍得特别好的电影呢？那就鼓励一下最勇敢或最富有挑战精神的电影吧，这样的话，《聚焦》得到最佳影片奖，就是毫无争议的事情。

《聚焦》勇敢地挑战了宗教题材，彻底揭露了天主教在美国、在西方的丑行，而且它不是一部历史电影，它讲的就是不久以前的美国，甚至就是今天的美国，并且也是由在现实世界里发生的真人真事改编。在创造力枯竭的时代，所有的电影人都争相去拍摄真事，但同样是拍真事，也得看是拍什么样的真事，是拍一个安全的、冷战时期的真事？还是勇于挑战、拍摄涉及当前社会中最敏感话题的真事？从这个角度来看，《聚焦》的勇气相当可嘉。在美国，信教的人是相当多的，宗教的力量也是非常强大的，在这样的背景之下，电影人敢于站出来，通过电影来彻底地鞭打教会，这种勇气是很令人感动的。

在 SAG Awards，也就是美国演员工会奖上，《聚焦》得到了一个最佳卡司奖（即最佳群戏奖），这个奖不是颁给电影里的某一个角色的，因为《聚焦》这部电影里其实并没有一个真正的主角，它就是如实地讲述了一件真实发生的事。这个故事发生在一个名为"聚焦"的编辑部，从某一天开始，这个编辑部里的人，开始调查起了教会鸡奸小男孩儿的内幕。整部电影就围绕着这个极为敏感的题材展开。

在拍摄电影之前，所有的演员都去亲身体验了生活，跟真实世界里的那个编辑部的成员一起工作，一起生活，双方至少在一起磨合了长达半年的时间。最后，在整部电影里，每一个演员都把自己所饰演的角色模仿得惟妙惟肖。可以说，《聚焦》这部电影的成功，并不是依赖于一种电影上的创造性表演，而是依赖于自身就非常有力量的题材，所有的电影人和演员，大家都尽量地还原现实。因为在这样一部电影里，越多地还原出真实，越少的创造和想象，才越能发挥出巨大的力量，打动到观众。

在拍摄手法上，《聚焦》也采用了特别克制的方式，它很少去拍摄那种电影式的宏大镜头，所以它的画面看起来更像电视剧，事件才是重点，人物和人物的性格都是次要的。关于故事的前史、动机、这些人物都是怎么来的，以及曾经是什么样的，都没有交代。《聚焦》特别像一部纪录片，从头到尾说的都是一件事，电影一开始就是新上任的主编要求大家调查这个题材，剧情在编剧上的术语就叫作顺拐，也就是完全顺着走，中间没有任何其他的小插曲和小手段，整部电影看起来非常真实，也导致看起来缺乏戏剧性，但这也正是这部电影所追求的效果。这种不注重戏剧性，而更注重真实的拍摄手法，很多电影迷可能不太喜欢，但它的社会意义是重大的。

所以我当时猜测，在2016年的所有奥斯卡提名电影中，因为没有任何一部拍到了登峰造极和众望所归的水平，在这样的情况下，《聚焦》拿到最佳影片奖是实至名归的，因为工会要鼓励它勇于挑战这种敏感的教会题材。美国虽然是一个言论自由和创作自由的地方，但是很多人和势力也是不好惹的，比如在美国你就没有种族歧视的言论自由。如果你敢挑战教会的权威，虽然没有国家和有关部门来审查你，但教会本身非常强大，它有各种方式和名目去制裁你。总之，《聚焦》这部电影的勇气值得肯定，所以我当时预测它能拿下2016年的奥斯卡最佳影片奖。

接下来我觉得还算值得一提的电影，应该是《布鲁克林》。但是到了这里，我的赞美之词已经使用得差不多了，说句心里话，这部片子连一部电影最基本的元素都凑不齐。但还是有很多人喜欢这部电影，我觉得是因为美国的爱尔兰裔移民数量众多。爱尔兰裔是美国最重要的种族之一，《布鲁克林》

讲的就是一个爱尔兰女孩儿，从爱尔兰到美国的布鲁克林来奋斗的故事。

但这个故事令我最费解和困惑的一点就是，这个女孩儿从头到尾根本没吃过什么苦啊。在观影之前，我还以为这会是一个类似严歌苓所写的《扶桑》那样的故事，《扶桑》的故事如果拍成电影，那简直是太震撼了。一个中国姑娘扶桑，从中国跋涉到美国的旧金山淘金，她一路如何艰难，如何奋斗，经历了唐人街、妓女和黑社会种种煎熬。《布鲁克林》的故事就算没有《扶桑》这么惨烈，但女主角最起码也要受一点苦吧？因为只有这样，观众才能感同身受，才会去同情这个角色，才会为了她的命运去担心，这是保证观众能继续看下去的最基本的前提。

结果我从头到尾看完这部电影后，唯一的感慨就是，电影里这位女主人公实在是太幸运了，甚至她比绝大多数的中国留学生都要幸运。中国留学生刚到美国的时候，处境都要比她惨得多，大家都要跟人合租，课余时间都要辛苦地打工赚钱等，然而电影里这位爱尔兰女孩儿，一开始到美国就有人赞助她。以我看电影的习惯，每当电影里出现这种天上掉馅饼的情节，我都会第一时间猜测，这个为主人公无偿提供帮助的人是坏人，然而看到电影最后，我发现整部电影里完全没有坏人。爱尔兰女孩从一开始就受到了一位来自教会里的好人的资助，移民到了美国，而且这位好人不仅资助爱尔兰女孩儿，还资助了很多爱尔兰的穷人，就是一个彻头彻尾的大好人。

到了美国之后，爱尔兰女孩儿每天都能在一张豪华的餐桌上，和美国人一起吃饭、聊天，每天晚上也是自己住一个房间，唯一的不方便之处就是跟其他人共用一个卫生间，这叫什么苦啊？在电影背景的那个年代里，布鲁克林有几个留学生能过上这样体面的生活？而且她不仅生活得体面，还找到了一份体面的工作，她在美国顶级的、高端的、类似梅西百货那种级别的大百货公司里，非常体面地卖着奢侈品，接触的都是上流社会的人群。

紧接着，电影里出现了一位非常厉害的女经理，饰演这位女经理的女演员，曾经在美剧《广告狂人》里扮演一个很不讨人喜欢的角色，所以她一出场，我还打起了一点精神，以为终于要有坏人出现了。结果并没有，这位女经理对爱尔兰女孩儿也特别好。

爱尔兰女孩儿的男朋友是个意大利人，我又暗暗期待了一番，以为这个意大利人可能会花心，辜负了爱尔兰女孩儿。然而也没有，意大利男朋友一心一意地爱着爱尔兰女孩儿。意大利男朋友的妈妈也对爱尔兰女孩儿百般喜欢。看到这里，我几乎已经快要失去耐心了，苦难在哪里？坏人在哪里？既没有苦难也没有坏人，她生活得比我们当年去美国的人好太多了，我为什么要同情和关注这样一个幸运的角色？

后来，爱尔兰女孩儿的姐姐死了，她回到了爱尔兰。这个时候我又不甘心地想，也许她回到故乡后会受到摧残和压迫，于是她才努力重新回到了美国那片自由的土地。如果电影能在这个时候进行翻转，也是勉强说得过去的。可惜，爱尔兰女孩儿在故乡的生活也美好得不得了，故乡的人全都特别善良，全镇的人好像都是她的好朋友，大家每天带着她一起吃喝玩乐，一个坏人都没有。最后，镇上最有钱人家的富二代居然也爱这个爱尔兰女孩儿，富二代全心全意地爱着爱尔兰女孩儿，尊重她，追求她。最后，爱尔兰女孩儿在意大利男朋友和富二代之间进行了艰难的抉择，最后选择了回到布鲁克林，电影就这么结束了。

就是这样的一部电影，入围了奥斯卡提名，我至今都不明白到底是为什么？当然了，电影的画面拍摄得是很美的，其实今年所有电影的摄影都相当不错，我觉得都有资格获得最佳摄影奖。这要归功于电影技术的突飞猛进，因为人可以画了，可以用CG技术了，所以大家再也不用去前后光比了。所以，电影的画面都拍摄得非常漂亮。在《布鲁克林》这部电影里，每当进入回忆环节，画面中就充满了令人心旷神怡的绿色。绿色是属于爱尔兰的颜色，在美国，如果你看到一家绿油油的门脸，那通常就是一家爱尔兰酒吧，美国东岸过爱尔兰人的圣帕特里克节的时候，满街漫天都会飞舞着绿色的旗子。

除了画面美好之外，《布鲁克林》这部电影的女主角演得也还算不错，可惜的是就算她演得再好也没用，因为这部戏没有什么起伏，也没有什么张力，没有特别多的空间去让她发挥。不管怎么说，这部电影还是能说出一两个优点的，像我这样对历史有兴趣的人，也可以把它当成历史片，看看当年的美国布鲁克林是什么样子，移民的生活状况又是如何。但其实当年真实的爱尔兰人的生活，要比电影里的这位爱尔兰女孩儿艰难得多。马克·吐温就曾经说过，美国的铁路，每一条枕木下面就有一个爱尔兰人的冤魂，当年修筑铁路的时候，爱尔兰劳工的境遇也就比华工稍微好一点，而且他们不仅在国外受到残酷剥削，在国内也遭遇了大饥荒。

4. 格莱美的演出事故

接下来的提名影片，我个人认为就没什么值得看的了。其中有一部金融片，不过我猜中国的观众对金融片应该没什么兴趣。而且美国的金融片也没有香港的商战片那么有意思，我们更习惯于香港商战戏的讲故事方式，通常都是一位富家女爱上了一位野心勃勃的凤凰男，然后一路爱情和商战交叉，非常精彩。但美国的金融戏不是这个套路，这一次提名奥斯卡的金融戏名叫《大空头》。影片中最逗的就是居然插进来一段科普桥段，用看图说话的方式给大家解释了半天金融名词，导致观众误以为自己在看科教片。

这段科普桥段还特意邀请了一位美国的大名厨,叫安东尼·博尔顿,他以做饭的方式,给观众解释了一番金融术语,全程还配有注解,这种东西我在电影里真的很少见到。大名厨一本正经地给我们解释了金融和期货是什么意思,Big shot(大人物)又是什么意思?他说,如果我进的海鲜没有卖出去,而你也赌了我没有卖出去,那么你就是在买空。但虽然我没把海鲜卖出去,却可以把它做成一道汤……总之,这段插播在电影里的金融名词解释桥段,看得我非常傻眼。我觉得美国人可能会喜欢这个桥段,因为美国人就是很喜欢看华尔街的这些阴谋诡计。美国人喜欢金融,也喜欢科技,唯独不喜欢历史。所以《大空头》这部电影在美国的票房还不错。

《大空头》这部戏的几位制片人的来头也都很大,包括布拉德·皮特,还有之前的奥斯卡大戏《为奴十二年》的三位制片人,这几位大制片人都具有很强的游说能力。所以,我当时推测《聚焦》有90%的可能性能拿下2016年的最佳影片奖,剩下10%的可能性会花落《大空头》。

在过去的十年,得到美国制片人工会奖的电影,最后都拿到了奥斯卡最佳影片奖。其实制片人工会奖的最大奖项,也就是最佳影片奖。在美国,最佳影片奖是由制片人上台领奖的,而包括我们中国在内的其他国家,这个奖都是由导演上台领。在刚刚颁完的制片人工会奖上,《大空头》拿下了最佳影片奖。

剩下的提名影片里,还有关于同性恋或变性人题材的影片,拍摄得都是相当美的,而且题材也是当下最热门的。尤其是女同性恋的题材,是目前美国最火热的题材,拥有广大的观众群。拳王帕奎奥就曾因为说了一句羞辱同性恋的话,而遭到耐克公司与他解除广告合约,不再让他继续代言自己的产品。

美国的影评人做出了这样的总结:现如今的好莱坞票房大戏,基本上都是以坚强的，尤其是特别能打的女性为主角，比如"饥饿游戏"系列、"暮光之城"系列和《傲慢与偏见与僵尸》，包括《布鲁克林》也是一女二男的演员阵容。当代的女性越来越强了，跟好莱坞黄金时代已经截然不同。黄金时代的好莱坞，女性是客体，男性才是主人，是主体。今年的提名影片《卡罗尔》，就是这种迎合市场需求的女同性恋题材故事。

《卡罗尔》讲述的是一个老女人和一个年轻女孩儿的故事。同样的故事，如果换成一个老男人和一个年轻女孩儿，估计会遭到今天的观众的唾弃。而变成已婚老女人和年轻的女孩儿，则受到了观众的热情追捧，大家都觉得这样的组合好酷啊。《卡罗尔》的女主角是好莱坞的大戏骨——凯特·布兰切特，凯特·布兰切特也是拿过好多次奥斯卡最佳女主角的大影后。然而，尽管动用了这么大牌的女主演，我觉得整部电影还是太过平淡了。我个人不建议大家看《卡罗尔》，中国的观众可能也对这种题材没什么兴趣。

《丹麦女孩》讲的是变性人的故事，也是由真人真事改编。这部电影很适合文艺小青年去看，因为它拍摄得非常唯美，画面简直堪称惊艳。但是说句心里话，绝大多数的普通观众，对一个变性人能怀有多少同情？至少我觉得中国观众对此的接受度不会很高。不过在《丹麦女孩》里饰演变性人的太太的这位演员，我觉得够得上拿2016年的最佳女配角奖。她演得非常好，主要也是因为这个角色的表演定位非常新颖。即便是在现实生活中，身为一个女性，如果她的丈夫要变性，她会是怎样的心理？又会做出怎样的行为？她的一举一动本身就会勾起观众的好奇心，所以她的表演也具有很大的发挥空间。

但从我个人的立场出发，我当时更希望凯特·温丝莱特能拿下2016年的最佳女配角奖，如果她能和小李子一起得奖，那全世界泰坦尼克迷就终于能如愿以偿了。

关于《奎迪》这部电影本身，我没有什么想评价的，但从这部电影引申出来的一个小故事非常逗，值得跟各位读者分享一下。我有一位美国的知识分子朋友，他特别喜欢看各种各样的艺术电影，也喜欢看艺术画展等。有一天，这位知识分子朋友突然跟我说，哎哟，你知道吗？好莱坞有一个老演员真的很倒霉，他在二十世纪得到过无数次的金酸莓奖。金酸莓奖是好莱坞的另一个奖，专门颁奖给最烂的电影和最烂的演员。这位好莱坞老牌演员，不但得到过无数次金酸莓最差演员奖，甚至还"荣获"过二十世纪最差男演员奖。如今这位老演员已经六十多岁了，在2016年，他很有希望拿下奥斯卡最佳男配角奖。

一开始，我还不知道我的这位知识分子朋友说的这位倒霉老演员是谁。后来有一天，我无意中看了《奎迪》这部电影，一下子就反应过来他说的是谁了，就是史泰龙。说句心里话，我也挺替史泰龙难过的，不仅是在好莱坞，在全世界范围内，史泰龙都非常有名。我还专程打电话给这位知识分子朋友，问他，你上次说的倒霉老演员是不是史泰龙？他居然回答我，我不知道他叫什么名字，我从来不看商业电影的，只是在007系列电影的海报上见过他而已。唉，史泰龙真的是太惨了，今天美国的文艺青年居然都已经不认识他了。

如果2016年奥斯卡能把最佳男演员奖颁给小李子，那为什么不能把最佳男配角奖颁给史泰龙呢？史泰龙这一生如此奋勇努力，拿了无数次金酸莓奖，估计他一生的梦想就是从一个动作片明星变成一个能拿下影帝的实力派演员，哪怕是最佳男配角奖也可以，至少能对他一生的努力做一次肯定，他都已经六十多岁了，还在孜孜不倦地拍戏，也是时候给他一座小金人了。

其实不光是史泰龙，所有的动作明星都有类似的心理阴影。包括我们的成龙大哥和李连杰大哥，他们在动作片领域里为观众带来了那么多的欢乐和刺激，付出了那多么的血和汗，但是每一次到了颁奖典礼的时候，他们都只能孤单地坐在一边，眼睁睁地看着别人上台领奖。连他们自己都知道，那些奖项是不属于他们的，他们拍的是动作片，是娱乐片，他们卖的是力气，是血汗，而不是艺术。所以，只要他们特别有追求地想要诠释好一个角色，愿意从一个动作明星变成真正的演技派演员，工会应该是会给予他们鼓励和肯定的。

不过在当时，我想如果2016年的最佳男配角没有颁发给史泰龙，我心里也还有另一个人选，那就是《间谍之桥》里饰演苏联间谍的马克·里朗斯。马克·里朗斯在电影里的台词特别少，但是表演特别出色，这恰恰是工会奖最喜欢的风格。

至于《八恶人》这部电影，就太令我失望了。虽然我非常热爱昆汀，但《八恶人》不是昆汀擅长的类型。这部电影一上来就先在马车里聊天，足足聊了数十分钟，然后又到了一间木屋里继续聊，昆汀最不擅长的就是纯聊天，他擅长的是边聊边闹，但是这一次他没能闹起来，主要就是在聊天。说到坐在那儿聊天，这种戏码其实是伍迪·艾伦的特长。如果要拍一部坐在屋子里聊天的戏，必须要让伍迪·艾伦来拍，他一定能把这场聊天聊得特别有意思。而昆汀的台词跟伍迪艾伦不一样，他不擅长那种长篇大论的、一套一套的聊天，那太考验戏剧舞台的功底了，昆汀擅长的是那种突然一句的闪光性的台词。当然了，《八恶人》的摄影也是非常不错的，注重画面感的观众，还是可以去看一看的。

以上就是我对2016年提名奥斯卡的几部影片的感想和预测。

还剩下一个大奖没有展开讨论，那就是最佳导演奖。因为我在开篇就写了，2016年是好莱坞的灾年，所以最佳导演奖这种硬碰硬的、纯粹靠艺术取胜的奖，该颁发给谁呢？当时我想，在所有提名电影的艺术性都没有达到一定高度的时候，奥斯卡有可能把最佳导演奖，颁发给一些在技术方面做得比较好的导演，那估计这个奖 90% 应该就属于《疯狂的麦克斯》的导演了。

《疯狂的麦克斯》是系列电影，而且这个系列已经拍了几十年了，这种类型的电影通常很少被提名，因为它是纯粹的商业片。但这次《疯狂的麦克斯》被提名了，我猜测可能是作为一部商业片，它做出了一些改革，作为一部老系列，它里面也加入了一些女性觉醒的元素，但我觉得最重要的，还是它在技术上做了一些很有趣的创新。我个人其实不太喜欢看这种电影，但这部《疯狂的麦克斯》我竟然还能看下去，比如它把全世界的车都改成武器，这个创意就挺有意思。不过在当时看，如果《荒野猎人》没有得到其他特别的奖，也是有可能拿到最佳导演奖的，但《荒野猎人》拿最佳导演奖的可能性不高。

最后，我要向各位读者隆重推荐 2016 年奥斯卡里我最喜欢的一部片子，但它不是电影，而是一部纪录片，那就是《艾米》（Amy）。《艾米》入围了 2016 年的奥斯卡最佳纪录片提名，而且我当时非常肯定，它百分之百会得到 2016 年的最佳纪录片奖。

在 2016 年的格莱美表演现场，出了一个很大的演出事故，阿黛尔的现场演唱大失水准，全场的观众都有点傻眼了，但大家还是都站了起来，很礼貌性地给阿黛尔鼓了掌。演出结束后，阿黛尔在推特上发了一条信息，解释了这件事，原来是给钢琴收音的话筒碰到钢琴的弦上了。但不管怎么说，这都是一场重大的演出事故，因为格莱美是现场直播的。当时我就坐在台下，整个过程中我就一直在想，如果艾米·怀恩豪斯（Amy Winehouse）还活着，如果今天站在台上演唱的是 Amy Winehouse，应该不至于会发生这么严重的演出事故。

Amy Winehouse 不仅是一位超级唱将，还具有独树一帜的创作才华。当年 Amy Winehouse 横空出世的时候，所有听众的耳朵几乎都要炸了。

耳目一新这个词，简直太适合用在 Amy Winehouse 的音乐上了。如今我再去听 Amy Winehouse 的歌，依然觉得非常感动，依然觉得那是流行音乐的前沿，依然觉得那是当今的流行音乐人所企及达到的水平和高度。Amy Winehouse 绝对是一位天才型的音乐才女。可惜，Amy Winehouse 还很年轻就因为吸毒而去世了。《艾米》就是关于 Amy Winehouse 的纪录片，身为一个搞音乐出身的人，我对片子里的许多细节记忆犹新，感动至深。

这部纪录片拍得确实太好了，但它也是今年奥斯卡所有影片里最残酷的。《艾米》的残酷和《荒野猎人》不一样，它不是荒野生存和丛林法则，而是最真实而残忍的人生，看片子的过程中，我的心不断地被揪起，疼痛无比。Amy Winehouse 生前经历了无数痛苦的挣扎，名利场上的尔虞我诈，商人吃人不吐骨头的丑陋嘴脸，她身边的每一个人都对她有所图，包括她的亲人和爱人，没有人是真心爱她的。其实很多的演艺明星都面临着类似的问题，大明星身边总是充斥着怀有各种各样阴险目的的人。包括她的亲人和伴侣在内，都把她当作摇钱树，希望她能提供源源不断的金钱，去维系他们骄奢淫逸的生活。为了便于自己有足够的钱去购买毒品，Amy Winehouse 的丈夫诱骗她吸毒，导致她最终堕入了万劫不复的绝路。

在最脆弱的时候，Amy Winehouse 曾经避开媒体的追踪，独自躲在一个地方，希望她的爸爸能去看望她。结果，她爸爸接到消息后，立刻带了一支剧组去看 Amy Winehouse，让一大堆的摄影机围着形容憔悴的 Amy Winehouse 拍摄，不断地去营销她，出卖她，榨干她最后的一点点价值，令人愤怒、悲伤又无可奈何。

2015 年的奥斯卡，我觉得最值得看的就是名为《一曲人生》的短片，而 2016 年的奥斯卡，我认为最值得看的就是这部纪录片《艾米》。至于奥斯卡的重头戏——故事片，看起来还要持续在低谷中跋涉几年，等待整个好莱坞度过疼痛的转型期。一旦转型期完成，我相信好莱坞一定能重新振作起来，到时候，会有新一代的大师破空而出，在全新的好莱坞体制下，再次带领全世界的电影业昂扬前进。

　　有关2016年美国的颁奖季，就跟各位读者分享到这里。在2016年，我跟大家一样，没有看到什么好电影，也没有听到什么好音乐。身为这个行业里的一员，我希望我和我的同人能在未来继续努力，早一点给大家听到更好的音乐，看到更好的电影。

七 探访星战圣地——天行者庄园

1. 横空出世的新世界

之前给各位读者介绍的两位好莱坞大腕儿——哈维·韦恩斯坦和杰弗瑞·卡森伯格,可能很多读者对这两位大腕儿并不是特别了解,所以在这一章里,我决定跟大家分享一个和好莱坞相关的所有人都熟悉的东西,以及所有人都听说过的一位好莱坞大腕儿的故事。相信各位读者对好莱坞都有一定的认识,也对里面的一些人事有一定的了解,一百年来,好莱坞的确创下了很多辉煌,但好莱坞的什么东西是最著名的、最广为人知的呢?

有些人可能会想到很多年前的一部老电影——《飘》,这部电影至今仍然保持着生命力,被一代又一代人的人所熟知。但在好莱坞,还有一个比《飘》更庞大更有名的东西,而且这个东西已经不仅仅局限于好莱坞了,它已经走出了好莱坞,变成了美国的文化符号之一。美国最标志性的文化是什么？可能每一个人会有不同的回答，但对我来说，美国最主要的文化符号有两个，一个是摇滚乐，另一个就是《星球大战》。

《星球大战》，就是今天我要跟各位读者分享的主题，与之相关的那位好莱坞大腕儿，就是《星球大战》的导演乔治·卢卡斯。

《星球大战》的存在，已经远远超出了一部电影的价值，也超出了一部电影和一位导演对好莱坞的贡献，而是变成了整个国家的文化符号。导演了《教父》三部曲的美国著名导演弗朗西斯·福特·科波拉说，卢卡斯创造的东西其实已经不是一部电影，而是一个宗教。虽然《星球大战》没有基督教和伊斯兰教这些古老的宗教大，但如果做一个宗教排行榜的话，它绝对称得上世界第四大宗教。

宗教有这么几个特点：第一，它在现有的世界之外，营造了另外一个独立的世界；第二，它营造的是一个完整的世界，否则它只能叫神话传说，而且这个世界能够使得大量的信徒生活在其中，在这个营造出的世界里，信徒们能够在一起，并且教主一直深深地被热爱着。在美国，我觉得有两个人做到了这一点，一个是迈克尔·杰克逊，但迈克尔·杰克逊是在他去世后才完全做到了这一点，他创造出的世界，至今令他的歌迷沉醉其中，而他就是一位遗世独立的大神。而另一位就是乔治·卢卡斯，他创造出了《星球大战》这一系列电影，其实《星球大战》不光只是一系列的电影，它营造出来的是一整个全新的世界，受它影响的也不仅仅是一代人，而是一代又一代的人，甚至它给美国的文化都带来了巨大的改变。

人人都听说过《星球大战》，这是毋庸置疑的，不管看没看过《星球大战》这一系列的电影和电视剧，玩没玩过《星球大战》的相关游戏，至少会听过《星球大战》里面的音乐，很多体育比赛，当运动员入场的时候，赛场上播放的都是《星球大战》里面的音乐。总而言之，现代人如果一生中都和《星球大战》的所有元素没有关系，这种人估计是比较少的。根据美国统计，有史以来的全球电影票房，排名第一的就是《星球大战》的第七部《原力觉醒》。有人对这个排名表示质疑，因为不同年代的电影还要考虑货币通胀的因素，过去的老电影上映的时候，可能票房看起来不是特别高，但折算成今天的货币值的话，可能票房就会排到更前面了。于是，美国人还做了另一个票房排行榜，把通货膨胀的因素也充分考虑进去了，将所有的票房收入都换算成了今天的美金的价值，这样一来，排名第一的就不是《星球大战》了，而是《飘》，但《星球大战》排名第二，而且两者的票房收入相差不是很多，但这个排名第二的，其实只是《星球大战》在1977年拍出的第一部电影，如果按整个系列电影票房总和来算，世界上没有电影能和《星球大战》比肩。

而且，刚才我提到过，《星球大战》已经不仅仅是一系列的电影了，它还创造出了一个完整的世界，这个世界又衍生出了很多相关的产品，比如电视剧、书籍、游戏、玩具和Cosplay（英文Costume Play的简写，日文コスプレ，指利用服装、饰品、道具以及化妆来扮演动漫作品、游戏中的角色）产品。我在影视娱乐行业混迹这么多年，还从未看到其他电影系列品牌的周边产品能开发得像《星球大战》这么淋漓尽致，甚至连电影中那种开枪的声音，以及各种武器发出的奇怪的声音，都能被开发为周边产品，这些声音放在苹果的付费系统iTunes上，居然有无数人愿意付费去下载——这可不是一首歌曲，要你花钱去听，而只是几声开枪的声音而已，但对全球的星战迷们来说，即便是听到这几声枪响，他们也觉得特别过瘾。其实这完全就是教徒般的心理，星战迷就是不折不扣的教徒，有关《星球大战》的一切，他们都深深地热爱。

《星球大战》的主题公园也马上就要诞生了，卢卡斯在做出了巨大的贡献后，现在已经退休了，他将卢卡斯影业以40.5亿美金的价格卖给了迪士尼。他本人在退休后经常会做一些慈善事业。迪士尼现在正紧锣密鼓地修建《星球大战》的园区，等到园区落成，全世界的星战迷就又有一个好地方可去了。

总之，《星球大战》的周边产品已经延伸到了世界的每个角落，而不仅仅局限于娱乐产业。为什么说它不仅仅局于娱乐产业呢？大家可以参考一下《狮子王》，它有主题公园，有音乐剧，但世界上并没有因为《狮子王》这部动画片而诞生出一种狮子来，自然界里的狮子依然还是狮子，没有反过来受到动画片的影响。其他的著名电影也是一样，它们顶多衍生出一些周边产品，比如玩具，但并不能对真实的世界产生影响。而《星球大战》最厉害的地方，在于它实实在在地延伸到了真实的世界中，对现实世界产生了影响。

大家可以回忆一下里根总统刚上台的时候，那时的美国衰落到不行，刚刚从越战的泥潭里抽身出来，但还没有抽得非常彻底，依然浑身沾满了烂泥，国内一片伤痕累累，国际上也面临着几乎要被苏联超越的境地，接连几届美国政府都比较软弱，在国际上处处退让，苏联又步步进逼，经济上一塌糊涂。

1977年，第一部《星球大战》横空出世，立即营造出了一个崭新的世界，这个崭新的世界迅速振奋了美国的人心，其中一个深受《星球大战》精神振奋的人就是里根。里根1981年上台出任美国总统，1983年的时候，他推出了"星球大战计划"（战略防御倡议计划），通过这个计划，美国仅仅用了七年，就结束了和苏联之间的冷战。"星球大战计划"当时计划投入600亿美金，那时候的600亿美金，换算成今天的货币值，估计要在后面再加一个零。

那时候我还是个小孩子，在电视上看到里根总统提到"星球大战计划"，我还不明白，充满疑问地想，星球大战是什么东西啊？是战争吗？当时的中国还没有跟世界同步，国人没有机会看到《星球大战》电影，不像今天的中国，《星球大战》第七部《原力觉醒》在北美上映后，很快就在中国上映了，全世界人民都在差不多的时间里看到了最新的《星球大战》电影，而在里根总统提出"星球大战计划"的时候，我们国内才刚刚审判完"四人帮"反党集团，人民还处于劫后余生的茫然不知所措之中。有一天，我在电视里看到，伟大的无产阶级革命家刘少奇同志被平反了，我当时完全看不懂，因为我满脑子被灌输的观念都是，刘少奇是个坏人，是叛徒工贼。在那样的时代，人们对于国内的情况都看不清楚，就更看不懂外面的世界了，我们完全不知道美国有多么伟大的摇滚乐，更不知道猫王和迈克尔·杰克逊，也不知道《星球大战》。

所以我们跟美国人不一样，美国人都是先知道了《星球大战》电影，然后才看到里根总统推出了"星球大战计划"，而我们是先知道了"星球大战计划"，然后才听说《星球大战》电影，甚至到很后来才明白，美国人不是为了这个计划才拍了电影，而是先有的电影，后有的计划。"星球大战计划"的主题思想就是，苏联你别跟我来劲儿啊，你不是造出一堆坦克和飞机吗？我们美国不跟你搞这些破铜烂铁，我们要玩儿更高级的，我们要进入太空，我们要在空间里建造空间站，那空间站就跟《星球大战》里演的一样。我觉得里根总统应该是在看完了《星球大战》之后，突发奇想地想到了这个办法，他强调"星球大战计划"是真的，美国要不遗余力地搞空间建设了，要造空间站、激光炮、粒子炮和飞船，而且所有的飞船都跟《星球大战》里的长得一样，从武器的层级上碾压苏联。

《星球大战》第一部对整个世界带来的震撼是巨大的，苏联人当然也看了《星球大战》，现在听说美国居然要搞"星球大战计划"，立即如临大敌。苏联认为，美国这回绝对是要来真的了，可我们自己也不能坐以待毙，于是立即开始勒紧裤腰带，大搞军事，跟美国较劲儿，于是苏联的老百姓就没有面包吃了，也没有牛奶喝了，冰箱里全都空了，因为苏联要举国跟美国的"星球大战计划"对抗，最后拼到苏联国内爪干毛净，莫斯科人民买面包的队伍排出好几条街，然而货架上空无一面包，超市里没有任何物资，最终，苏联的经济崩溃了，冷战也随之结束。

冷战结束有多种原因，内部原因主要是东欧剧变，外部的原因就是美国通过"星球大战计划"，假装要跟苏联拼命，其实美国并没有真的投入那么多资源去搞空间建设，只是虚晃一枪，没想到真把苏联逼急了，自己陷入了崩溃。总之，冷战结束这件事，《星球大战》实际上起到了很重要的作用，我觉得应该颁给乔治·卢卡斯导演一座诺贝尔和平奖。乔治·卢卡斯一生得了七座奥斯卡奖杯，二十多次被奥斯卡提名，再加上他为电影行业做出的各种贡献，这个成绩至今都是世界电影史上无人能破的纪录。这就是一部电影能给世界带来的影响，它创造了一个崭新的世界，它变成了一个系列，它衍生出了一个庞大的产业，同时还真的影响到了我们生存的地球。

《星球大战》系列电影里有一个规矩，就是在它创造出的大世界里面，可以有各种各样的星球，但唯独不能有地球。所以《星球大战》系列电影拍了几十年，观众始终没有在里面看到地球的出现，未来地球也不会出现。但就是这样一个完全脱离了我们生存世界的电影，却真实地改变了诞生它的那个星球上的地缘政治。对军事和武器感兴趣的朋友，可以去看看现在的 B2 轰炸机，你或许会觉得它的外形特别眼熟，因为它就跟《星球大战》里面的飞船差不多，有人说"二战"末期德国也曾经研制过类似的飞翼，没错，《星球大战》里面很多武器的外形，的确也有一些现实的影子，但在《星球大战》之后的武器的外形，却实实在在是受到了电影的影响，今天的激光炮就长得跟《星球大战》里面的一模一样。

《星球大战》里面的各种武器造型，其实是由一群艺术家设计出来的，后来这些真正要去设计武器的人也觉得艺术家们的创意很有意思，于是就造出了同样外观的真正的武器。这也是《星球大战》对现实世界带来的巨大影响之一。其实乔治·卢卡斯当年计划要拍《星球大战》这部电影的时候，几乎所有的人都不看好他，大家都觉得乔治·卢卡斯是异想天开，怎么能拍一部完全没有一点现实依据的电影呢？在乔治·卢卡斯之前，好莱坞的电影要想营造一个世界，那必须得从《圣经》里取材，就跟中国电影习惯于从《西游记》等小说里取材一样。到了今天，不管是漫威的英雄系列的电影，还是《哈利波特》，也依然都是取材自现有的漫画和小说。

我们中国人就是对《西游记》百拍不厌，我不知道是因为其他作品的版权费太贵，吴承恩早已作古不需要交版权费，还是中国人的创造力有限，反正近些年，中国人每年都要拍美猴王系列的电影，每年的春节贺岁档都有美猴王。其实中国过去是没有系列电影的概念的，而且过去我们也没有娱乐业。但我们中国的文化业的由来可以这样来概括：先有一个传说，然后这个传说变成了系列，就叫美猴王，就叫《西游记》，渐渐变成了评书和大鼓，又渐渐变成了京剧，最后有人将它写成了小说，从小说又诞生出各个流派的戏剧，最后从小说里诞生出了电视剧和电影，还有各种各样的动漫作品，等等。

绝大多数的系列电影都是这么来的，不管是《007》还是《哈利波特》，因为一个系列是需要从一点点开始，积少成多的，为什么要这样？就是因为我们需要寻找一种低成本的开启方式。写一本书的成本是很低的，只需要脑子里有了一个想法，然后动笔写出来就可以了，一次不成功，就再写一本，说不定哪一本就获得了成功，受到了大家的喜欢，有了越来越大的影响力，然后再将这样有固定受众的作品拍成一个系列的电影，《指环王》就是这样。

但是《星球大战》没有小说，没有预热，没有铺垫，也没有从任何古典文献里面取经，它什么都没有，就是凭空硬砸一笔巨款进去，拍一部电影出来，这部电影横空出世，炸出了一个崭新的世界，这种逆向操作方式，在全世界都是没有先例的，甚至在《星球大战》之后至今的几十年里，也没有看到类似的成功案例，可以说是前无古人，后无来者的。其实大家可以想一想，像《星球大战》这样的 IP，它也很难写成一部小说，因为它需要花费巨大的篇幅去描写一颗星球长什么样，是圆的、方的还是三角的，一座飞船又长什么样，基本上就变成了一本说明书，很难获得成功。

2. 全球星战迷的圣地

《星球大战》第一部是由二十世纪福克斯负责发行的，连发行商自己都觉得心虚，因为几乎没有一个人看好这部电影。

全美有那么多家电影院，一共只有三十几家影院愿意给《星球大战》排片，这个数字实在是太可怜了，在美国，哪怕是再不起眼的一部电影，至少也能排上二百家影院，而《星球大战》只有三十多家影院，即便是这三十多家影院，也都排得不情不愿。人都是基于自己的经验去欣赏那些走得太超前的东西，所以人们首先就看不懂这部电影，而且这部电影里没有那么多的大明星。最后二十世纪福克斯没办法了，只能使出了下策，跟院线谈条件，说手里还有一部好电影叫《午夜情挑》，是由大影星出演的，里面还有很多桃色的剧情，如果你们想上这部《午夜情挑》，就得先把《星球大战》安排了。这样一来，很多影院就被迫屈服了，为了《午夜情挑》这样有大明星的、香艳的、肯定能卖座的电影，给《星球大战》排了片。

结果这一排片不得了，《星球大战》顿时就像核弹一样，炸开了整个世界，受到了影迷热烈的追捧和赞颂。当年才十五岁的彼得·杰克逊在新西兰看了《星球大战》，看完之后立刻下定决心要当导演，拍出像《星球大战》这样伟大的电影，创造出一部全新世界的电影，于是等彼得·杰克逊长大后，果然就拍出了《指环王》和《霍比特人》等一系列电影。还有一名二十三岁的年轻卡车司机，看《星球大战》的时候激动得不行，直接从椅子上跳起来，冲出影院立刻辞职不当卡车司机，转行去学电影，因为他发现电影才是他的梦想，后来这名卡车司机拍出了《终结者》《泰坦尼克号》和《阿凡达》，这名卡车司机就是好莱坞著名大导演詹姆斯·卡梅隆。

还有好莱坞史诗级大导演史蒂芬·斯皮尔伯格，在乔治·卢卡斯拍《星球大战》的时候，斯皮尔伯格已经有点名气了，而且两个人还是好朋友，同年，斯皮尔伯格拍了《第三类接触》，两位导演还打了一个赌，比一比谁的电影更好。但是两个人下的注很微秒，两个人都押注说对方的电影票房更高。结果，一直到今天，斯皮尔伯格还在参与《星球大战》的分成，因为两个人说好了，赢了的人将参与对方的电影分成，最后是乔治·卢卡斯的《星球大战》赢了，斯皮尔伯格输了，但他只是输了票房，却赢了赌注，成了对冲。

《星球大战》给美国带来的影响，可以说是无处不在，无孔不入的，它是最基本的美国文化标志之一。每年到了新年的时候，在帕萨迪纳举行的玫瑰花车大游行，是美国最盛大的新年大游行，有时候你会看到一整个501军团的大方阵，所有人都穿着暴风兵的衣服。甚至在希拉里·克林顿竞选总统的电视辩论上，她最后也说了一句"May the force be with you"，这句话就是《星球大战》里最重要的招牌口号。

Force 指的就是原力，但是英文里的 force 和 forth（第四）的发音是一样的，所以 5 月 4 日的英文叫"may the forth"。5 月 4 日是中国的青年节，但这是一个纯中国的青年节，因为在 1919 年的 5 月 4 日，一群爱国学生去火烧了赵家楼。而在美国，5 月 4 日就是星战节，其实不光是在美国，这一天也是全世界星战迷的节日，全球的星战迷们都会热烈庆祝自己的节日，橄榄球的比赛也被装点成星战主题，罗马斗兽场也变成星战主题，各种相关的庆祝活动轮番登场，铺天盖地都是星战元素。

连美国的 NASA（美国国家航空航天局）都受到了《星球大战》的影响，因为《星球大战》讲其实就是 NASA 的梦想，也就是有一天人类能够飞出地球，征服其他的星球，最好再也不回地球了。所以每年到了 5 月 4 日，NASA 远在太空站上的宇航员都会跟全球的星战迷一起，普天同庆，庆祝星战节，届时宇航员全都会换上《星球大战》里的服装，合一张影。不光希拉里·克林顿在竞选辩论上说了《星球大战》的标志性台词，奥巴马本人更曾经化妆成《星球大战》里的大猩猩楚巴卡。《原力觉醒》上映的时候，奥巴马刚好在白宫召开记者招待会，他在记者发布会上，突然说，对不起各位，我得走了，我得去看电影了。然后奥巴马就走了，由他的新闻发言人出场代替他继续发言，而且那位新闻发言人旁边还跟着两个暴风兵。奥巴马不是自己去看《星球大战》，而是招待在战争中牺牲的烈士们的遗属和遗孤，陪着大家一起看。

不管在美国，还是在欧洲，哪怕是在中国，《星球大战》的影响都是巨大的，比我年轻一代的中国人，几乎都是从小看着和《星球大战》有关的各种东西长大的，这个东西的存在是铺天盖地的，硬往你脑袋里塞，躲都躲不开，就算你成功地躲开了《星球大战》的电影、电视剧、游戏和周边，但若是你有一天去看一场体育比赛，当客队进场时，现场奏起的音乐就是《星球大战》的主题音乐之一。《星球大战》的作曲是约翰·威廉姆斯，他已经为《星球大战》做了三十几年的曲，得到了好多座格莱美奖，奥斯卡奖也拿了几次，他应该是拿到这两项颁奖奖杯总数最多的作曲家。

约翰·威廉姆斯不光给乔治·卢卡斯的电影作曲，还给其他好莱坞著名大导演的电影作曲，比如斯皮尔伯格的《拯救大兵瑞恩》和《辛德勒名单》，相信很多人都对《辛德勒名单》里伊扎克·帕尔曼的那段小提琴旋律印象深刻，还有《哈利波特》和《超人》等一系列的电影音乐，都出自大师约翰·威廉姆斯之手，这是一位伟大的音乐家。身为一个现代人，如果你完全没有听过《星球大战》里的音乐，我觉得那几乎是不可能的。

美国的白宫曾推出一项亲民政策——如果一件事，能在 30 天内征集超过 25,000 个签名，白宫就必须出面回应此事。对于这项政策，中国的年轻人可能会比较了解，因为每当中国国内发生了一些事件的时候，就会有成千上万的爱国青年跑到白宫的网站去签名上书，对于这件事我其实感觉很奇怪，我理解青年们的爱国情怀，但你是中国人，你没事儿跑到美国的白宫去上什么书？而且不光是和爱国有关的事件，连豆花应该是甜的还是咸的这种无聊的事，都有可爱的中国年轻人跑到白宫去上书，征集签名，希望白宫能对此做出回应，反正 25,000 个签名，对有着 13 亿人口的泱泱大中国来说，就是小菜一碟，别说 30 天了，三个小时就能征集完成。

总之，白宫的这项亲民政策刚一推出来，瞬间就有无数的星战迷积极响应，他们用很快的时间就征集够了 25,000 个签名，要求美国政府建造一颗像月亮那么大的死星，然后按照《星球大战》里的样子，在死星上建造各种各样的机关和武器。白宫也真的出面回应了这件事，白宫表示，要建造这样一颗死星，将耗资 850 千万亿美金，也就是 85 的后面还要带上 17 个 0，这 17 个 0 一出现，美国人民全都晕了，美国人的速算能力本来就不高，数了半天也数不清到底有几个 0，最终这件事只能不了了之。但不管怎么说，这也能从一个侧面反映，《星球大战》对美国社会的影响是无处不在的，而且这种影响已经成为一种宗教式的存在。

跟大家分享了这么多和《星球大战》有关的事，突然想起来我忘了跟大家炫耀一下，我曾到卢卡斯影业里参观过亿万星战迷心目中的圣地——天行者庄园 Skywalker Ranch。其实不光是星战迷们对天行者庄园充满了向往，全球从事电影行业的人也都对这个神秘的地方充满了向往，大家心中都充满了好奇，到底是怎样一个神奇的地方，才能诞生出《星球大战》这样伟大的作品，诞生出这样一种用电影改变了世界、创造出了一个新世界的思想。

有一次，我在跟朋友们开玩笑的时候说，在这个世界，仅仅是用自己的思想就创造出了一个新世界，并让真实的世界也为之发生改变的人，只有两个：第一个是卡尔·马克思，第二个就是乔治·卢卡斯。其实这不仅仅是一个玩笑，搞艺术的人往往都有些迷信，尤其是迷信一些诞生过大师的地方。比如喜欢摇滚乐的人，一定要跑到美国田纳西州的一座叫作孟菲斯的城市，那是一座曾经很繁荣，如今却已衰落的城市，在那座尘土飞扬的空城的一个街角，坐落着一间录音棚——太阳录音室。全世界的摇滚乐迷都梦想着要去太阳录音室里朝圣，而且一定要去那里录一次音，好多在国际上如雷贯耳的摇滚乐队，都专程跑到太阳录音室去录音，因为大家相信那个地方有着神奇的气场，能够孕育出伟大的音乐。一走进太阳录音室，就能看见一个画在地上的大叉，旁边用文字标注着——世界上的第一声摇滚乐就是在这里诞生的。那就是当年猫王唱出第一句摇滚乐的地方，所以很多搞摇滚乐的人也坚持要站在那个大叉上唱歌，因为他们坚信那个位置有着神奇的气场。

其实《星球大战》不是在天行者庄园里诞生的，因为在 1977 年出品第一部《星球大战》的时候，乔治·卢卡斯还没有那么多钱去建造这么大一座庄园，他是先拍出了第一部《星球大战》的电影，然后才有了钱，修建了这座在世界电影界拥有传奇声望的庄园。我怀着膜拜的心情拜访了天行者庄园，陪我一同前往的还有迪士尼中国区的负责人，这位负责人还十分激动地跟我说，他真是沾了我的光，不然他都没有机会进入天行者庄园参观，很多迪士尼的高层都没有机会来这里参观。

在天行者庄园里，确实有着非同一般的气场。进入这里没多久，我就能明确地感受到，乔治·卢卡斯是一个非常偏执的人，是一个特别能坚持自己原则的人，也只有具备这样属性的人，才能做出伟大的电影。天行者庄园的面积有近五千英亩，也就是两万多亩地，是非常巨大的一片土地，然而在这片辽阔的土地的核心、也是最美的地方，却完全没有停车场，我非常纳闷地问工作人员，你们都把车子停在什么地方？对方告诉我，这里有地下停车场。听到这个回答，我感觉更困惑了，天行者庄园位于一片荒郊野岭里，距离旧金山很远，下了飞机还有一个多小时的车程，在这样偏远的地方，又拥有这么辽阔的土地，为什么不在地面上划一块停车场，干吗非要大费周章地把停车场掏在地底下呢？工作人员耐心地给我解释，因为乔治·卢卡斯觉得天行者庄园的核心区域一定要是纯自然的，从高处看过去，一定不能看到任何人类文明的踪迹，即便是建筑和房屋，也都巧妙地隐藏在了一座座的山头后面，以至于你从每一栋建筑里往外看的时候，都绝对看不到任何房屋，也看不到汽车。

　　这就是乔治·卢卡斯偏执的地方，在他的心目中，天行者庄园是《星球大战》的圣地，对《星球大战》的世界观来说，人类的文明是无比久远、无比落后的东西，他不想在这座庄园里看到这些东西。然后就是天行者庄园里的房子，我发现这里的房子全都是用上好的红木打造的。工作人员告诉我，这些红木都是从古桥上拆下来的，因为只有古桥上，才有最好的红木。在美国，最好的红木都是在淘金时代砍伐下来的，被用于修建了古老的建筑和桥梁。旧金山著名的橄榄球队49人队的队名，就来源于1849年的淘金时代，那是多么久远以前的事了，乔治·卢克斯专门不惜重金地搞来了大量那个年代的红木，来修建天行者庄园里的建筑，其偏执和追求完美的个性由此可见一斑。

　　我还受邀去参观了《星球大战》的录音棚，一开始我对这个地方没什么兴趣，因为我本人是音乐人出身，多年来都待在录音棚和混录棚里，每天都在做相关的事，我自认为没有什么技术和相关的东西是我没见过的，但架不住对方的盛情，还是去了。没想到《星球大战》的录音棚给我带来了巨大的震撼，用今天的设备和技术，做出多么奇怪和震撼的声音，我都觉得稀松平常，因为如今我们都看过各种各样的大片，听过各种各样震撼的声音效果。好莱坞也已经走上技术道路至少20年了，不管是声音和特效还是画面的动效，我们都见得太多了。然而当我亲自坐到了《星球大战》的录音棚里，听到了他们制作出来的声音效果，还是觉得非常地厉害，更令我感到惊喜的是，当时我还荣幸地抢先看了一部正在制作中的星战电影的片段，这部电影名叫《侠盗一号》。

《侠盗一号》不是《星球大战》的第八部，甚至也不是《星球大战》的正传。《星球大战》里面的元素太多太多了，人物也太多太多了，光是出现在电影里的人物就不计其数，它相当于构建出了一个完整的神话谱系，像电视剧、游戏和动画等衍生品里的人物和关系就更多了。其实不光是《星球大战》，我们中国的《西游记》也是一样。我们在电影里看《西游记》，人物无外乎就是哪吒和二郎神，但是在电视剧里，白骨精和牛魔王就全都跑出来了，至于小说里，就出现了更多乱七八糟的妖魔鬼怪。《星球大战》的整个人物谱系和星球谱系，以及武器的、装备的和飞船的谱系，已经庞大到无边无际，电影里所能展示的只是其极小的一部分，如果大家看过《星球大战》的其他衍生作品，就会发现更多的人物、武器和飞船。

提到《星球大战》的谱系，我要特意跟各位读者做一点补充说明，《星球大战》这部电影还有一个非常与众不同的特点，那就是它里面的角色，不仅仅局限于人类、机器人和外星人这些活着的角色，甚至连一架飞船都是有性格的。一部成功的、伟大的电影，它的各个方面都值得我们去膜拜，在《星球大战》里，任何一个小小的道具也都是有性格的，这在其他的电影里是很少看到的，《星球大战》里的飞船也形成了一个庞大的体系，什么样的飞船是好人的，什么样的飞船是坏人的，每一艘飞船都具有什么样的属性和个性，而且这种属性和个性非常复杂，不像美国的西部片那么简单，戴白帽子的就是好牛仔，戴黑帽子的就是坏牛仔，它是一个完整的、有着多种层次的、复杂的体系。

3. 令人震撼的混音技术

除了飞船谱系之外，《星球大战》里还有更多复杂的谱系。到了游戏里，谱系就更多了。因为游戏需要更多的可能性，也需要更多的人物，更多的道具。在中国，我们只能做到从上向下授权，一步一步授权到底，就结束了。然而乔治·卢卡斯把《星球大战》的所有衍生产品都玩儿得非常漂亮，以至于形成了一个可持续循环的闭环，从电影开始一路授权，最后授权到游戏，在游戏中产生的各种新的人物、武器和飞船，最后又返回来，反哺了电影，还生出了一个新的电影分支。

《侠盗一号》就是《星球大战》的一部分支电影，讲述的是《星球大战》里面原本不重要的配角人物的故事和前史。电影里还出现了很多新人物，其中有两个是中国人，两个中国人中的一个，就是由我们的著名大导演姜文出演的，老姜在《侠盗一号》里出演了一个史无前例的角色，这个角色采用的不是老姜天天琢磨的那种影帝式的表演，在这部电影里出现的，不是《鬼子来了》《芙蓉镇》《一步之遥》和《让子弹飞》里的老姜，而是一个我们从来都没见过的老姜，这个老姜满脸都是泥，个性、举止和言谈全都无比凶悍。

没想到老姜有一天也会出演好莱坞的大商业片，以老姜的知名度，就算是不认识他的人，应该也对他的个性有所了解，他是一个在戛纳得过大奖的、专门走艺术片路线的人，早在1987年，演《红高粱》的时候，他就去了柏林，后来转型为导演之后，他也依然走的是高大上的艺术片路线，像他这种类型的导演和演员，通常是不喜欢好莱坞的，更不喜欢好莱坞的商业片，他们通常都把好莱坞的商业片称为"Kiss movie"，也就是 keep it simple and stupid（保持简单和愚蠢）。结果现在老姜来身体力行地出演了好莱坞的商业大片，而且演得无比卖力。我不知道他做出这个决定，是不是受了小李子的影响，自从小李子出演了《荒野猎人》之后，很多演员大受启发，都有种恍然大悟的感觉，原来光靠卖力气也可以当奥斯卡影帝，那我们也都来卖卖力气吧！总之，在《侠盗一号》的片段里，我看到了一个卖命去表演的老姜，他在电影里又喊又叫又跑，拿着一杆大机枪，声嘶力竭地跟人厮杀，我从来没有见过这样的老姜。

除了老姜之外，《侠盗一号》里还有另一位中国男演员，我们著名的动作大明星——甄子丹。甄子丹在剧中也演了一个非常有意思的角色，关于电影的内容，我就不多说了，总之在《星球大战》这一系列电影里，每一个人物都使用了各种各样稀奇的武器，唯有甄子丹的武器很原始，也很简单，他就拿了一根小棍子在里面比画了两下，但我觉得也很有意思。《侠盗一号》属于《星球大战》的外传，是由主系列中的次要人物担当主角的独立故事。

其实《侠盗一号》跟《绝命毒师》的分支系列《风骚律师》有点像。《绝命毒师》里面塑造出了很多成功的人物形象，除了主角老白之外，还有一个名叫索尔的律师，这个人物也很有意思，以至于《绝命毒师》的五季播出完毕之后，又衍生出了一个新的电视剧，叫作《风骚律师》，在这部新剧里，索尔摇身一变成了主角，这部剧讲的就是索尔在遇到老白之前，是如何从一个有为青年，变成了一个老流氓律师的，就算是没看过《绝命毒师》

的人，也能非常顺畅地看《风骚律师》，因为它是一部完全独立的剧。《侠盗一号》也是一个完全独立于主系列的分支故事，就算是没看过《星球大战》的人，也可以看。

《侠盗一号》这部电影，有兴趣的读者可以看看。在《星球大战》这个大家族里，所有的一切都是与时俱进的，一开始的人物是以白人为主的，后来陆续有了有色人种的加入，女性的比重也逐渐变大，虽然早在《星球大战》的第一部里，女性的角色就已经很有力量了，而且现在也有了中国面孔的加入。

看完了《侠盗一号》的片段之后，我又看了一部更震撼的片子，那就是经过修补的《星球大战》第一部。工作人员还给我们展示了《星球大战》第一部的原始录音带，令我非常怀念，因为我年轻的时候在录音棚里使用的就是这种老式的录音带，现在他们将原始的声音进行了数字化处理，全部重新修补了一遍。随后工作人员给我播放了以前和现代的影片对比，我立即就听出，1977年的电影声音真是太薄了，连低频都没有，紧接着我看到了经过修补的电影，不仅声音变得震撼无比，连画面也经过了细致的修补，增加了色彩和层次，效果非常震撼，以至于我突然很想抽时间把《星球大战》的第一部重新看一遍。

将老电影的画面进行修补，这个我是很熟悉的，比如这几年出现的很多假的3D电影，就是将过去老的2D电影简单修补一下，还有将黑白电影补成彩色的，以至于电影里面的人物都出现了两个红脸蛋，其实效果并不是很好。但天行者庄园里修补的《星球大战》第一部，修补得非常漂亮，简直跟今天的好莱坞大片一模一样。除了天行者庄园里确实有着更高超的技术这个原因外，更重要的是，乔治·卢卡斯导演在1977年推出来的电影，除了呈现技术，电影本身的规模、剪辑和拍摄水平丝毫不逊色于今天，以至于经过技术的修补之后，这部电影在今天看来依然很出色。

参观完了录音棚，工作人员又兴致勃勃地带着我往后面走，于是我心中不禁充满了好奇，很想知道他们又要给我展示什么先进的设备和技术。接下来我们到了混录棚，之前我原本期待着，能看到一些在中国没有的设备和技术，但到了现场一看，不禁有点失望，因为棚里的东西，我们中国都有，而且我们早就有了。工作人员如数家珍地给我介绍每一样东西的名字和作用，我急忙制止对方，让对方不用这么细致地给我做介绍，因为这些东西我都非常熟悉，实际上我已经说得很客气了，我们中国混录棚里的设备其实要比他们先进得多。不管是多么新的技术和设备，只要一经问世，中国人立刻会第一时间买进来，买来之后就堆在那里，能不能用得上就没人管了，能用来做什么也没人去仔细研究。

陈凯歌大导演在拍摄电影《无极》的时候，邀请了一位好莱坞的作曲家，这位作曲家虽然没有约翰·威廉姆斯有名，但也属于好莱坞一线级别的作曲家，曾经给《角斗士》等电影做过配乐。这位作曲家到了中国之后，想找一间录音棚进行录音，陈红就来找到我，她说音乐上的事情他们都不懂，希望让我来陪同从好莱坞来的作曲家参观一下我们在北京的录音棚。于是我就带着好莱坞的作曲家参观了录音棚，进了录音棚之后，对方围着我们的设备看了半天，困惑地对我说，他们做人声音用的是480的设备，我们这里怎么没有480的设备呢？关于录音设备的型号，我就不细做解释了，总之480就是一种常用的录音设备型号。

听到对方点名要480，我赶紧指着我们设备中间的标签说，您看一下，我们这设备是960的。就算大家不明白录音常识，光听名字也能听出来，960肯定要比480更为先进和高端，好莱坞的作曲家还在用480呢，我们中国的音乐人都已经使用960了。对方对此特别惊讶，但他还是表示，他只会用480，希望我们能提供480型号的设备。我也只好直言不讳地告诉对方，如果你要用480的设备，那我只能去找一把铲子了。为什么我需要一把铲子呢？因为我要到地底下去刨，我们中国的设备更新换代是极快的，480对我们来说，是淘汰已久的东西，属于出土文物级别，如果我去广电总局附近的地上刨一刨，说不定能刨出一台480。由此可以看出，我们中国在设备上是遥遥领先于世界的。

紧接着我们又去了动效棚，所谓的动效，就是利用工具，模拟出各种各样的声音，比如电影里盔甲摩擦的声音和人走路的声音等。我以为天行者庄园肯定有很多我所不知道的机密，去的路上我还跟工作人员开玩笑说，你们可别小气啊，有什么机密都给我看看。工作人员笑呵呵地跟我说，好的，我这就给你展示我们的机密。进了动效棚，我大吃一惊，顿时感觉自己进入了一座堆满垃圾的破车库，里面到处都是各种乱七八糟的东西，比如自行车链条、手电筒、一堆破铁板、一堆破木头板，甚至我还看到了一个二十年前的苹果电脑大机箱。今天的年轻人可能都没见过这种笨重的苹果大机箱，今天的苹果电脑基本都是一体机了。我问工作人员，你们留着一个早已淘汰的苹果机箱干什么啊？对方告诉我，他们就是用这个机箱来模拟暴风兵走路时的脚步声的，说完，他现场给我做了演示，用一双破极了的旧冰鞋，在机箱上敲了两下，我一听，还真是暴风兵走路的声音。

这真是太令人惊讶了，这种级别的电影，居然不使用什么先进的科技和设备去做声音，而是用这么原始的东西直接进行模拟。我问工作人员，你们为什么不用AI技术去做声音呢？那多准确啊，对方告诉我，用这些原始的东西模拟声音，才是艺术创作啊。在《星球大战》系列电影的制作环节里，所有的技术都使用在后半段，而在前期的一切加工，都是用最原始的方式进行创作。不管拥有多么先进的科技和设备，都无法代替摄影师的眼睛，人力所能感受到的东西，是电脑无法替代的，创作的前端一定要由人来完成。

我又问工作人员，那一堆自行车链条是用来做什么的呀？对方给我解释，电影里那些穿着一身盔甲的暴风兵，走路的时候盔甲上的金属会发出摩擦的声音，这种摩擦声就是用自行车链条模拟出来的。说完，工作人员又给我进行了现场演示，我一听，果然也就是电影里那种声音。我充满好奇地问对方，你们是从哪里搞来的这些原始的东西的？他们告诉我，是从各种垃圾站、废物回收站，以及车库处理废弃物品的地方淘来的。

这次的录音棚参观之旅，真是让我感觉太震撼了。最重要的不是这里有多么先进的设备，也不是有多少廉价的废铜烂铁，而是《星球大战》的这些电影创作者，他们的脑子里是真的有谱的。一个脑子里有谱的创作者，就算你给他一堆废铜烂铁，他也能做出无比美好、栩栩如生的声音。如果你的脑子里没有谱，就算给你最先进的960，你也弄不出像样的作品。

我经常听到有人抱怨说，为什么中国电影的颜色总是没有好莱坞电影饱和呢？人家好莱坞的电影的颜色，怎么看起来那么漂亮呢？咱们怎么拍出来的颜色就都那么怯呢？是不是因为咱们的设备不够好呢？我可以负责任地跟大家说，我们的设备和好莱坞的设备一模一样，甚至比好莱坞的设备还要先进。问题关键不是设备，更不是技术，而在于操作设备和技术的人。每一个设备软件里都有无数种颜色，仅仅是红色就有无数种，如果操作软件的人从小受过良好的美术训练，看过无数的油画，他一下子就能知道这个画面需要搭配的是哪种红色，但如果没有受过这种训练，只是由一个电脑操作员来使用这些软件，他几乎就看不出这些红色的区别，在他们眼里，可能红色就只有三种，随便三选一就可以了，每一个类似的小细节上都打一点折扣，最终电影的颜色和效果就大打折扣了，失之毫厘，谬以千里。

2012年，乔治·卢卡斯将公司以40.5亿美金的价格卖给了迪士尼，现在卢卡斯影业有了迪士尼的保驾护航，《星球大战》这一系列电影更加所向披靡。2016年年底上映的第一部独立的衍生剧《侠盗一号》，这部衍生剧在未来也极有可能形成系列电影。其实这部衍生剧的起源，就是从《星球大战》第一部的片头字幕里孕育出来的。《星球大战》原本是一个有着大主线的系列，现在在大主线之外，又生出了细小而独立的分支，在未来，这个大品牌还会有更多的可能性。在《侠盗一号》里，姜文饰演的角色是一名武器专家，也是一个完全不相信原力，只相信子弹的人。在一次采访中，姜文幽默地形容自己饰演的角色，是一个有一把大枪的人。

卢卡斯影业是有史以来最赚钱的电影公司之一，它基本上没拍过赔钱的电影，这在全世界的电影公司里都是极其少见的。卢卡斯影业旗下不光只有《星球大战》这一系列电影，还有印第安纳·琼斯这种大系列电影。

乔治·卢卡斯本人更是美国家喻户晓的传奇大人物，拥有五十多亿美金的个人财富，比美国现任总统川普还有钱。其实川普在美国并不算特别有钱的人，他的个人财富只有四十多亿美金，在美国富豪排行榜上排到根本找不到的位置，卢卡斯身为一个导演，都比川普有钱。卢卡斯不光是好莱坞最有钱的导演，也是最有个性的导演。大家都知道，美国的工会是非常强大的，好莱坞的几大工会更是无比强势，比如 SAG Awards 演员工会，WGA 编剧工会，还有 DGA 导演工会。导演工会规定了电影必须在片头打出工作人员的名单，因为这样才能体现出电影工作人员的荣誉。

但乔治·卢卡斯就是不肯遵守导演工会的规定，每一部《星球大战》电影的片头全都是长长的讲述故事背景的字母，还配合大量的科幻效果，工作人员的名单则被乔治·卢卡斯放在了片尾。因为违反了导演工会的规定，乔治·卢卡斯就受到了工会的罚款，他如数缴纳罚金，之后居然退出了导演工会。自从退出了导演工会之后，乔治·卢卡斯在之后二十年内都没有再当导演，而是专心当监制，以及电影公司的老板，体现出了极强的个性。

乔治·卢卡斯这个人也没有什么花边新闻，不像大家想象中的那种导演，整日绯闻不断，他一点儿都不花心，更不喜欢花瓶式的女人。乔治·卢卡斯的第一任太太是获得过奥斯卡最佳剪辑奖的一位女剪辑师，让她拿下奥斯卡剪辑奖的电影就是《星球大战》第一部，也就是说，导演和剪辑师相爱了，这是非常少见的。和女剪辑师结婚后，乔治·卢卡斯创立了伟大的动画片厂牌——皮克斯。后来卢卡斯和第一任太太离婚的时候，为了凑齐足够的现金给太太，不得不把皮克斯卖给了史蒂芬·乔布斯。当时正是乔布斯从苹果离开、最为倒霉的时候。这些伟大的人之间总是会有非常错综复杂的关系，卢卡斯和乔布斯当时都在北加州的硅谷，于是卢卡斯就把皮克斯卖给了乔布斯。

自从离婚后，一直到2013年，卢卡斯才再婚，中间间隔了三十年。卢卡斯再婚是轰动美国的大新闻，因为他娶了一位黑人太太，而且这位太太是美国最有权势的黑人之一，叫作麦勒迪·霍布森，著名的投资界大腕儿。麦勒迪·霍布森虽然没有米歇尔·奥巴马有权势，但绝对是美国代表性的黑人精英，而且她跟巴菲特、卡森伯格以及奥普拉等名流，都是好朋友。

在乔治·卢卡斯和麦勒迪·霍布森的婚礼上，简直是名流云集，各路媒体争相报道。凡是有机会出席这场婚礼的人，回来之后都能吹嘘个不止一两年。我有一位朋友，是位华人，有幸去出席了两人的婚礼，之后每次见到别人的时候就充满自豪地说，他在那场婚礼上见识到了什么，喝了多少酒，看见了多少的美女等。斯皮尔伯格和塞缪尔·杰克逊都出席了卢卡斯的婚礼，普林斯还在婚礼上倾情献唱。

卢卡斯是一个非常有爱心的人，身体力行地参与了大量的慈善事业，当然这样的有钱人在美国有很多，他还收养了三个孩子，而且这些孩子都曾经在《星球大战》系列电影中露脸，现在应该也都成年了。

一直到了七十岁的时候，卢卡斯才跟他的黑人太太有了第一个有血缘关系的孩子。

4. 不可思议的档案馆

参观完了录音棚，我又参观了星战迷们最大的圣地——《星球大战》的档案馆，同时也是《星球大战》的道具库，在这里，我又一次感受到了巨大的震撼。

大家可以回想一下，在二十世纪七八十年代初的时候，世界上还没有CG技术，没有动作捕捉技术，更没有今天的这一切高科技技术。电影技术是在最近的三十年内才有了突然间的极大飞跃的，在如今的很多电影里，大部分东西都是由电脑特技创造出来的。

而在1977年，乔治·卢卡斯拍摄第一部《星球大战》的时候，好莱坞的电影技术和一百年前的1897年是一样的，只有镜头和胶片，还有人物和人物身上的衣服、手里的道具，除此之外，什么都没有。乔治·卢卡斯拍第一部《星球大战》的时候完全是赤手空拳上阵，他拥有的东西和拍摄《飘》《水浇园丁》和《定军山》的年代是一模一样的，唯一的区别就是胶片的感光度更丰富了一些，另外摄影机从手摇式变成了靠马达运转。也就是说，乔治·卢卡斯要想创造出一个全新的世界，只能采用手中现有的真实的东西，然后用镜头和胶片的方式记录下来，最后再进行剪辑，然而他就是用这样最原始、最古老的方式，创造出了整个星球大战的世界。

为了拍摄《星球大战》，卢卡斯和他手下的工作人员制作了大量栩栩如生、千奇百怪的模型，这些模型如今都收录在档案馆里，光是看这些模型，就已经令我啧啧称奇了。

首先要跟大家强调一点，这些模型要远比我们想象中小得多，根据电影中呈现出来的效果，我们会这样猜测——这些模型肯定是非常巨大的东西，在拍摄电影的时候，这些巨大的模型就用细细的威亚线吊在摄影棚里，然后演员在模型下走来走去，摄影机在一旁进行拍摄。然而这些都只不过是我们单纯的想象，我在模型馆里看到的模型，全都非常的小，电影里庞大的飞船，模型的实际高度还不到一米。那个年代还没有 3D 打印机，模型基本上完全是靠手工打造，但依然做得非常非常地精细，很多模型和道具需要用微距镜头去拍摄，才能拍出最佳的效果。

但这些模型和道具还不是最令我感到震撼的，最震撼的是工作人员打开几个柜子，从里面拉出的一些一人多高的玻璃片，这些玻璃片上画的都是《星球大战》里出现的一颗颗星球，用肉眼看上去，这些星球都非常模糊，感觉很不真实，一开始我完全猜不出这些画在玻璃片上的星球是做什么用的。工作人员在一旁神秘兮兮地告诉我，接下来他要给我变一个魔术，他让我拿出自己的手机，对着玻璃片进行拍摄。透过手机的镜头，我看到了不可思议的画面——这些用肉眼看上去模糊不清的星球，在手机镜头里居然呈现出了 3D 的立体效果，而且配有非常漂亮的光线。我目瞪口呆，问他们这是什么原理？他们告诉我，这就是画家和电影人长时间在一起工作之后，总结出来的经验，这个经验就是，人眼相当于是一部过于锐利的镜头，如果在人眼中看起来是非常清晰的图画，那么在镜头前就会显得很假了，也就是说，只有在人眼中看起来模糊不清的图案，用摄影机拍摄下来并投影到大银幕上，才会产生真正的立体效果。

这让我叹为观止，我本人也曾经专门学过电影，也身体力行地在电影行业里耕耘了多年，居然还是第一次听到这么精细的理论，我只知道人眼的识别能力相当于 50 多毫米焦距的镜头，而且不能广角，不能长焦，但《星球大战》的创作者们居然还在分辨率上进行了如此深入的探讨和考虑。那些看起来寻常无奇的玻璃片，在手机镜头里呈现出了特别美丽的画面，简直就是一颗颗星球的模型浮现在眼前，在现场身临其境地感受到这种变化，我心里充满了感动。因为这些玻璃片上的星球，都是由画家一笔一笔亲手绘制出来的，而且在当年，《星球大战》里的每一帧镜头，也都是摄影师们一格一格拍摄出来的，这真的是凝聚了无数心血和智慧的艺术。

工作人员还告诉我，即便到了今天，CG技术已经发展得炉火纯青，很多导演依然选择手绘的方式，因为他们觉得CG做出来的东西太准确了，不符合他们的要求，工作人员想了半天，最后用了"准确"这个词。我一下子就听懂了对方想要表达的意思，于是我对他说，我告诉你一个词，其实这些导演是觉得，CG做出来的东西没有呼吸感。工作人员听了我的补充，表现得非常高兴，他说自己每次在接待访客的时候，都觉得找不到合适的词来表达CG和手绘的区别，原来这个词就是"呼吸"。

人手绘制出来的东西是有呼吸的，这就像用电脑做出来的音乐一样，准确度肯定是百分之百的，绝对不会有任何瑕疵，每一个拍子都精准无误，但不知道为什么，我们在听用电脑做出来的配乐时，总觉得没有人弹奏出来的好听。包括我们在听摇滚乐现场的时候，如果我们仔细听，就会发现歌手唱出来的很多拍子都是不准的，但即便不准，我们也觉得特别好听，那是因为歌手唱出来的声音是有呼吸的，乐手亲手弹奏出来的曲子也是有呼吸的。

很多摄影师也是如此，他们在现场拍摄的时候，宁愿用自己的手拖着镜头，也不肯用架子固定镜头，因为他们觉得用自己的手拿着镜头，拍出来的画面会更有呼吸感，即便只是一点点的呼吸，对艺术创作者来说，都是极为重要的。我不敢肯定电脑永远都无法代替人手，因为人工智能技术在未来，也有可能具有呼吸和思考的功能，但至少在今天，人工智能还是无法代替人手的。

1977年，《星球大战》的创作者们，用一百年前的技术，拍摄出了一部在今天看起来都十分伟大的电影。到了今天，电影技术已经突飞猛进，电影人的想象力反而还没有当年丰富了。这种创造力匮乏的现象，不仅在中国有，好莱坞也有，在如今的好莱坞电影中，我们能明显感受到它们越来越依靠特效和音效，而体现创造力的、人的呼吸感的东西却减弱了。

今天，当我们看完一部电影，刚刚走出电影院，就几乎快要把电影的剧情忘光了。为什么会这样？就是因为电影里缺少了呼吸，没有呼吸它就无法和你的心跳律动产生共鸣，没有这些东西，它就无法感动到你，所以你对它就没有记忆度。眼睛和耳朵能记住的东西都是很短暂的，只有真正触动到了大脑和心灵的东西，才会让人记忆深刻。

在《星球大战》的档案馆里，我看到了很多模型和道具，也看到了无数拍摄电影时使用的服装。距离第一部《星球大战》电影推出，已经过去四十年了，但当年那些衣服和道具都还保存着。工作人员介绍说，乔治·卢卡斯就是这样一个人，他希望能把和《星球大战》有关的一切东西都保留着。我去参观的那天，很多工作人员正在将一些服装和道具进行装箱，我问他们为什么要装箱，他们告诉我，最近他们正在搞《星球大战》系列的道具和服装巡展。我不禁暗暗咋舌，一个品牌的营销已经做到如此深入的程度，连它的服装和道具都能做展览了。通常情况下，说到展览，我们第一时间想到的就是绘画和雕塑等艺术品的展览，没想到一部电影里的衣服和道具也能办展览，而且还能在全世界进行巡展，更重要的是还有大量的人愿意掏钱买票进去看。

不光卢卡斯影业自己经常做官方的巡展，民间也有很多星战迷自己开设的星战博物馆，美国就有一个星战迷，一个人收藏了十几万件和《星球大战》有关的物品,我估计这个人一辈子都没干过别的事儿,就是专门搜集和星战有关的周边物品。

在档案馆里,我还看到了《星球大战》当年的分镜头稿,这个东西实在是太珍贵了,以至于我在看的时候,起了一身的鸡皮疙瘩。在翻看这些分镜头稿的时候,我感觉肃然起敬,就像突然有一天看到了莫扎特的手稿,或是舒伯特写在一张菜单后面的《摇篮曲》——这张菜单至今仍被完好无损地保存着,因为那间饭馆的老板特别有心,后来这张菜单还被拿出来拍卖。每次看到这些珍贵的第一手手稿,我都会觉得内心颤动,因为这些伟大的作品就是这样诞生的。今天的电影创作者,已经很少再去绘制这样细致的分镜头稿了,我认真地看了半天这些珍贵的分镜头稿,内心充满了感动。作为一名电影从业人员,能够到天行者庄园来参观,真是一生中极好极好的礼物。

中国电影中也有很多道具,比如百拍不厌的《西游记》里的金箍棒。不过,仅仅是一根金箍棒还没什么意思,《星球大战》里的剑还能发光。1977年,电影创作者是如何制造光剑的效果的呢?工作人员特意给我拿出了当年拍电影用的光剑,我接过来一看,只是一把灰突突的普通铁剑而已,用北京话来说,称为火筷子都不为过,这样一根铁棍子,为什么就能在电影里呈现出光剑的效果呢?工作人员在一旁提醒我,让我掏出手机,打开闪光灯对着这把剑,我如法炮制,结果在闪光灯的照射下,这把灰突突的铁棍子,居然真的变成了一把闪闪发亮的光剑!和我一起来的人都疯狂了,大家纷纷举起闪光灯,体验这神奇的光剑效果。实际上这根本不是什么不得了的高科技,就是利用金属的反光特性而已,原理极其简单。

就在我们激动地称赞光剑的时候,工作人员却在一旁告诉我们,乔治·卢卡斯最后并没有在《星球大战》里采用这个技术呈现光剑。我们顿时目瞪口呆，这么简单又容易的呈现效果，为什么不用啊？工作人员回答，因为卢卡斯觉得这个技术还不够好，拍出来的效果也不够精彩。我们沉默了，看来，要拍出一部伟大的、史诗级的电影，一定要有强大的、超越常人的坚持和偏执，任何一个细节都要做到完美和极致。当然了，要做到每一个细节都完美，前提是你的脑袋里要真的有整部电影的蓝图，这个蓝图包括了电影的每一个微小的细节。也有很多导演，他的脑袋里并没有这么完善的蓝图，但他们也染上了偏执的毛病，吹毛求疵地追求完美，这样的坚持就变成了瞎坚持。

而像乔治·卢卡斯和史蒂芬·斯皮尔伯格这种级别的大导演，他们在正式拍摄一部电影之前，完全剪辑好的整部电影已经存在于他们的大脑中了，在开始拍摄的第一天，他们就可以跟所有的创作者详细地讲解，他脑中勾勒出的那个电影世界是什么样子的，而在这个讲解的过程中，所有的创作者跟导演之间就进行了一场脑力碰撞和脑力风暴，各种各样的灵感和创意层出不穷，将导演脑中的世界进一步完美化。在《星球大战》这一系列电影里，要创造的是一个全新的世界，里面的场景和画面全都是地球上没有的，比如一颗星球的土地风貌、气候环境，这一切都需要靠着创作者强大的想象力，而这所有的一切，在拍摄电影之前，其实早就存在于乔治·卢卡斯的大脑中了，他只需要栩栩如生地把自己脑中的图景描述出来，让创作人员照着他的描述去做出来，就可以了。

在《星球大战》这一系列电影中，乔治·卢卡斯的存在就像是上帝，他说要有光，这个世界就有了光，他说要有水，这个世界就有了水，所有人都在他清晰而明确的指导下，有条不紊地将电影的每一个细节制造出来。所以在卢卡斯影业里，每一个人都对卢卡斯具有极高的忠诚度。我在参观天行者庄园的过程中，遇到的每一名工作人员，都对卢卡斯无比忠诚，这种忠诚不是简单的员工对老板的忠诚，不是因为卢卡斯发钱给他们，他们就听命于卢卡斯，而是一种信徒膜拜上帝般的、宗教式的忠诚。

有关光剑效果，我们当年就是用光学车间来画光的，那时候这还不叫特技，就是一种叠画技术。比如说，摄像机就冲着画有星球的玻璃片拍摄，然后在前面放一个运动中的模型，最初的科幻电影特效就是这么制作出来的或者是将两层镜头分开拍，先拍静态的星球，再拍动态的模型，最后将两层画面叠起来。我年轻的时候学电影，然后进入片场实践，采用的都是这种原始的方法，每一个镜头都要花费很多天的时间，要分别拿着两个镜头到光学车间去下单子，这个单子就是将两个镜头上的画面叠在一起，而且还要详细地计算出每一个镜头占百分之多少，这种比例划分完全要靠经验，因为在成品出来以前，谁也不知道效果如何。总之，最后光学车间将两个镜头拍摄的画面冲印成一条胶片，叠画的效果就最终形成了。

在天行者庄园，我还看到了老式的剪辑台，我特意将其指给跟我随行的剧组，告诉他们，我们当年拍电影的时候，胶片就是在这样的台上进行剪接的，不是剪辑，是剪接，所谓的"接"，就是拿一块儿透明胶把两截胶片粘在一块儿，真的是极其落后的方式，但也真的是充满了呼吸和生命力的创作过程。

在卢卡斯影业里，有无数专业的创作者，每天一丝不苟地制作卢卡斯要求的效果，但卢卡斯的标准非常高，不管大家怎么努力，都很难让他满意，因为在他的脑子里有非常清晰的蓝图，只要和那个蓝图中的效果有一点点的差距，他都不满意。于是，所有人都拼了命地去想，拼了命地去做，拼到最后，居然诞生出了好莱坞以及世界电影工业的另外一家伟大的公司——工业光魔。

5. 传奇的工业光魔

工业光魔这家公司简直是太有名，也太传奇了。

在公司刚刚建立的时候，招聘进来的第一批员工，都是些 20 岁出头的年轻人，而且大量都是电影行业之外的人，比如画家、工程师和技工等，这些人在进入工业光魔之前，从来都没有接触过电影，是一群没有任何电影从业经验的小伙子。

进入工业光魔之后，这些小伙子就挤在一座位于机场后面的小仓库里，那座小仓库十分简陋，完全没有任何装修，夏天又特别热，面积一共才一百二十平方米，这就是创业之初的工业光魔公司，一群吃苦耐劳的年轻人，就在这样的环境下，创造出了宏大而神奇的星际世界。

当然了，这些年轻人之所以能创造出这么庞大而神奇的星际世界，最主要的原因就是由于乔治·卢卡斯的拼命逼迫，卢卡斯几乎每天都对这些小伙子下达各种各样的苛刻要求，他一会儿要这个，一会儿又要那个，让这些小伙子用现有的技术去完成他的要求，如果今天的技术不能完成他的要求，那这些小伙子就要去发明新的技术，寻找新的方法，总之，不论如何都要达到卢卡斯想要的效果。

最后，在卢卡斯的逼迫下，这些年轻人不仅将当时的所有的技术和可能性都用上了，还积极发明和开拓出各种新的技术和发明，其中最有名的一项发明就是 photoshop。

为了完成卢卡斯想要的效果，这些小伙子每天都需要做大量的图片，从一开始的全手工绘制，到后来的在电脑上制图，如何才能提高电脑制图的效率，如何才能将一张图片修得更漂亮？最终，这些年轻人其中的一个和自己的兄弟联手，开发出了一款无比强大的修图软件——photoshop。各位读者一定要记住，photoshop 这个软件不是由硅谷的软件公司发明出来的，而是由电影公司发明出来的，孕育它的摇篮就是卢卡斯影业下面的工业光魔，导致它诞生的原因之一，就是卢卡斯导演的各种天马行空的想法，以及每天要修复的大量的图片。

在我参观天行者庄园的时候，还有幸和开发 photoshop 的老兄聊了半天，他说他后来把 photoshop 卖给了 adobe 公司，自己则继续在卢卡斯影业下面的工业光魔工作，一干就是十几年。除了最有名的 photoshop 之外，工业光魔里还发明了其他大量的新技术，现在大量的电影使用的技术都是工业光魔发明的。

之前我去梦工厂参观，见识到了他们的动作捕捉技术，当时我觉得那已经非常先进了。所谓的动作捕捉技术，就是在演员身上粘上大量的灵敏元件，当演员的身体移动的时候，这些元件就将动作捕捉下来。如果是制作梦工厂的动画片，这个技术是十分先进的，只要把动作捕捉下来，然后用动画形象进行替代就可以了，精准而真实。但是在制作真人电影的时候，这个技术操作起来就比较困难了，因为真人电影中，镜头里往往还有一个真人站在对面配戏，真人和即将要被特技替代的动作演员要在不同镜的情况下进行配合，是比较麻烦的。李安之前在拍摄《绿巨人》的时候，是自己戴着一身的灵敏元件亲自上阵的。

针对真人电影，工业光魔发明了将真人和动作捕捉演员同镜拍摄的技术，在拍摄现场，由动作捕捉演员和真人演员直接对戏。现在全身贴满灵敏元件的动作捕捉演员也能获奖了，因为有一些动作演员确实能表演得非常棒。当时我去棚里实地参观的时候，一个真人演员正在和一个两米多高的巨人对戏，为了能让真人演员想象出对方的高度，表演得更为贴切，他们在动作捕捉演员的头上又顶了一个头，以示意那就是巨人真正的脑袋的位置。拍摄完成后，特效人员再将镜头进行后期修补，将动作捕捉演员替换成巨人特效，这样的技术比分镜头拍摄好多了，不然演员太痛苦了，真人演员要对着空气演，动作捕捉的演员也要对着空气演，两个镜头要完美地契合在一起非常不容易。

有关技术的事情我就不多分享了，总之工业光魔这家公司里发明了太多的电影技术，除了乔治·卢卡斯的电影之外，他们还做了其他两三百部电影，在它公司的展示长廊里，挂满了他们制作出来的著名电影的海报。我逐一地浏览了这些海报，惊讶地意识到，他们所制作出的一部部电影特效，其实就是一整个好莱坞电影技术的进步史。其中最为著名的特效场景有《阿甘正传》里，阿甘和中国运动员打乒乓球的桥段，当时拍摄的时候，阿甘是拿着球拍空打的，乒乓球是后期制作上去的，还有《变脸》和《荒野猎人》，这些电影里的很多特效场景，都出自工业光魔之手。

甚至他们制作出的一些电影特效，我们听起来会觉得不可思议，我在走廊里居然看到了《走出非洲》的海报，我问他们，这部电影你们也做了特效？可这部电影里好像没有什么特效场面啊。工作人员给我解释，其实《走出非洲》里那些壮丽的画面，并非都是真实拍摄出来的，虽然《走出非洲》剧组去了非洲进行取景，但要完整地将所有非洲的画面都在一次行程中录取下来，只要是有一点摄影经验的人，都知道这是绝对不可能的。电影中的很多壮丽恢宏的场景，都是工业光魔后期制作出来的。

工业光魔打造出的电影特技，有一些很明显就是特效，而有一些你根本想象不到那是后期制作上的，因为实在是太逼真了。《辛德勒名单》里所展示出的那个时代的德国，难道是按照真实场景搭建出来的吗？一个剧组绝对没有本事搭建出一座城市来，那些场景大部分都出自工业光魔之手。

对于制作电影特效，工业光魔有非常严谨的工作态度，如果是真实历史，他们就会做得非常真实，达到观众根本看不出那是特效的效果。看过《辛德勒名单》的观众一定不会想到，电影中那些真实而逼真的背景，其实在拍摄的时候就是一块纯色的幕布。

工作人员自豪地告诉我们，他们的服务面向所有的电影，一开始是乔治·卢卡斯导演来挑战他们，后来是史蒂芬·斯皮尔伯格来挑战他们，再后来是卡车司机出身的詹姆斯·卡梅隆来挑战他们。一个永远在面对挑战的公司，也就永远都具有不竭的生命力和创造力，能不断开拓出新的技术，越做越强，成为行业的翘楚。每一个导演都会丢给工业光魔无数的新任务，为了完美地完成这些任务，他们永远要去触碰最前沿的科学和技术，还要有创造性地使用这些科学和技术，因为工业光魔里的人绝不是一群工程师，他们最大的不可替代性是他们对艺术的了解，他们打造出来的模型、技术和创意，都是行业顶尖的，他们的团队也是当今世界电影工业里的顶尖团队，跟这些人相处的时候，我能感受到他们昭然的自信，那种由内而外散发出的"世界电影的特技舍我其谁"的气场。

我充满好奇地问工业光魔的人，你们这么厉害，什么样的电影才能请得起你们呢？他们的声音总监告诉我，他们不仅仅是为了酬劳而工作，他们也为一些独立电影服务，因为乔治·卢卡斯很愿意帮助那些有才华的年轻人。听到这个回答我十分高兴，于是还问了他们，在未来，是不是可以送更多有创意、有才华的中国年轻导演来工业光魔，跟他们一起工作，一起学习。创意这种东西也许是有文化性和民族性的，不同的国籍可能会有不同的创意，无法完全照搬照抄，但特技是能够学习的，而且是能够迅速学习和领会的。卢卡斯影业经过多年的努力，传承下来的这些手艺，在未来的电影中依然有着不可估量的作用。

我身为一名电影从业人员，在天行者庄园参观的这两天，每一天都处于极度的震撼中，在这里，我没有看到什么超越中国的高科技和设备，但他们制作出来的声音和画面，充满了灵感，充满了艺术，充满了呼吸感。他们使用的高科技，也都是珍贵的经验和使命的传承，在这里，我能充分感受到这些人对电影的热爱。

最后发表一点我个人的思考，关于星战，关于文化。为什么《星球大战》是诞生在美国的，其他国家怎么就诞生不了这么宏大的、史诗级的电影格局？我不是说其他国家的电影不好，很多国家都拍出过伟大的电影，但是很多国家的电影钻到了一个小的人性层面，去挖掘得非常深刻，却没有像《星球大战》这种直接创造了一个新世界、一个新宇宙的宏大电影，一部昭昭天命的电影是如何诞生的？

我个人有几个非常有意思的思考，想和各位读者做一下分享。首先，美国是一个没有很深厚历史的国度，它没有神话谱系，也没有所谓的历史的包袱。而其他国家有很多的历史和包袱，中国的历史拍也拍不完，《西游记》拍到今天依然屡拍不爽——据说张纪中大导演也正在准备拍一部宏大的西游记电影。西方的其他欧洲国家，也都有着自己庞大的神话谱系，欧洲的神话谱系，希腊的神话谱系，罗马的神话谱系，当有大量这种东西存在的时候，艺术创作就有很大的包袱，也有很大的惯性。

而美国是没有什么神话历史的，更没有什么神话谱系，只是印第安人有一点神话，但也没有形成完整的谱系。印度安人分成很多的部落，美国的中学语文课本上写着，印第安人的神话传说特别简单，比如火山为什么会爆发？因为爸爸、妈妈和孩子生活在山里，妈妈炒菜的时候火山冒烟了，爸爸和妈妈吵架的时候火山就爆发了，这种故事根本无法形成庞大的谱系。因此美国人没有什么包袱，他们在创作的时候可以用一种完全敞开的、开放式的态度，再加上美国电影有一个传奇的传统，那就是西部片。从美国电影诞生的那天开始，西部片一直是传奇电影的一个主要场景，以至于大家看惯了小镇上的决斗，小镇上的小教堂，小镇上的小酒馆，在这样的电影里，基本上有五套道具就足矣，拍一百部西部片，内容也不会有太大的变化，电影里永远有一个插着羽毛的印第安人老酋长，老酋长有一个如花似玉的女儿，这个女儿爱上了一个美国军官，然后大家争取爱情，争取自由，这套东西美国人在电影里已经玩儿得轻车熟路。

到了二十世纪七十年代，《星球大战》之所以能够诞生，刚好是赶上了几个契机，一个是反战、反帝的思想，当时美国的帝国主义，已经令美国人民深恶痛绝，美国人反越战的思潮风起云涌，反越战的中心就是北加州，就是伯克利，也就是乔治·卢卡斯长大的地方，也就是卢卡斯影业所在的地方，卢卡斯从小就深受反战、反帝思想的影响，他本来是想要拍一部越战片的，后来被科波拉抢先拍了，于是卢卡斯索性就自己创造了一个格局更为宏大的世界，在这个世界里，他所要宣扬的依然是反抗和反帝的精神。

只有一个真正从小在大帝国里长大的人，才能像卢卡斯一样，充满了自信，对全世界都充满了无所畏惧的精神。在卢卡斯拍摄第一部《星球大战》的时候，全世界最强大的国家就是美国，在美国出生和长大的人，都拥有一种帝国情感，有大帝国的自信。这就相当于曾经的大英帝国，在那里，诞生了那么多伟大的文学，那都是大英帝国极度的自信的体现；法国强大的时候，诞生了《海底两万里》以及一系列伟大的作品。一个国家的强大，所能带来的巨大的创造力和想象力，是无边无际的。而一个总是受到欺凌和压迫的国家的人民，他们所想的就是其他的东西，他们就算想要表达反抗，也是另外一个层次的反抗，而不会是星际反抗和帝国反抗。

6. 一些个人的思考

以后如果有机会，我会专门再写一篇介绍好莱坞大导演的专题，到时候会更加细致地挖掘一下乔治·卢卡斯。

总而言之，以二十世纪七八十年代的美国国力，加上反战的思潮，以及好莱坞的西部片传统，造就了《星球大战》的宏大格局。不光是《星球大战》里融入了很多西部片的传统，一直到很后来，深受乔治·卢卡斯影响的詹姆斯·卡梅隆拍摄的《阿凡达》，其核心依然是西部片，只不过将印第安酋长变成了《阿凡达》里的潘多拉星族长，又将《与狼共舞》里的年轻上尉换成了电影里的男主人公。

但即便是具备了这一切的元素，也不是随便什么人都能打造出《星球大战》这样的电影，高晓松就想不出这种格局的电影，另外一个导演可能也做不到，包括斯皮尔伯格，他也没能做出这样宏大的电影。所以乔治·卢卡斯是一个天才的导演，他拥有同时代的导演们所不具备的一个特殊的优势——那就是他的天才，他是站在天才的角度去构想这部电影的。

乔治·卢卡斯酝酿出《星球大战》的地方，同时也是后来诞生了硅谷的地方，美国人对高科技和武器有着狂热的痴迷，《星球大战》里面就有大量的科技元素，以及各种奇思妙想的太空武器。今天军事领域研究出的B2轰炸机等，其外形全都跟《星球大战》里面的太空飞船如出一辙。而且乔治·卢卡斯这个人对各种文化有着极大的包容态度，他本人是一位虔诚的佛教徒，正是因为乔治·卢卡斯的成功，好莱坞也掀起了一股信奉佛教

· 256 ·

的热潮。除了佛教之外，乔治·卢卡斯也喜欢日本的武士道，喜欢黑泽明，所以他的电影里包含了大量的东方元素。

我本人既做音乐，也做电影。从我个人的角度来感觉，音乐更为内向，一个人要想做出好音乐，他也许并不需要去吸收很多的东西，他只要具备向自己内心深处去看的能力，就能够写出非常有意思的作品了。但电影的容量特别大，必须要广泛而庞大地向外拓展，身为一个电影导演，要保证不竭的创造力和成长，必须又要能看见自己的内心，要去吸收大量来自外界的养分。乔治·卢卡斯的电影里，融入了大量不同文化、不同历史的艺术元素，比如暴风兵，也就是狂热的献身银河帝国的最精锐的攻击部队，它的这个名字的来源，就是纳粹德国时期的准军事化部队，还有黑武士的头盔，外形也和纳粹德国的头盔一模一样，而衣服和袍子则明显借鉴了日本武士。还有《星球大战》里的女性，她们的很多装扮一看就来源于东方元素。

一个伟大的导演，他的脑袋里装满各种各样的元素，多到了要爆炸的程度，最终一触即发，诞生出了一个新的宇宙。乔治·卢卡斯将他从一个小男孩时期开始，脑中所有的幻想和不可思议的东西，西方的、东方的、日本的、中国的、纳粹的、坏人的、好人的、反帝国的、科学的、幻想的、时代的、一切的一切，都融入了他最终所创造的星球大战世界里，而且融合得非常漂亮，非常完美，以至于观众在接收这些涵盖了庞大文化体系的合成物时，不会觉得突兀和不适应。

从1977年播出《星球大战》第一部至今，《星球大战》这一系列电影经历过很多次空档期，空档期这段时间里完全没有《星球大战》的电影问世，但出现了大量的漫画、小说、动画和游戏等。日积月累，最终《星球大战》这一系列电影和与其相关的一切东西，形成了一个庞大的体系和产业。通过《星球大战》的经历，我们可以得出一个结论，一个电影系列并不是非要每年都推出新电影。如果我们中国的电影人要向好莱坞学习，一定要好好研究一下卢卡斯影业走过的路，在一部电影获得成功之后，不用急于马上拍第二部和第三部，因为操之过急的结果就是粗制滥造，将一个好好的大 IP 彻底搞砸。

一部电影的时间是很短的，在有限的一两个小时里，它要展示给观众人物的变化和故事的推进，所以任何一部电影都不可能像科教片一样，将每一个细节都细致入微地加以描述和阐释。尤其是像《星球大战》这么宏大的电影，其中出现的每一颗星球，都有着很多很多的侧面和不为人知的细节，这些侧面和细节根本无法在电影中一一呈现，这就需要在电影之外，能有大量的衍生品，将它们充实和完善，这并非全部是出于商业和利益的趋势，而是为了更加完整地将这个世界展示出来。真正的星战迷们绝不是仅仅关注《星球大战》的电影，他们在看电影之外，还会去研究更多的东西，卢卡斯影业推出了很多蓝图、参考书籍和游戏，详细介绍电影中没能表现出来的各种细节，用来满足星战迷们的需求，而这些周边产品的问世，也导致星战迷们越来越不仅仅是电影迷，而是完全沉浸在星球大战所创造的世界里。

甚至还有很多星战迷，直接跑去卢卡斯影业找工作，并真的在里面找到了自己的一席之地。我这次的天行者庄园参观之旅，就遇到了两个由星战迷转变成卢卡斯影业工作人员的年轻人，他们两个在公司内负责的工作，就是策划所有和星球大战有关的衍生品，以及不断地向电影编剧们提醒，要在接下来的电影中坚持什么，放弃什么，哪条路可以走，哪条路绝对不能走，因为他们无比了解《星球大战》这个品牌。

这两个年轻人特别有意思，其中有一个从小就喜欢《星球大战》，以及与之相关的一切，后来他将自己加入了卢卡斯影业的消息告诉了妈妈，他妈妈高兴地说，太好了，当年我给你买星战玩具的钱总算没白花，都算是投资了，今天《星球大战》可以养活你了。另外一个年轻人说，他上大学的时候，室友们都嘲笑他是个呆子，脑子里装那么多和《星球大战》有关的知识，对自己的未来能有什么用？结果现在他加入了卢卡斯影业，用自己的实际行动回击了室友们对他的种种嘲讽。

回到之前提到的有关文化思考的疑问，为什么这样充满创造力的东西都是在好莱坞诞生的？因为当时的美国汇集了时代因素、工业因素和思想因素，最终才孕育出这样伟大的电影系列。那么，今天中国好像也进入了这样蓬勃发展的时代，中国人民也有了更为高远的思维，我希望中国人也能站到一个更高、更辽阔的角度去看待整个世界，而不是继续保留过去的受虐思想，憋在一个阴暗的角落里诅咒发誓地要复仇，战争已经离我们远去了多年，如今的时代是和平和发展的时代，希望在不远的未来，中国也能诞生出这样伟大的、有创造力的文艺作品。

好多朋友跑来问我，最喜欢《星球大战》里的哪个人物，我的回答和大多数人一样，我喜欢的就是最受观众欢迎的那个角色。《星球大战》这个电影系列很有意思，它里面最受欢迎的角色不是正派的主角，而是剧中最大的大反派——达斯·维德，这位达斯·维德应该是全世界电影里最受欢迎的大反派。要想让一个反派受到观众的喜欢，这个人物需要被塑造出很多的层次感，作为一部系列电影，这个大反派也不能在某一部里就一下子变好了，否则后面的电影就没法演了。

达斯·维德的人物形象设计是非常有层次的，他曾经是个好人，在坠入原力的黑暗面之前，他一度被认为是银河系和平的希望，是为原力带来平衡的英雄。但在故事的后来，他还是以父亲的身份拯救了他的儿子，也就是剧中的大正面主角卢克，完成了对自身黑暗面的救赎。

在最新的星战分支电影《侠盗一号》里，我估计达斯·维德又是一个大反派。因为在这部分支电影里，要出现大量的新角色和新人物，没有那么多的笔墨去描述反派人物的层次和复杂的内心变化。我觉得达斯·维德受欢迎的原因有如下几个：第一是他的外表特别酷，这是年轻的观众最为喜欢的元素之一，就算是我这么大的脸，戴上达斯·维德的头盔也会显得特别酷，达斯·维德的头盔是全世界生产量最大的衍生品，迪士尼乐园的爆米花桶，用的就是这个头盔的设计，而且达斯·维德小的时候是一个非常可爱的小正太，年轻的时候也是一个大帅哥；第二是达斯·维德的战斗力特别强大，这也是年轻观众最喜欢的人物设定——有权力，又有战斗力，而且单人战斗力超强，几乎能一手遮天，这样的角色是每一个人内心所向往的，达斯·维德标志性的黑衣服，以及标志性的红色光剑，这一身搭配充满了权力和力量的气息。美国每年的鬼节Halloween（万圣夜）化装舞会，女生通常喜欢将自己打扮成小恶魔，而男生最喜欢将自己打扮成达斯·维德，如果你在鬼节这天晚上去逛街或参加派对，会看到大量打扮成达斯·维德的男生；第三是达斯·维德不管多邪恶，内心依然有深爱的人，他坠入黑暗的原因，也是因为对失去的恐惧，最终他完成自我救赎的动力，则是对儿子的爱。家庭和爱，是《星球大战》这一系列电影里永恒的主题，也是所有文艺作品的永恒主题，是莎士比亚的永恒主题。

有一点点坏的好人和有一点点好的坏人，是文艺作品里最受欢迎的角色。其实孙悟空也是这样的人，《绝命毒师》里的老白也是这样的一个人，达斯·维德也是。大家在看《星球大战》的时候，总是会忍不住替反派的命运担心，如果这个反派是一个彻头彻尾的坏人，大家肯定就不替他担心了，但这个反派的人格中又带着好，那么大家就对他有了更多的期待，想知道他人格中的这一点点好会在什么时候爆发。而在看有一点点坏的好人的时候，大家则会期待他什么时候才会释放出内心的小魔鬼，这才是文艺作品里最吸引人的地方。

喜欢装扮成501军团的人，每当他们穿上暴风兵的衣服，就会喊出那句著名的口号"坏人做好事"。这也是人们喜欢将自己打扮成《星球大战》

里的反派的原因，虽然被塑造成反派，但是他们也会做好事。热衷于将自己装扮成 501 军团的组织，会定期在美国做慈善活动，他们将自己装扮成暴风兵的样子，到美国各地的孤儿院去做志愿者。

有一位名叫 DKZN 的网友问我，《星球大战》这一系列电影如何保持逻辑和创新性，他们的编剧团队如何选拔？如果不能一如既往地延续精神，后续的《星球大战》电影会不会和原著的初衷不相符？就像高鹗续写《红楼梦》一样。这个问题也可以延伸到美国现在最火热的大 IP 电影系列。

其实这个答案很简单，刚才我已经提到了，卢卡斯公司聘请了很多从小就热爱《星球大战》的年轻人，他们在公司里既不是编剧，也不做衍生品设计，更不设计游戏，他们做的最重要的一件事，就是时刻跟所有电影和衍生品的编剧及设计者重申，《星球大战》的初衷和真正的精神所在，让所有人永远不忘记乔治·卢卡斯的思想。这也是乔治·卢卡斯交给他们的任务，就是永远按照《星球大战》的初衷去做与之相关的一切东西，绝对不要为了多赚钱而走了歪路，这就极大程度地保证了《星球大战》这一系列的统一精神。

《星球大战》已经不仅仅是一部系列电影，而是一个庞大的商业帝国，我相信它会一如既往地留住自己的初衷。

八
文青的一周

1. 跟金城武一起拍戏

在这一章里，我打算跟大家分享一个轻松的话题——一个文青的一周。主要就是跟各位读者汇报一下我的一周的生活，在这一周里，我做了什么，遇见了什么人，想了些什么事。我觉得这样的主题也挺有意思。

自古以来，一个知识分子，或者说一个假名士，平时每天都做些什么呢？无非就是琴棋书画，无非就是看书访友。有关工作的事情我就不跟大家汇报了，因为我一周确实做不了什么工作，有关工作方面的事，我可能每个季度可以跟大家做一次汇报。

琴呢，我已经至少半年没有弹琴了，刚好这一周不知道为什么来了灵感，把琴拿出来弹了弹，还写了一首歌，这首歌我现在要保密，只能透露这是一首情歌，过一阵子大家可能会听到，我个人觉得还不错。

棋呢，我家里倒是有一副围棋，但也是已经很久没有人跟我下棋了，因为下围棋需要消耗大量的时间和精力，在今天这个节奏快速的时代，好像很少有人有工夫去做这件事了，所以我的围棋就一直被闲置在家里，已经很久没有人碰过了。

书呢，在今天大家说到读书，其实可以不光指读书，也可以拓展成看电影和电视剧，这一周我看了一部好电影，还看了一部好美剧，稍后会和大家细细分享。

画呢，这一周刚好我也看了一些，而且是在访友的时候看的画。所以这次的分享就从访友开始吧，这一周我见了几个人，我觉得非常值得拿出来跟大家分享。

这一周我见到的第一个人，就是比我的颜值要高一点点的大帅哥——金城武。见金城武的原因，就是我本人描眉画眼地去演了一部电影，这是由我所在的阿里影业投资拍摄的一部商业喜剧电影，名叫《男人手册》（后改名《喜欢你》）。由于这部电影是阿里影业大规模投资拍摄的，再加上我的好朋友陈可辛担任了这部戏的监制，所以我这次演戏一分钱也没拿到，是免费出演。但我依然很高兴，因为我在剧组见到了大帅哥金城武。

见到金城武之后，我立即激动地告诉他，我从小就是看着他的电影长大的。听到这话，金城武顿时对我面露杀机，我估计他心里肯定特别不服气，心想自己有那么老吗？金城武的年纪确实不小了，只比我小一点点，不过他出道比较早，所以我很小的时候就看过他演的《重庆森林》和《堕落天使》等，那是一个伟大的时代，诞生了各种各样优秀的艺术电影。金城武后来还演过一系列的大商业片，比如《投名状》和《如果·爱》等。

跟金城武在一起拍戏的过程非常有意思，我全部的戏都是跟他一起演，因为他是这部戏的男一号，我属于是男N号，我全部的戏份加起来只有一天的量。在这部戏里，我演一个傻瓜，也就是喜剧电影里永远都需要的那一号傻瓜人物，是一个特别八卦又寡廉鲜耻的主持人，前去采访金城武饰演的高富帅霸道总裁。有关剧情我不方便说得太多，但金城武本人真的是一个经历过千锤百炼的老戏骨，跟他在一起演戏真是太长学问了。

演戏这件事，通常分成这么几个阶段：最开始演的时候，连镜头在哪里都不知道，也不知道对手在什么位置，更不知道自己在画面的什么位置，只是自己在那儿使出全身解数地卖力表演，很多时候，要等演完了才发现，自己的脸在镜头里完全都是虚的，甚至就是一道黑影。反正最初就是这样，除了演戏，剩下的事什么都不考虑；第二个阶段就是变成老油条，特别知道镜头的位置，永远能够通过一些技巧，把跟自己对戏的人带到只剩一个背影，然后自己则永远都在镜头最好的位置上，最漂亮的光也永远都能打到自己的脸上。反正跟老油条配戏很容易吃亏，这个阶段的人也被人戏称为戏油子；接下来的阶段就是为整部电影考虑，他考虑的不再是我是否能站到最中心的位置，不再是打到我身上的光是不是最好的，而是整部电影是什么样子的，所以很多优秀的演员最后都成了特别优秀的导演。刚好下面我会跟各位读者分享一个优秀的演员转型为导演后拍的电影，也是我在这一周看的一部电影。

在金城武之前，我也碰见过一位将整部电影都装在自己心中的好演员、老戏骨，那就是出演我个人导演的第二部电影《我心飞翔》的陈道明老师。可惜我导演的前两部电影都没能上映，一部是直接被枪毙了，另一部则不幸地赶上了非典。我发现陈道明跟金城武非常像，他们都是老戏骨，很清楚自己是这部戏的重心，也知道自己是这部戏的顶梁柱，所以他们做的所有行为，都是为了整部戏考虑，他们会带着演员演戏，带着摄影的镜头，有他们在剧组，所有人都感觉舒服极了，如沐春风。

金城武不但会说日语、粤语、闽南语、普通话和英语，他还会说琉球话，他的母语是闽南语和日语，因为他的妈妈是闽南人，爸爸是日本人，再加上他演了这么多年的戏，中文和英文也是非常流利的。金城武跟我在一起的时候就说普通话，但我们的整个剧组都是香港人，导演也是香港人，所以他在拍摄现场就用广东话跟大家交流。在拍每一场戏之前，他都会询问镜头是多大，人家告诉他是焦距32毫米，他立刻就心领神会了，然后他演的时候，完全清楚自己应该在画面的什么位置。后来我忍不住问他，我说你身为一个演员，怎么对这些技术问题这么了解呢？他的回答也很直接，他说，这不是很容易吗？只要你是一个有心的、认真的演员，只要演过几部戏，这些事情就肯定就都能懂了，导演一告诉你这场戏你有多大的头，你立刻就能领会，前景是什么样，后景是什么样，什么地方是可以虚化的，你本人又在画面的什么位置，包括光线是什么样的。

演员在演戏的时候会去找光，这是我很了解的事情，因为我自己也拍了很多电影。但金城武不但会找光，他还会调整整场戏的光。有几场戏里，金城武饰演的角色需要戴着一副墨镜，于是他演戏的时候就侧着脸对镜头，一开始我不明白他为什么要这么演，后来我发现那位来自香港的摄影师一直敬佩地对金城武竖大拇指，我这才反应过来。金城武为什么要侧着脸对镜头呢？因为他很清楚现场有很多的灯光和机器，这些设备都会在他的墨镜片里形成投影，如果他不侧着脸，镜头拍到他墨镜里的东西，那就穿帮了。所以金城武侧着脸拍戏，是为了不让任何一件和这场戏无关的东西进入镜头，这简直是太厉害了。擅长找光的演员很多，但能考虑到这么多的演员，那就是凤毛麟角了，真是太牛了！

陈道明老师也是经历过千锤百炼的老戏骨，如果电影预算很高，大家可以慢慢拍、慢慢演，但如果电影的预算非常紧张，那么整个剧组的拍摄工作简直就是在摸爬滚打。在拍《我心飞翔》的时候，有一场戏，我想拍陈道明老师在河边负伤的场景，他要手里拿着一副船桨，爬到岸上，这场戏的难点就是需要在夕阳把河面反得很亮的时候拍。那个时候拍戏我们没有时间等光,稍微有一点时间就得立马拍。好不容易等到太阳下山,大家扛着机器赶紧往河边跑,机器刚在桥上架好,陈道明老师立刻就开始往河边跑,边跑边回头大声问,多大的头?多大的头?摄影也扯着脖子告诉他,250毫米的头!各位读者如果对摄影有一点了解,就知道250毫米的焦距,景深就只有一点点了,人在镜头里稍微动一动,身影立刻就会虚掉,总之250毫米就是一个长焦,焦距越长,景深越短。

然后陈道明老师就开始表演了,挣扎着爬上河岸,然后突然把船桨斜在身边,在被夕阳打亮的整条河上,那个画面恰到好处,我当时在镜头后面紧张得捏了一把汗,因为我觉得这个镜头太完美了,但是我很怕陈道明老师会突然把脚伸到镜头外面去,因为250毫米的长焦很容易虚掉,太容易出画了。但是陈道明老师居然能一直让自己保持在画面里面,不管是在河边爬行,还是翻滚,全程都在画面里面。但是演了一会儿,陈道明老师突然自己站了起来,对我们说,他出画了,这个地方要重新来一条,我这个导演都没他反应快。拍完这场戏,陈道明老师又详细地给我解释,他为什么要把船桨斜着挥一下,其实他是给我做了一个剪辑点,因为他感觉我这个镜头太长了,该剪了,刚好在他一挥船桨的画面处做剪辑。我都听傻了,心想,遇到这样的好演员,导演简直是太幸福了,他连剪辑点都给演出来了,后期直接在那个位置剪就可以了。

《男人手册》这部电影的剧本是由年轻的小编剧写的,里面涉及商战戏的部分,出现了很多商业方面的台词,我觉得这台词写得有点拗口,而且说句心里话,金城武的一些台词实在不太符合一个大生意人和一个总裁的口吻,我还稍微帮忙改了几句。不幸的是金城武的中文并没有那么好,这些台词他讲起来是有点难度的。但金城武居然能在不是特别认同情节的情况下,非常一丝不苟地按照要求完成了所有的戏份,而且演得非常好。

我们拍摄的地方刚好在一条航线上，中间不时会有飞机飞过，特别影响同期声音的录制。因为我的时间比较紧张，所以我去拍戏之前就跟剧组打好了招呼，说我只能演一天，下午五点半就得离开去开会。得知我的情况，金城武特别配合，他主动跟剧组说，晓松老师在这里的时候，那飞机咱们就不管了，今天我们就全力配合晓松老师的时间，大家就都不要停了。于是就开始拍戏，没有飞机的时候，金城武的台词就说得非常流利，有飞机的时候，他就赶紧背那些拗口的台词，正式演的时候也是由他来带着我演，带着我走位，拍得非常顺利，也非常舒服。

像金城武这样的老戏骨，他在片场的时候能够做到眼观六路，耳听八方，眼睛里、心里完全能掌控住整个画面，我觉得这就是身为一个表演者达到"通了"的境界的素质。具备了这种素质的演员，他在演戏的时候，整个画面就在他的脑袋里，他不用特意跑到监视器后面去看。年轻的演员经常会在拍完每一条之后，跑到监视器前让导演把画面给自己放一遍，看看自己演得好不好。但金城武不需要，因为一切都在他的脑袋里。其实好的歌手也是一样，他们唱完了一遍之后，根本不用去听录音回放，因为他们能听到自己的声音。

等到我结束了自己的戏份，准备离开剧组的时候，金城武特意跑来跟我说，晓松老师，您是阿里娱乐的委员会主任，我能跟您反映一点儿情况吗？这剧组的盒饭实在是太难吃了。听完他的话，我觉得简直不可思议，赶紧把制片人叫来问，金城武也和我们吃一样的盒饭吗？这真是太罕见了，因为我见过一些所谓的当红明星，到剧组都是自己带着厨子的，自己在小厨房烧鱼翅和鲍鱼吃，随身还带着一群助理，这些明星的戏演得未必多好，但排场却一个比一个大，而且一个比一个更娇贵。没想到像金城武这种级别的演员，居然没有任何排场，就吃剧组的盒饭，当天我也是和大家一起吃的剧组的盒饭，陈可辛在现场吃的也是那种盒饭，就是一根极瘦的鸡腿，加上一点儿豆腐丝，味道确实不怎么样。所以我对制片人说，我代表阿里影业稍微给你们提点儿不成熟的小建议，你们叫点儿更好的盒饭吧。

总之，跟金城武在一起拍了一天的戏，我觉得很幸福，也很感动。金城武为人非常客气，也非常可爱，一位当年的小鲜肉，如今蜕变成了老戏骨。其实金城武当年也不是纯粹的小鲜肉，他一出道就拍了很多优秀的艺术电影，他的运气特别好，刚出道就赶上了日本艺术电影特别好的时代，后来又赶上了中国台湾和香港的艺术电影黄金时代，所以他是一个既优秀又幸福的演员。

这就是我在这一周的一场访友的经历，和大帅哥金城武在一起度过的美好一天。

2. 与美式橄榄球明星聊天

结束了《男人手册》的拍摄后，我回到了北京，在北京，我又遇到了一位大名人——佩顿·曼宁。

很多大陆地区的朋友可能对佩顿·曼宁不太熟悉，但如果是生活在美国的人，一听到这个名字，肯定会觉得如雷贯耳。佩顿·曼宁又被称为大曼宁，在美国可是一位超级偶像级别的美式橄榄球球星。可以这么说，佩顿·曼宁在美式橄榄球界的地位，相当于乔丹和科比在篮球界的地位，也相当于梅西和C罗在足球界的地位，几乎是独一无二的，是美国二十年来最伟大的四分卫之一。

佩顿·曼宁得到过两次超级碗冠军，但是第一次我没有亲自观看，因为那已经是很久以前的事情了。2014年在新泽西的那一场超级碗比赛，我去了现场观看，但是那一次佩顿·曼宁打得比较惨，丹佛野马队被西雅图海鹰队大败，打到最后，佩顿·曼宁的发挥完全失去了水准，一连失误了好几次。

之后就是佩顿·曼宁退役前参加的最后一次超级碗比赛。在美国打橄榄球赛，能打进一次超级碗就已经非常不容易了，很多球员一辈子也没能打进超级碗。就像篮球比赛，一个球员能拿到总冠军戒指，最后参加了总决赛，那就已经非常不容易了，因为决赛通常都被那几个强队包揽了，要么就是爱国者队，要么就是佩顿·曼宁所在的丹佛野马队，要么就是49人队，还有近几年崛起的西雅图海鹰队。西雅图海鹰队之所以能崛起，是因为和比尔·盖茨一起创建微软的保罗·艾伦买下了这支球队。大量的球队一辈子都没进过超级碗，但佩顿·曼宁打进过超级碗好几次。

佩顿·曼宁退役前的最后一场超级碗比赛打得很争气，当天我也在现场观看了比赛。比赛是在旧金山的湾区举行的，现场有无数佩顿·曼宁的球迷，包括对方球队的球迷，全场的观众都在为佩顿·曼宁欢呼。那场景很像科比退役时的那场比赛，两边的球迷全都一起为他欢呼，一起向他致敬，感谢他对篮球事业做出的伟大贡献，欢送他的退役。佩顿·曼宁在美式橄榄球界的地位和科比在篮球界的地位是一样的。甚至在美国的文化氛围里，橄榄球的地位要比篮球高上许多。在美国，美式橄榄球的比赛日相当于节日，而篮球比赛日还没有成为节日，如今美国的棒球也是越来越不行了。

在美国的文化氛围里，当一个男人还是小男孩儿的时候，他的爸爸就会丢给他一颗橄榄球。大家如果有机会到美国，就会发现公园里、草地上，到处都是拿着橄榄球丢给年幼儿子的爸爸们。美国的小男孩儿从小就拿着一颗小橄榄球扔来扔去，到了高中，橄榄球运动员就已经是校园里的英雄了，我们在美国电影里就经常能看到，高中橄榄球的队员全都练得肌肉壮硕，如果是四分卫，是跑锋，那在学校里就是风头最盛的人物，打篮球的男生远远没有打橄榄球的男生受欢迎。到了大学就更不得了了，橄榄球队员是所有女生追逐的对象，他们都要和金发碧眼、啦啦队长级的大美女谈恋爱，而且还能拿到最高等的奖学金。橄榄球教练在公立大学里的工资也是最高的，甚至比校长的工资都高。

那些橄榄球打得厉害的大学，每一次橄榄球比赛的日子，都会形成一个节日。比如每次 USC（南加州大学）跟 UCLA（加州大学洛杉矶分校）比赛的时候，UT Austin（德克萨斯州大学奥斯汀分校）跟 Texas A&M（得州农工大学）比赛的时候，这些大学的橄榄球比赛日就是大学的节日，届时所有的三代校友都会来到现场，几万人的体育馆里座无虚席。仅仅是 USC 大学的橄榄球场，就有八万个座位。至于像 NFL 这样的职业橄榄球比赛，也就是所谓的美式橄榄球职业大联赛，一年共有十六场比赛，每一场的比赛日都是一个城市的节日，所有人欢欣鼓舞，喜气洋洋地去看球。

由此，各位读者就知道大曼宁在美国人民心目中的地位了。

大曼宁是那种传统型的四分卫，也就是典型的美国的 WASP 四分卫，即白人四分卫。现在橄榄球比赛中已经慢慢开始有了黑人四分卫，也就是新型的四分卫，尤其是这次被大曼宁打败了的黑豹队的四分卫，就是一名黑人，这位黑人不但能传球，自己还能跑，能得分，能冲，还能腾空鱼跃，简直是全能型四分卫。而曼宁则属于那种老范儿的老派四分卫，在场上他主要靠的是智慧，能够掌控全局，有着出色的指挥和组织能力，全程都得有两名特别胖、特别壮的负责卡着他。

有些人对四分卫这个角色颇有微词，觉得他们既不能拼，也不能跑，更不能撞，全凭几个大汉在前面替他拦住所有人，四分卫只在后边的小屋子里等着看，负责告诉大家该把球传给谁。事实上即便是只负责指挥，四分卫也是非常辛苦的，球场上的战况瞬息万变，他不光要传球，还要判断这个时候应该前进多少，什么时候应该射门，什么时候应该配合以怎样的战术，等等，通常四分卫的手腕上都会戴着一个护腕状的小东西，那就是他们的战术表，他们在紧密关注球场的同时，还要看着战术表，与此同时头顶上的耳机里还有一个教练一直在跟他讲话，他要第一时间指挥场上的十几个人做出最准确的动作。总而言之，在我的印象里，四分卫一定都是非常睿智的人，再加上美国的橄榄球运动员都是上过大学的，也是大学里的风云人物，我觉得跟他们聊天应该是一件非常长见识的事，所以在跟大曼宁聊天之前，我怀有非常高的期待。

聊天的结果却让我有些失望，也许是因为大曼宁跟我不太熟悉，所以他将敏感的问题一律都回避掉了。比如有一件挺敏感的事，就是之前49人队的四分卫Kaepernick（卡佩尼克）闹出的一件大事，在比赛之前奏美国国歌的时候，他没有起立，这件事立即在美国造成了轩然大波。通过这件事可以看出，美国国内的民粹主义正在高涨，这种事在以前应该不算什么大事。在美式橄榄球比赛之前，要奏国歌，升国旗，所有人都要起立，把右手放在胸口行注目礼，因为橄榄球比赛中的外籍球员非常少，不像篮球比赛里有很多的国际球员，人家不愿意对美国国旗行注目礼也是可以理解的，足球就更没有这种事了，足球队里几乎都是国际球员。而橄榄球比赛通常全都是美国球员，所以不起立行注目礼就会显得特别突兀，CNN专门报道了这件事，我觉得非常不可思议，因为我没想到像CNN这样的媒体，居然会报道这种特别激进的民粹新闻。

有一个很胖的白人男性，他的嘴脸特别像激进的纳粹，在电视上痛斥

Kaepernick，说他从小因为父母离婚而被抛弃，是一个被白人抚养长大的黑人，他每年收入达数千万美元，他居然不爱美国，既然 Kaepernick 不爱美国，就不要在 NFL 打球，就滚出美国！

其实 Kaepernick 已经对自己的行为做出了很明确的解释，他之所以在奏美国国歌的时候不起立，是在抗议最近美国持续出现的警察打死黑人事件，抗议美国警察对待有色人种的不公，在美国这样一个宣扬自由的国度，这样的抗议不是很正常吗？没想到这居然在美国引起那么大的轰动，以至于那个很胖的白人男性公然在电视上骂 Kaepernick，当然也有人替 Kaepernick 辩护，一名黑人在电视上回击道，首先，不是美国每年给 Kaepernick 一亿美金，而是因为 Kaepernick 的橄榄球打得好，有他出场的比赛能带来巨大的商业价值，观众愿意掏钱为他买票；第二，你没有资格让 Kaepernick 滚出这个国家，因为他持有美国护照，是美国公民，美国就是他的祖国。而且 Kaepernick 也不是移民，远在美国还没有建国的时候，黑人就已经生活在这片土地上了，现在你们这些白人让 Kaepernick 滚出美国，实在是太可笑了。

民粹是一种很可怕的东西，尽管 Kaepernick 并没有做错什么，可还是引来了舆论和媒体的一致挞伐，以致下一场比赛居然禁止他出场，这简直令我觉得不可思议。但接下来发生的一些事还是令我觉得很欣慰，那就是在下一场比赛前奏国歌的时候，49 人队全体队员都没有起立，野马队的 Marchall（马卡尔）也没有起立，球员们用自己的实际行动表达了对禁止 Kaepernick 上场这件事的抗议。因为美国是一个自由的国度，每一个人都有权利表达自己的想法和不满。针对这件事，NFL 的表态也很好，他们说，我们从来没有要求球员在奏国歌的时候必须起立，这是球员的个人选择，美国是一个自由的国家，我们没有因此要处分 Kaepernick。

总之这在美式橄榄球界是一件不小的事儿，我特别想问一下大曼宁的看法，结果我才刚提了一句，他马上就紧张起来，对我说赶紧换话题，不能提这件事。这说明大曼宁身为一名标准的白人四分卫，对这件事还是非常敏感的，他也坚决不表态。其实他根本不必这么紧张的，虽然他是一名白人四分卫，但他所在的队伍里的主要队员都是黑人，他跟他们并肩战斗了那么多年，这个时候站出来对自己的队友们表示一下支持，应该是一件好事，但大曼宁坚决不表态，甚至完全不肯谈论这件事。

然后我又问了他几个关于 WASP 白人四分卫的问题，他依然不表态。于是我就有点儿失望了，因为这些都是最有意思的话题，这都不能聊的话，还能聊什么呢？于是我就问了他这样一个问题，为什么橄榄球只在美国火，在其他国家都不火呢？结果大曼宁说了半天，也没说出个所以然来。最后只好我自己打圆场说，有可能美国是一个尚武的民族，美国人民就是喜欢打仗，而在所有的体育运动里，只有橄榄球最像打仗，有将领指挥，有前锋冲锋，有后卫掩护等。大曼宁听完后想了想，点了点头说，有这个可能，但也有可能其他国家就是单纯地不喜欢体育运动。

其实对于这个问题，我觉得还有一个原因，那就是美式橄榄球的装备太贵了，穷的国家根本买不起，就算是自己业余玩儿一下，买一套业余级别的装备也要几千美金，但这个原因只是我个人的推测，因为还有很多富裕的国家也不流行橄榄球。这时候大曼宁跟我说了一个数据，我觉得挺有意思，他说，如果橄榄球在美国流行是因为美国是一个尚武的民族，那橄榄球玩儿得最好的应该是那些尚武的州才对，但美式橄榄球的大明星基本上都来自加州。因为加州的大学里面的橄榄球普及得最好，还专门为球员设有奖学金，当然最主要的原因还是因为加州有钱，所以能大力开办橄榄球项目。NFL 如今的主力队员，基本上都是从大学橄榄球队出来的，比如斯坦福的橄榄球队、NCS（北卡罗来纳州立大学）的橄榄球队等。

紧接着我又问了大曼宁一个问题，美国虽然是一个尚武的民族，但我发现每次超级碗比赛之后,球迷们的表现却都是非常理性的,不像欧洲的足球迷,有很多的足球流氓,一旦自己支持的球队输了,这些人就要打架,赢了也要酗酒闹事,双方的球迷经常在街上聚众互殴。每当欧洲有大的足球赛事的时候,举办比赛的城市从早晨就开始鸣笛,所有的球迷都聚在酒馆里喝酒,相互挑衅,美式橄榄球的球迷就从来不做这种事情,尽管美国人对橄榄球的热爱,丝毫不逊色于欧洲人对足球的热爱——美国人从小就有自己支持的球队,但就算球队输了,他们的表现也是很文明的,这是为什么呢?

大曼宁思考了半天,还是没能回答出个所以然来。于是聊天的气氛就有点儿尴尬,好在这次聊天不光只有我和大曼宁两个人,还有一名负责陪同大曼宁的NFL官员,他突然在一旁回答了这个问题,我觉得他的回答非常值得思考。他说,美式橄榄球的球迷之所以很文明,是因为美式橄榄球本身就是一项纯商业化、娱乐化的运动,在美国,我们把体育完全商业化和娱乐化,这就使得我们在组织比赛的时候,不会过多地受到球迷的左右,也没有完全把比赛当成国家的文化,而只是一个商业活动。既然是商业活动,就会造成一个直接的结果,那就是球票特别贵。如果美式橄榄球的球票也跟欧洲足球的球票一样便宜,每场比赛只要20欧元左右,估计每场比赛之后也会发生酗酒打架事件。

这个回答可能有点儿歧视低收入人群的嫌疑,我必须要澄清,这不是我个人的想法,而是NFL这位官员的想法。美式橄榄球每场比赛的票价起码要几百美金,大家可以想一想,愿意支付几百美金去看一场比赛的人,那至少应该是中产阶级了。所以单从票价这一项上,就屏蔽了大量低收入人群,也就是屏蔽了类似欧洲的游手好闲的足球流氓群体。而欧洲的足球之所以存在着诸多的不文明现象,是因为他们始终没有把足球商业化,他们始终还是把足球当成一种文化。

欧洲的体育运营机制跟美国的不太一样，美国的体育不太依赖于博彩公司，就是纯粹的商业化，很大程度上依赖于广告和电视。而欧洲体育主要依赖于博彩公司，所以足球比赛的球票卖得非常便宜。我在欧洲看足球的时候感觉特别奇怪，场上是几十个上亿身价的球员在踢球，但每张球票才卖几十欧元，而且足球场里顶多也就容纳两三万人，想要靠票价来赚回比赛的费用，那是绝对不可能的。

就这样，我和曼宁·佩顿聊了一个小时的天，喝了一个小时的茶，临别的时候，他给我签了一颗橄榄球，我抱着他签名的橄榄球跟他合了一张影。这就是我在这一周里的第二场访友。

3. 看了一部好电影——《萨利机长》

在北京和曼宁·佩顿聊完天，我又飞回了洛杉矶。因为我现在负责整个阿里大娱乐的国际业务，在洛杉矶有我的办公室，我需要定期去上班。

这次到洛杉矶，刚好赶上了国庆节放假，我突然收到了王中军（华谊兄弟传媒股份有限公司创始人、董事长）的微信信息，他也在洛杉矶，请我没事儿的话去他家坐坐。平时大家都挺忙的，难得放假，我就去了王中军在洛杉矶的家里做客，结果一到他家，琴棋书画里的"画"就出现了，他家的墙上居然挂着一幅毕加索的真迹。

大家别看王中军同志不在富豪榜的名单里，但他绝对是真心热爱艺术，他从小就学画，而且画得特别好，还花高价拍了一幅毕加索的画挂在自家的墙上，这简直太了不起了。我一直以为，一个人若是拍下了这么贵的一幅画，肯定会锁进纽约的某个神秘的地下金库里，而且一连上三层锁，恨不得一辈子就拿出来小心翼翼地欣赏一次。而王中军就把这幅毕加索的名画挂在墙上，他也不怕有人来偷，不过他确实是不怕有人来偷，因为这种画都上了很高昂的保险，被偷走就相当于被卖了，保险公司给的理赔金跟画的拍卖价格差不多了。

除了名画，他家里还摆了很多著名的雕塑，就像普通的装饰品一样摆在屋子里。我真是太羡慕他了，没有几个文艺青年能文艺到这种境界，自家的墙上居然挂着毕加索的真迹。除了毕加索，王中军还拍下了凡·高的真迹，后来他还拍下了一幅曾巩的书法作品，曾巩是唐宋八大家之一，以琴棋书画中的"书"见长。

在王中军的家里参观了一圈之后，我顿时感受到了有钱人的不同活法，有些有钱人追逐时尚，有些有钱人追逐美食，而像王中军这样的有钱人追求艺术，只要是他喜欢的艺术品，多少钱他都愿意出。王中军不仅到处去搜集名贵的艺术真迹，他自己也画画，我在他家里欣赏了几幅他的作品，觉得画得非常不错，而且他的画作里有明显的罗斯科的风格。我问他，是不是特别喜欢罗斯科？他顿时露出幸福的表情，连连点头。文艺青年最幸福的事，就是往来无白丁，大家相互之间能理解，所以古代的所谓名士们特别喜欢聚在一起品品画，品品茶，聊聊诗文和艺术。我每次到台湾，都会去找张大春他们，大家聚在一起对对诗，对对联，写写字，然后盖个章。总之，我一看王中军的画，就知道他很喜欢罗斯科。罗斯科的绘画作品基本上都被收藏在洛杉矶的MOCA美术馆里，那个美术馆里面专门有一个罗斯科的展厅。

在王中军的另一幅画里，我又看到了杰克逊·波洛克的风范，甚至可以毫不夸张地说，那幅画如果没有署王中军的名字，完全就可以以假乱真，那是一幅十分抽象和现代风格的画作。展示完了自己的绘画作品之后，王中军问我，觉得他的现代画画得怎么样？我诚实地回答，我觉得你已经开了天眼。他听到这个答案非常高兴，因为这是对现代抽象画的最高评价。有些人在开玩笑的时候说，抽象派的绘画作品就是将中国美术史和世界美术史一起扔进洗衣机，转成碎末，再捞出来往墙上一帖，这就是一幅中西合璧的抽象派美术作品。事实绝非如此，我认为现代主义的画跟后来的所谓装置艺术和行为艺术，还是有很大区别的，现代主义的绘画不是你随便在街上捡几片垃圾堆在一起，就能称为作品。绘画是一件循序渐进的事，画到一定程度才能打开天眼，看到真正的艺术。所谓的抽象，也不是胡乱画几笔就可以，而是你心里真的能看见那种无形的存在，画笔下的图案，是你内心的真实反映。在一幅真正的现代主义抽象画中，你能感受到它的信息和能量，这跟胡乱画几笔的那种画完全不同。

总之，我觉得王中军的画非常不错。而且他画画不仅仅是自娱自乐，他还将自己的作品进行了拍卖，卖来的钱全部用来做了慈善，他的画前后一共拍卖了上千万人民币，都捐给了各种慈善机构，这一点令我非常感动。

看完画，我就和王中军坐下来闲聊，不知不觉聊到了冯小刚导演。王中军说，小刚现在也在画画呢。小刚跟王中军一样，在国内的时候忙得要死，每天恨不得有一百部戏来找他拍，包括阿里今年的"双十一"晚会，也邀请了冯小刚当总导演，他只能偶尔躲到国外，才能有时间画画。我没看过冯小刚的画，于是就问王中军，冯小刚的画走的是什么路子？王中军跟冯小刚太熟了，因为冯小刚二十年来的电影都是在华谊兄弟拍的，所以王中军对冯小刚的画也很了解。他告诉我，冯小刚内心是想往现代主义和抽象派的方向靠拢的，但他画来画去永远都是写实的风格。其实不论是做音乐、写作还是绘画，都会对自己的未来有一个期许，并每一步都朝着那个方向努力。但理想和现实还是有差距的，冯小刚的画和他的电影很像，尤其是他后期的电影，我们明显能感觉到他不想再做纯商业片了，而是想朝着戛纳那种艺术电影的方向走，但也许是他心里还是有一些障碍，最后拍出来的电影始终还是带着浓浓的商业气息。

这说明艺术家是无法分裂的，不论是画画，还是拍电影，冯小刚最终还是对写实的东西感受最深，所以他最终还是只能拍《我不是潘金莲》这样的电影，也只有这样的电影，他才能拍得最好。总之，我在王中军家里和他聊了一下午，两个人都十分高兴。我们聊的大部分都是闲话，仅有几句是和工作相关的，比如华谊兄弟将来要如何在好莱坞发展，以及阿里在好莱坞的发展态势，然而聊了几句之后两个人就觉得好无聊，难得放假，还是别聊工作了，聊聊艺术吧。

聊到最后，他请来画画的模特来了，他要开始画画了，他问我要不要看他画画，我说不看了，还是不打扰你了，于是我就离开了。回家的路上我心里特别高兴，因为我感觉并不是每个人都一门心思地去赚钱，不是每一个人心里都只有眼前的苟且，大家还是有诗和远方的，不论是像王中军这样发了财的人，还是千千万万没有发财的人，大家心里都还有着一方美好的净土。

这就是这一周里我的第三场访友。

接下来就是琴棋书画的"书"，我将这个"书"的含义引申了一下，包括了看电影和看剧，这一周我看了一部非常好的电影，和一部非常好的美剧。

电影的名字叫《萨利机长》，萨利就是电影里的男主人公，由好莱坞大腕儿汤姆·汉克斯出演。通过观察一个演员最近几年接的戏，能发现一些很有意思的现象。汤姆·汉克斯这几年演了几部非常赚钱的戏，但是也演了一些特别有意思的戏。他在演《萨利机长》之前，刚刚演了一部根据真人真事改编的电影，他在里面饰演一位船长，也就是被索马里海盗劫持的那位菲利普船长。真人真事电影是非常难以操作的，既不好演，也不好拍，因为那不是一个编出来的角色。如果要编一个角色，每一位编剧都有一整套的工具去操作，人物有强的方面，也有弱的方面，人物内心深处有什么挣扎，有什么矛盾等，一个人物可以被编得非常丰满，让观众很有代入感。但真实事件改编的电影，里面的人物都不是什么大人物，非常不容易演，尤其是电影本身的结构也很难去架构，因为真实的事件不一定都具备起承转合点，它就是一件真实发生的事，基本上没有什么戏剧冲突和矛盾。但汤姆·汉克斯近几年专门演这样的电影，演完菲利普船长就演了萨利机长。

《萨利机长》讲述的是前些年在美国非常著名的一起事件，当时萨利机长驾驶的飞机从纽约起飞，刚起飞不久，两个发动机就都因故障停转了，最后萨利机长极为冷静而神勇地把飞机降落在了纽约曼哈顿的哈德逊河上。这个操作是极为困难的，当时"9·11事件"的阴影还在，而在高楼大厦林立的纽约，一架飞机突然穿过各种高楼大厦，降落在了曼哈顿的河上，让很多人感到恐慌。总之这件事在美国造成了轰动，萨利机长也成了英雄。萨利这个单词在英文里本身就有污点的意思，所以电影用了这位机长的姓名做名字，我觉得也是非常巧妙且聪明的。

一开始我根本没想去看这部电影，因为我觉得真人真事改编的电影没什么可看的，甚至我觉得都没什么可拍的，不就是一部灾难片吗？原本我以为，电影里无非就是讲将萨利机长如何沉着冷静，如何控制住出故障的飞机，最后安全降落，全体观众热烈鼓掌，然后萨利成了英雄，接受鲜花，肯定是一部非常老式的塑造英雄的电影。后来我发现这部电影的评分特别高，于是我就怀着一点儿兴趣去看了，结果没有让我失望，这确实是一部有意思的电影。我用不剧透的方式跟各位读者分享一下这部电影，这部电影在中国没有上映，我估计以后在中国上映的机会也不大。

现在在中国大陆上映的好莱坞大片都是有配额的，这个配额就导致了我们总是上映那种老少皆宜的电影，也就是大动效的电影和大IP的电影，比如《007》《蜘蛛侠》和《蝙蝠侠》等。大家可以回顾一下历届奥斯卡提名最佳特效的电影，大部分我们都引进了，除了那些特别血腥的。反而很多真正的好电影，我们并没有引进。当时我觉得《萨利机长》这部电影很有希望提名2017年的奥斯卡奖，但最后能不能拿奖我不敢说，至少我觉得它是2016年相当好的一部电影。自从2012年，《大艺术家》在中国上映之后，之后的《逃离德黑兰》和《为奴十二年》这些获得了奥斯卡最佳影片奖的电影，都没有在中国大陆上映，包括2016年的最佳影片《聚焦》也没有上映。

《聚焦》完全是一部批判资产阶级国家丑恶跟腐朽的电影，我也不知道中国大陆为什么就是不引进。我觉得这已经不是由于政治原因了，因为按照政治取向的话，我们太应该引进《聚焦》了，可以让国内的观众看看资本主义的社会有多么黑暗和混乱。之所以不引进，我认为主要还是由于商业的考量，以及票房的压力。我们在引进电影的时候，最好就是引进那种投资大的电影，因为对中国的院线来说，观众反正都是花几十块钱来看一场电影，干吗不引进投资3亿美金拍摄的大IP电影呢？这种电影带来的票房肯定是有保障的，而且不管是投资了多少钱拍摄出来的电影，我们的引进价格都是不受影响的，因为我们是跟好莱坞分账的。总之，我们引进的都是最贵的电影。从2013年开始到2016年，连续四年，奥斯卡最佳影片奖的电影我们都没有引进。

《萨利机长》这部电影的构架非常巧妙，它讲的并不是一个英雄如何把故障的飞机安全降落，并救了飞机上所有乘客的故事，而是这位机长已经成了英雄，突然间航空委员会来调查他的故事。航空委员会找了十几名飞行员进行模拟驾驶，以及利用全电脑的人工智能驾驶，以证明那架飞机根本不需要降落在河上，而是可以降落在机场上。降落在河上其实是很危险的，而且当时有两座机场都可以供飞机降落，但萨利机长选择了最危险的降落方式。这就是影片的开场，一上来就营造出了非常紧张的气氛。好莱坞的编剧能力真的是非常强大，随随便便拿来一件真事，它就能找到里面符合好莱坞方程式的逻辑，这个逻辑就是开场就要非常紧张，英雄上来就要完蛋了，一起成功的着陆事件上来就被当成了一起大事故。萨利机长本来应该凯旋，结果没能回去，各种媒体像苍蝇一样围着他，他的妻子也非常关心他，他只能在电话里告诉妻子，我正在接受调查。

接下来，电影一直就是在讲萨利机长接受调查的故事。我将电影看完，发现整部电影其实就只有一个场景，那就是听证会。前面铺垫了听证会，后面的剧情基本上就是在听证会上完成的。这很像是一部法庭电影，相当于只有一个场景和一件事，演的就是大家在法庭上如何辩论，但是电影的构架非常有意思。从事件上着手，这部电影的事件是明显不够的。好莱坞要构架一部商业片，需要四十件事，实际上《萨利机长》这部电影里只有两件事，一件是萨利机长把飞机安全降落在河上，救了所有乘客，另一件是航空委员会的人说萨利机长不应该把飞机降到河上，而是完全能降落到两座机场上，这是一场大事故。最后，就用这两件事，构架出一部一百多分钟时长的电影，这太考验导演和编剧的能力，还有主演的实力了。

《萨利机长》这部电影为了能够把整个故事撑得非常漂亮和紧张，专门将飞机降落的过程拍摄了两遍。这个做法实在是太聪明了，否则这部电影绝对撑不到一百分钟，因为这部电影实际上就是一场听证会。从两种完全不同的视角，将飞机降落的过程拍了两遍，一个视角是塔台的视角，塔台里的那个工作人员演得特别好，一开始他听说飞机撞到飞鸟了，发动机失灵了，后来当他推测飞机要失事时，索性摘了耳机躲到小屋里哭去了，后来又听说飞机安全降落在河上了，机上的人员无一伤亡，那个工作人员又高兴不已；另一个视角是在飞机上，讲述的就是萨利机长如何处理这次降落过程，如何尝试，如何下决心，如何操作，最后安全把飞机降落在了河上。

到了影片的高潮部分，听证会上的辩论也进行到了最精彩的环节，终于揭开了那十几名飞行员为什么能在模拟驾驶的时候，都能把飞机降落到两座机场里，因为他们在模拟的时候，一开始就得到明确的信息，这架飞机已经没办法飞行了，所以当飞鸟一撞上发动机，发动机一停转，所有飞行员立刻第一时间掉头飞向机场，左右两个方向各有一座机场，飞机所剩的时间刚好能抵达两座机场中的任何一座。到了影片的最后，法官终于问了萨利最为至关重要的问题，那就是，当你在空中真实飞行的时候，你不能在发动机停止后立即就做出要返回机场的决定，你总是要做一些努力的，你用了多长时间尝试让发动机重新转起来？萨利回答，我用了三十五秒钟的时间。根据塔台的录音回放，从撞到飞鸟开始，一直到第三十五秒钟，飞机来决定寻找降落点，但这个时候飞机已经来不及降落在任何一座机场了。

于是在听证会现场就开始进行模拟飞行，从鸟撞上发动机开始，数三十五秒，然后才让所有的驾驶员往机场方向去降落，结果没有一架飞机能成功降落到机场，这些飞机不是撞到桥上，就是撞到楼上。整部电影看到这里，观众终于长舒了一口气，萨利机长依然是英雄。其实这就是普普通通的一起真实事件，只是抓住了一个矛盾，就构架出了一部电影，电影里面有各种各样的精彩点，是一部典型的好莱坞式电影，最后的收尾非常漂亮。萨利的副机长在影片的最后对萨利说，你就是英雄。人们问那位副驾驶，如果下次你再遇到相同的情况，会有不同的选择吗？副驾驶回答，我会选择在七月份做这件事，这个回答顿时让所有人开怀大笑，观众也以一个愉快的心情结束了观影。

这真是只有好编剧和好导演才能想出来的小细节，因为真实事件发生在冬天，大家从飞机里出来都冻得不行。整部电影的核心出发点，实际上是保险公司怀疑萨利，因为飞机掉到河里就报废了，没办法继续使用了，如果降落到机场，飞机还能继续飞行，保险公司也不用赔那么多钱，所以运输调查委员会的调查非常认真负责，以至于差点儿把一位英雄毁了。

总之，《萨利机长》是一部非常有意思的好电影，汤姆·汉克斯演了一个真实的、普普通通的人，在特殊的情况下绽放出了光彩，演得非常好，这真的是一位好演员。

4. 看了一部好美剧——《事发当晚》

这一周里，我还看了一部非常好看的美剧，是在 HBO 电视台的黄金时段接档《权利的游戏》的新剧。

《权利的游戏》是收视率较高的美剧，万众期待，每一季演完了观众都非常着急，迫不及待地想要看下一季。所以接档《权利的游戏》的剧压力非常大，必须也要非常强，才能接住 HBO 的黄金档。结果这次接档的并不是一部热门的续集，而是一部崭新的剧，英文名叫作《The Night Of》，中文名翻译成《罪夜之奔》，我个人觉得这个名字翻译得不太准确，直接翻译过来应该是《事发当晚》，在这本书里就用我直译过来的名字。不过，不管翻译成什么名字，这部剧本身是非常精彩的。

自从《绝命毒师》结束之后，隔了一年多，终于又看见一部这种级别的美剧，我感觉特别欣慰。身为一个文艺青年，最最重要的幸福感不是来自自己创作了什么，而是看到了自己真正喜欢的好作品之后，那种迫不及待想要跟人分享的冲动，那是一种非常心旷神怡的感觉。

在电影上，这几年不论是好莱坞电影，还是中国电影，好电影都是凤毛麟角。但是美国的电视剧这些年真是做得非常不错，可以毫不夸张地说，这些年的这些部好美剧，质量已经超过了好莱坞电影，甚至已经上升到了文学的水准。因为美剧的空间要更大一些，美剧的市场就在美国本土，所以它的创作空间极大。而现在的美国电影，有60~70%的票房来自全球市场，不得不顾及穆斯林地区、佛教地区或者中国地区、日本地区等，所以电影拍起来束手束脚，再加上大IP的控制，这些年的美国电影做得很艰难。不光是我们这些看电影的人觉得沮丧，好莱坞大片场里的那些制片人和导演也觉得非常沮丧，他们每年都创作了大量的好剧本，但最后都无法投拍，因为大量的资金都要投入那些大IP的续集电影里。

但美剧不需要全球市场，国外的观众看盗版的美剧就可以了，就算将版权卖给国外，也卖不了多少钱，顶多几十万人民币一集，制片方也不在乎那点儿钱，所以美剧的创作者们都是铆足了劲儿去创作，很少有什么顾虑和禁忌，尤其是HBO，更是没有什么禁忌。HBO有一个特别有意思的广告，在广告里，HBO的演员们给家人打电话，告诉他们自己现在正在拍一部什么样的剧，家人听完都傻了，痛心疾首地对这些演员说，你拍的是成人电影吧？最后演员们无比自豪地告诉家人，他们拍的是HBO的剧，然后家人欢欣鼓舞，热泪盈眶，替这些演员感到骄傲和自豪。这个广告充分说明了HBO的戏的尺度有多大。《权利的游戏》的尺度就非常大，明明是一部古典的戏，演员却是上来就脱衣服，每一集都有很多儿童不宜的爱情动作和杀人砍头画面，等等，总之比美国电影的尺度大多了。

创作必须要得到充分的尺度，只要你给创作者足够大的尺度，他们就能触碰到各种边缘，创作出丰盈度极高的好作品。另外美剧本身的篇幅也很长，所以它能在其中放入大量文学式的闲笔。好的文学跟商业的文学最大的区别就是，好的文学里面有大量的闲笔，而商业的文学就是专门写事件，商业文学里的人物出门就要打仗，打完仗就要谈恋爱，谈完恋爱又要打仗，反正绝对不能有一句闲笔。而好的文学里面有大量的闲笔，好的文学作品里的人物出门永远不先碰到坏人，而是东看西看，在路边看到了一个什么样的小摊子，又在一个小亭子里遇到了一个老太太等，这些细节都被详细地描写下来，这就是文学。真正的文学是需要有大量的空间去描述气氛的，然后在这个气氛里，发生了一些小小的事情。

商业的文学就全部是紧锣密鼓的事件，一件事接着下一件事，等所有的事情都结束了，这部文学也结束了。我喜欢的几部美剧，都是有着大量闲笔的，比如《广告狂人》，里面的闲笔实在是太多了，通过看这部剧，完全能闻到那个时代的味道，几乎就是追忆似水年华；还有《绝命毒师》，从头到尾就那么几个演员，演到最后，坏人也得到了我们的同情，好人也暴露出很多的缺点。这就是典型的文学，没有什么好人和坏人。总而言之，上升到文学级别的美剧，这几年出了很多。

相比美剧，电影真的是逊色了很多。这几年比较好的电影都是真人真事改编的电影，基本上可以称作报告文学式的电影。而《事发当晚》是绝对能和《绝命毒师》一决高下的一部好美剧。目前这部剧演完了第一季，只有八集，这实在是有点儿太短了，好歹这也是一部正经的秋季美剧，给我们看十三集也行啊，结果它居然是迷你系列，因为它是夏天的时候上的，所以只有八集，观众看得意犹未尽，对接下来的剧情发展充满了急迫的期待。

《事发当晚》的主演是一名巴基斯坦裔的英国男演员。我觉得美国的文艺界人士还是相当有勇气的，当时川普已经公开表示禁止穆斯林进入美国了，在这样的环境下，这部美剧大胆地起用了一位典型的穆斯林来当主角，而且不光主角是穆斯林，主角的一家子都是穆斯林，真是勇气可嘉。这位主演演得非常之好，如果大家没有途径看到这部美剧，也可以去看看这个演员演的其他电影，比如星战系列电影分支《侠盗一号》，里面就有这位演员的参与。

这位主演现在在美国炙手可热，最有意思的是很多美国人都认为他就是一个美国的穆斯林，因为他在剧里演了一个穆斯林，外形也和穆斯林一样。然而这个主演在剧里居然操的是一口标准的纽约口音的英语，他演的是一个在纽约皇后区长大的穆斯林。皇后区不在曼哈顿的中心，而是纽约的另外一个区，属于中产偏下一点的地区，总之你完全听不出他是英国人。

西方的演员在语言方面真的是非常之敬业，看完美剧之后，我又看了关于主演的采访，结果惊讶地发现，这个演员日常的时候居然说的是一口纯正的伦敦腔的英文，在采访中主持人也问了他这个问题，为什么他能在剧里说一口纯正的纽约口音的英文？他回答，其实不光是这一部戏，我接到任何一部戏都会这样，在日常的时候就开始用戏中角色的口音去说话，将自己完全融入戏中的角色，一直到戏拍完杀青了，我才恢复我原本的口音。在这件事上，我不得不又提到一些中国台湾的演员，很多人都到中国大陆拍了很多年的戏了，一张嘴还是一口浓浓的台湾腔，这一点真的要和西方的演员好好学习一下。

在《事发当晚》中，主演的人物变化极为丰富，这也是文学和商业的一个很大的区别，在商业作品里，人物的形象和性格是一成不变的，一个人物从一开始出现，形象就是固定的，他只是遇到了很多的事情并一件件去解决而已，到了作品的最后，事情都解决了，但人物本身是不变的，好人依然是好人，坏人也依然是坏人。而在文学级别的作品里，人物的变化空间是很大的，主演从一个在皇后区长大的普普通通的中下阶层的出租车司机的儿子、一个普通的大学生、一个瘦小的穆斯林青年，最后变成了一个肌肉发达的狱霸，连看人的眼神都变得阴狠无比，太考验演员的演技了，演员也确实演得特别好。

除了主演之外，这部剧里还有很多老戏骨。比如饰演主演的父亲的演员，就是曾经出演过伊朗电影《纳德和西敏：一次别离》（2012年奥斯卡最佳外语片）的男主角。饰演主演的母亲的演员也演得非常好，在一些剧评里有人写道，这是一个非常少见的角色，她在每一集里就说三句话，却给人留下了极为深刻的印象。包括在监狱里面演黑老大的演员，也都表现得非常出色。整部剧的拍法也非常棒，很久以来，我在电影里都没有看到过这样漂亮的镜头，而且整部剧非常沉得住气。主演在接受采访的时候说，他第一次看到这个剧本的时候，正在飞机上，下了飞机他就直接跑去试镜了，在看剧本的整个过程中，他就一直在想，这剧本写得太好了，这是谁写的啊？这个编剧肯定要火了。后来才知道，这部剧的编剧是曾经写出过《辛德勒名单》的大编剧，这一次，这位大编剧不仅亲自操刀剧本，还担任了这部剧的制作人和导演，完全独当一面地拍出了一部非常非常棒的好剧。

好莱坞的人才储备真是太厉害了，不光导演能拍电视剧，大编剧也能来拍电视剧，而且拍得极其好。有关这部戏的剧情，我就不做过多的透露了。各位读者朋友如果有兴趣的话，可以耐心地等一等，我猜中国大陆会引进这部剧，到时候大家一定要好好地看一看，非常值得看，而且大家看的时候要从文学的角度去看，而不单纯是以一个题材的角度去看。如果能从陀思妥耶夫斯基的角度去看这部戏，深入地感受戏中人性的转变，以及社会的冷酷，那就更加值得了。总之，我强烈向大家推荐这部美剧。

以上就是我这个文艺青年的一周，很高兴能跟大家分享。